TILMAN
SPENGLER

DER MALER VON PEKING

ROMAN

ROWOHLT

1. Auflage September 1993

Umschlaggestaltung Walter Hellmann
unter Verwendung des Ölgemäldes «Porträt der Hsiang Fei»
von Giuseppe Castiglione
Satz aus der Linotype Walbaum (Linotronic 500)
Gesamtherstellung Clausen & Bosse, Leck
ISBN 3 498 06273 5

I

SEIT FÜNF TAGEN hockten nur noch Bettler vor den zugenagelten Holzbuden hinter dem nördlichen Stadttor von Peking. Vielleicht waren es zwei, vielleicht auch drei Dutzend kauernde Gestalten, die hier ausharrten, die Knie hoch bis zur Stirn gezogen, die Hände gegen die Ohren gepreßt. Vor zwei Wochen war die Sonne mittags plötzlich fahl geworden, seither heulte es Staubkörner, immer seltener auch Zweige oder zerrupfte Blätter über die Befestigungsanlagen der Hauptstadt. Wo immer der Sturm auf Widerstand traf, an Häusermauern, Bäumen, Torbögen, hatte er diesen Widerstand durch Sandgeschwülste markiert. Sand preßte sich auch zwischen die fest geschlossenen Lippen der Bettler, Sand füllte ihre Ohrmuscheln, sickerte in die Gehörgänge. Sand kroch in Achselhöhlen, klebte zwischen Schenkeln und Zehen. Die gelbgrauen Gestalten vor den Schuppen, deren Reklametafeln längst davongeflogen waren, unterschied nichts mehr von den anderen Aufschüttungen, die der Sturm in seiner Willkür hatte entstehen lassen.

Am Mittag dieses fünften Tages nahm der Anführer der Bettler eine Bewegung wahr. Vermummte, die spitzen Helme schützend vor die Gesichter haltende Soldaten machten sich am Stadttor zu schaffen. Schwere hölzerne Riegel wurden hochgestemmt, Lautfetzen von hastig geschrienen Kommandos wehten über den Platz. Dann wurde eine zerschlissene Flagge mit dem Emblem einer herrschaftlichen Familie sichtbar. Es folgten zwei Pferde, drei Sänften und fünf an einem langen Strick geführte Kamele.

Das Stadttor wurde eilig wieder zugestemmt. Die Wachsoldaten kämpften sich den Weg zu ihrem Unterstand in der Mauer zurück.

Die Karawane verharrte unschlüssig. Als das Zeichen zum Weitermarschieren gegeben wurde, löste sich eine Truhe vom Rücken des zweiten Kamels.

In diesem Moment erhoben sich die Bettler. Wie eine Reihe grauer Säcke, gezogen von unsichtbaren Schnüren, bewegten sie sich auf die Reisegruppe zu. Der erste ließ mit einer fast zeremoniellen Geste seine schmutzige Hand aus dem Umhang gleiten und hielt sie wie eine Opferschale einem der Reiter entgegen. Der wandte den Kopf kurz zur Seite und schlug so achtlos wie heftig mit seiner Bambusgerte auf die gekrümmten Finger.

Der Bettler ließ sich langsam fallen, seine Kumpane taten es ihm nach. Sie sanken in ohnmächtiger Unterwerfung, doch sobald sie mit den Knien den Boden berührt hatten, griffen sie nach kleinen, gekrümmten Messern, umklammerten die Beine der Tiere und der Träger und durchtrennten die Kniesehnen.

Das sich anschließende Schlachten dauerte nur kurz, die wenigen Schreie verloschen im Sturm.

Wenig später zogen die Bettler ihre Beute hinter die Holzbuden und machten sich an die Verteilung. Während Pferden und Kamelen das Blut aus aufgeschnittenen Schlagadern strömte, wurden Kisten aufgestemmt, Ringe von Fingern gezerrt, Leichen aus ihren Gewändern geschält.

Auf ausgebreiteten Leinensäcken türmten sich Häufchen von Schmuck, hastig gestapelte Seidenballen und verschnürte Bilderrollen. Die Waffen der Besiegten lagen aufeinandergeschichtet wie ein Scheiterhaufen.

«Die wichtigste Regel für die Folgetat», rief der Anführer der Bettler, «besteht in der Beachtung des angemessenen Ablaufs.

Wir reden über die Kunst des Verschwindens. Unsere Schätze müssen zerlegt werden wie die Tiere. Wer ein Schulterstück erhält, darf nicht dazu noch Herz, Nieren oder Lungen desselben Tiers bekommen. Mit den Schmuckstücken verhält es sich genauso, und auch die erbeuteten Bilder müssen aus den Rollen geschnitten werden, in die sie geklebt wurden. Unser Gegner hatte eine feste Form. Wir lösen diese Form auf, dadurch werden wir selber unsichtbar.»

In den folgenden Tagen flaute der Sandsturm nicht ab. Acht oder neun Metzgerläden in weit auseinanderliegenden Distrikten der Hauptstadt warben mit frischen Kamelkeulen, mit ausgelösten Halswirbelstücken, mit gewaschenen Innereien. «Heute, zum 80. Jahrestag der Gründung unserer Dynastie», verkündete einer der Fleischer, «und als Zeichen, wie in diesem Jahr, dem Jahr 1724, die glücklichen Omina die unglücklichen besiegt haben, senke ich meine Preise für Pferdezungen.» In einem Pfandhaus nahe dem Trommelturm nähte ein Schneider neue Pelzbesätze auf alte Roben, während sein Gehilfe Perlenketten verlängerte. Am Westufer des Kanals, dort, wo das Eis für den Palast gelagert und zerhackt wurde, tauchten hellglänzende Lanzen im Arsenal des Werkzeugmeisters auf. Einige Apotheken der Altstadt belieferten Kunden, die ihnen ganz besonders gewogen waren, mit Arzneien, wie sie zu diesem Preis schon lange nicht mehr zu beschaffen gewesen waren.

Der Kunsthändler Lu überwachte bis in die frühen Morgenstunden seinen Restaurator, der mit großer Sorgfalt die Siegel von weniger bekannten Sammlern der vorausgegangenen Dynastie auf ein neues Bild drückte. Dieses Bild war nicht vollständig, irgend jemand hatte am linken Rand, dort wo der Maler seine Unterschrift oder seinen Stempel hinterlassen haben mußte, einen etwa daumenbreiten Streifen abgeschnitten. Schon deshalb mußte das Werk ergänzt werden. Außerdem rechtfertigten Motiv und Ausführung die Nachbesserung: Mandarinenenten, die aufreizend, fast obszön miteinander balzten, so etwas hatte es auch früher schon gegeben, vor anderthalb Jahrhunderten zum Beispiel, als die Sitten und der Geschmack der Käufer noch weitaus freizügiger gewesen waren.

Dennoch blieb dem Kunsthändler ein Rest an Irritation. Das Gemälde zeigte eine technische Vollendung, die offenbar eher aus Entsagung denn aus Anstrengung zustande gekommen war. Andererseits erweckte es auch den Anschein, als habe sich der Künstler über sein Werk lustig gemacht. Man würde abwarten müssen, beschloß der Händler, bevor das Bild einem Liebhaber angeboten werden konnte. In ein paar Jahren gälte es dann, diskrete Erkundigungen einzuziehen, ob ähnliche Objekte bereits im Umlauf wären. Bis dahin gehörte das Gemälde in eines seiner Magazine vor den Toren der Stadt.

II

EINE WOCHE NACH PFINGSTEN, an einem Sonntagnachmittag, nahm mich der Pfarrer mit in die Stadt zu einem Juden, der Brillengläser schliff. Ich war noch nie in der Stadt gewesen, und Juden kannte ich nur aus der Karfreitagspassion. Genauer gesagt kannte ich nur *einen* Juden, und der war nicht echt. Es handelte sich vielmehr um Giovanni, den Dorftrottel, von dem uns erzählt wurde, daß er weder Vater noch Mutter habe. Giovanni war klein, dunkel und zog das linke Bein nach. An der dafür vorgesehenen Stelle in der Passion mußte er immer schreien: «Sein Blut komme über uns und unsere Kinder!»

Er schrie so laut und unheimlich wie die Kuh, die im letzten Jahr mit einem doppelköpfigen Kalb niedergekommen war. Und wenn ihm im Wirtshaus ein zweites oder drittes Viertel Wein spendiert wurde, wiederholte er diesen Schrei so lange, bis ihn einer vor die Tür setzte. Schreien schien ihm überhaupt großes Vergnügen zu bereiten, nicht nur, wenn er den Juden spielte – was übrigens außer ihm niemand im Dorf getan hätte. Im Frühjahr, als der Blitz in unseren Kirchturm eingeschlagen und die Glocke herabgestürzt war, trug ihm der Pfarrer auf, vor der Messe deren Geläute nachzumachen und mit einem lauten «Ding-Ding-Ding» durchs Dorf zu ziehen. Aber auch damals hatte er sich nicht verkneifen können, zwischendrin immer wieder zu rufen: «Sein Blut komme über uns und unsere Kinder!»

«Der Jude, den wir heute besuchen werden, ist ganz anders als die Gestalt in der Passion», sagte der Pfarrer, bevor wir aufbrachen. «Er ist ein echter Jude und doch wieder nicht. Er hat die ganze Welt gesehen oder doch einen großen Teil davon, aber er treibt keinen Handel wie andere seines Schlages. Er hat mehr Bücher studiert als ich, man kann ihm jedoch nicht vorwerfen, daß er Magie betreibe. Er versteht sich auf Gläser, auf Steine, auf Tinkturen und auf Pulver. Dir werden die Augen übergehen.»

Allerdings durfte ich niemandem etwas Genaues über die Person erzählen, die wir an diesem Nachmittag besuchen wollten. Ich sollte ganz einfach sagen, Don Costino, der Pfarrer, habe mich eingeladen, ihn in die Stadt zu begleiten. Kein Wort über Juden, über ferne Länder, über Gläser, Steine oder Tinkturen. Nur die Versicherung, daß wir am späten Abend wieder im Dorf zurück sein würden.

Aber die Tante, bei der ich aufwuchs, stellte überhaupt keine Fragen. Sie befahl mir nur, ein frisches Hemd anzuziehen und die Hände zu waschen. Als ich vom Brunnen in unsere Küche kam, hatte sie mir bereits Brot, Würste und ein halbes Dutzend hartgekochter Eier in jenen Korb gepackt, den sie alle zwei Wochen auf den Markt schleppte, um ihr Gemüse zu verkaufen. Dann sprach sie den Reisesegen und schlug das Kreuzzeichen über mir.

Auf dem Weg zum Haus des Pfarrers überlegte ich, warum Don Costino ausgerechnet mich als Begleiter ausgewählt hatte. Gut, er kannte mich, weil ich seit zwei Jahren als Meßknabe diente und weil ich, seitdem ich das Sakrament empfangen hatte, jeden Samstag bei ihm die Beichte ablegte. Das machte die Sache noch rätselhafter, denn er wußte somit genau, wie häufig ich während seiner Predigten eingeschlafen war, daß ich meiner Tante bösartige Widerworte gab und daß ich nachts häufig unkeuschen Gedanken nachhing, in denen es um die blonde Frau des Bäckers ging.

Gelobt, und dazu noch ganz überschwenglich, hatte er mich

nur ein einziges Mal. Das war vor dem letzten Weihnachtsfest, als ich ihm die Könige aus dem Morgenland schenkte, die ich für seine Krippe geschnitzt hatte. Erst nahm er wohl an, ich hätte die Figuren auf dem Dachboden gefunden und wollte nicht glauben, daß sie tatsächlich von mir stammten. Zunächst fürchtete ich, etwas Verbotenes getan zu haben, vielleicht stand es mir ja gar nicht zu, den drei Heiligen Gestalt zu geben, vielleicht war das so sündhaft wie das Berühren einer Hostie oder das Trinken vom Meßwein. Aber Don Costino beruhigte mich und erklärte, er habe nur nicht vermutet, daß Gott ein solches Talent ausgerechnet in unserem Dorf habe großwachsen lassen. Dann strich er mir über das Haar und über die Knie. Die drei Könige wurden in der Krippe aufgestellt, seither war nicht mehr von ihnen die Rede.

Wie sehr der Pfarrer sich über den bevorstehenden Ausflug freute, kündigte sich schon durch seinen Gesang an. Immer wenn er bester Laune war, begab sich Don Costino in die hohe Eingangshalle seines Hauses und stimmte Liebeslieder aus seiner venezianischen Heimat an. Um den Hall noch zu verstärken, formte er die Hände vor seinem Mund zu einer Art Rüssel, fast schon einer kleinen Trompete, dabei bewegte er flink die Finger, so daß die vorgebrachten Laute zu tremolieren begannen. «Sensa di te», tönte es, als ich ins Pfarrhaus trat, «languioc'il core.» Doch sobald der Sänger meine Ankunft bemerkt hatte, ließ er erst die linke, dann die rechte Hand sinken und beendete seinen Vortrag mit einem munteren Pfeifen, das in der Melodie eines Chorals ausklang.

«Du bist jetzt neun», sagte der Pfarrer, nachdem wir die letzten Felder, die noch zu unserem Dorf gehörten, hinter uns gelassen hatten, «das ist ein Alter, in dem Entscheidungen getroffen werden müssen. Als ich so alt war wie du jetzt, gehörte mein Herz der Musik. Niemand hat mich unterwiesen, ich sang, was ich hörte. Ich lauschte in den Schenken und merkte mir die Gesänge, die in der Kaserne angestimmt wurden; wenn die Matrosen ihr Schiff nicht verlassen durften, blieb ich so lange im Hafen, bis ich deren Lieder wiedergeben konnte. Und dann hielt ich mich noch an anderen Orten auf, von denen hier nicht die Rede sein soll.» Während er eines der hartgekochten Eier pellte, begann er zu summen und hörte erst auf, als das ganze Ei in seinem Mund verschwunden war.

«Verstehst du», rief er wenige Momente später, «ich fühlte eine Begabung, einen fast unwiderstehlichen Drang. Doch Gott in Seinem unerforschlichen Ratschluß hatte anderes mit mir vor.» Don Costino schlug das Kreuzzeichen und küßte seinen rechten Daumen. Er griff nach einem zweiten Ei. «Dir hat Gott das Talent des Gestaltens geschenkt. Ich habe das an deinen Krippenfiguren gespürt. Wenn du in unserem Dorf bleibst, wird dieses Talent verkümmern. Deshalb habe ich dich auf diese Reise mitgenommen, vielleicht weiß der Jude einen Rat.»

Bevor wir die Stadt erreichten, mußten wir zweimal tief unter die Plane unseres Karrens kriechen, weil ein Gewittersturm mit heftigen Schauern schlingenförmig über die Ebene zog. Wir sprachen ein kurzes Gebet, dann legte Don Costino den Arm schützend um mich, und so erreichten wir die Stadt.

Noch nie hatte ich derart hohe Häuser gesehen. Auch hier hatte es heftig geregnet, immer wieder versank ich bis über die Knöchel im Schlamm der Straße und sah den Pfarrer, der von Stein zu Stein sprang, wieder so, wie ich ihn als Dreikäsehoch wahrgenommen hatte: einen gewaltigen Bauch, über dem das Kreuz an seinem silbernen Rosenkranz baumelte. In der engen Gasse, die Don Costino hocheilte, prallte mein Korb mit dem Reiseproviant gegen angepflockte Ziegen, sich in Sturzbächen badende Kinder und hölzerne Kübel, von denen ich später erfuhr, daß sie den Kot der Anwohner enthielten.

Das Haus des Juden war von den Nachbarwohnungen kaum zu unterscheiden. Ich erinnere mich nur noch, daß es dort anders roch als aus allen Häusern, an denen wir vorbeigehastet waren. Möglich aber auch, daß mir der Pfarrer bei unserer Heimfahrt diesen Geruch so eindringlich ins Gedächtnis rief, daß ich mir schon aus Dankbarkeit für den Besuch jenen Duft aus Zwiebeln, Knoblauch und angerührtem Leim merkte und für eine Besonderheit unseres damaligen Gastgebers hielt.

Alles war so fremd, so außergewöhnlich und doch schon ein Teil meiner Welt. Das spürte ich deutlich, noch bevor wir uns am Fuße der Treppen den Schmutz von den Schuhen rieben.

Der Jude hieß Jacobo Pontecorvi, und er hatte tatsächlich etwas von einem Raben. Außerdem konnte er zaubern. Er trug ein schwarzes Gewand wie der Pfarrer, natürlich keine Soutane, aber ebenfalls sehr lang und über dem Brustbein zugeknöpft.

Aber das Rabenhafte seiner Erscheinung lag weniger in der Farbe seines Rockes als in der Haltung des Körpers, in der Krümmung des Rückens, die Besorgnis ausdrückte, in der vorsichtigen Art, in der er Fuß vor Fuß setzte, in der Vogelhaftigkeit, mit der er seinen Kopf wendete.

«Du hast deinen Sohn mitgebracht?» fragte er Don Costino.

«Pfarrer haben keine Söhne», antwortete der Geistliche, «das weißt du. Pfarrer haben eine Gemeinde, und sie haben Schäfchen. Eines meiner Schäfchen habe ich mitgebracht. Der Junge ist durch eine sonderliche Fügung des Herrn mit Gaben ausgestattet, die mir eine schwere Verantwortung auferlegen.»

Er sprach über mich, als sei ich das doppelköpfige Kalb, über das er damals gepredigt hatte. Es sei ein Zeichen Gottes für die vielen Sünden, die in unserem Dorf begangen würden.

«Ich werde dich Schäfchen nennen», rief der Jude; er strich mir über den Ärmel meiner Bluse und zog daraus ein buntgeschecktes Taschentuch.

Nie hätte meine Tante mich mit einem derart verrotzten Tuch auf eine Reise geschickt. Doch die zwei schnellen Handbewegungen des Herrn Pontecorvi machten den Lappen zu einem Teil meiner Wäsche, für den ich mich schämte.

Als habe der Jude mir die Gedanken aus meinen Gesichtszügen gelesen, sagte er: «Du mußt lernen, stolz zu sein auf alles, was von dir kommt, Schäfchen. Wenn du eine Kraft hast, dann werden andere versuchen, Teil von deiner Kraft zu werden.» Ich merkte mir die Worte, aber sie ergaben keinen Sinn. Auch später nicht, als Pontecorvi, ein wenig röter im Gesicht, mir ein Taubenpärchen aus dem Zwickel zauberte. Ich verstand auch nicht, was der Pfarrer meinte, als er über die Sehkraft der Taube sprach, die nach Aristoteles den Sehkräften anderer Wesen neunmal überlegen sei.

In den folgenden zwei Stunden nahmen die beiden keine Notiz mehr von mir. Sie redeten darüber, wie man Gläser so härten kann, daß jegliche Gefahr des Zerspringens gebannt ist, sie redeten von der Möglichkeit, das Licht zu brechen, worunter ich mir nichts vorstellen konnte, und sie sprachen über Personen, deren Namen ich noch nie gehört hatte.

Ich saß derweil auf meinem niedrigen Hocker, lauschte angestrengt und versuchte, mir die Gegenstände einzuprägen, die mir im Arbeitszimmer des Juden besonders ins Auge stachen.

Am auffälligsten war das Fernrohr, doch ein solches Instrument hatte ich schon in der Pfarrei des Don Costino gesehen. Das Rohr war zwar um ein gut Teil länger, es glänzte auch viel heller, aber da mir die Erscheinung vertraut war, schenkte ich ihr weniger Aufmerksamkeit als dem Wandschrank in der von mir am weitesten entfernten Ecke. Dort standen, aufgereiht wie unsere Feuerwehrmänner beim Appell, winzige Flaschen, die Farben enthielten. Diese Farben kannte ich alle, doch ich erkannte sie nicht wieder. Sie waren mir vertraut aus Frühlingsblumen, aus Gräsern des Sommers, aus dem Laub des Herbstes und den unbeweglich strengen Tönen einer Winterlandschaft. In ihren gläsernen Behältern wirkten sie trotz aller schillernden Vielfalt starr. Sie hielten etwas fest, einen Eindruck, eine Möglichkeit, vielleicht auch eine Verwunderung, doch in erster Linie war es ein krampfhaftes Festhalten. Bisher waren Farben für mich ein verwirrendes Spiel von Zufällen gewesen. Unser Kirchturm war grau oder grell, darüber entschied der Stand der Sonne, wenn sie denn schien. Auf dem Markt mußte das beste Gemüse verkauft sein, bevor ein fahles Mittagslicht Kunden, die zu spät gekommen waren, dazu verleitete, ihre Finger in die Ware zu bohren. Doch diese auf Flaschen gezogenen Farben zeigten eine Beharrlichkeit, einen unangreifbaren Stolz, dabei aber auch eine Dummheit, wie ich sie von Farben nie erwartet hätte.

«Du blickst auf Zauberstoffe», sagte Pontecorvi, der meine Gedanken gelesen hatte. «In diesen gläsernen Behältern sind Kräfte gefangen, die der Natur abgewonnen wurden, um durch sie Natur wieder erscheinen zu lassen. Sie tragen Namen wie Ocker oder Ultramarin, Zinnober, Grünspan oder Bleiweiß; damit beschreiben wir ihre Oberfläche. Doch diese Namen verraten nichts von der Lebensenergie, die in ihnen zur Ruhe gekommen ist. Nichts von der Geschichte der Steine, aus denen sie gerieben wurden, der Tiere, die man fangen mußte, um ihnen kostbare Tropfen abzupressen, der Gier, die entstand, als sie ins Blickfeld der Kaufleute gerieten. Farbstoffe sind schlafende Kräfte. Wenn du sie lange und genau betrachtest, dann sprechen sie sogar in Klängen zu dir.»

Ich starrte lange auf die bunten Fläschchen, doch für mich blieben sie stumm.

«Man kann sie zum Leben erwecken», wandte Don Costino ein, «mit der Hilfe des Allmächtigen und durch das Anrühren von Bindemitteln.»

Vom Allmächtigen hatte ich gehört, doch was waren Bindemittel? Bevor mir der Pfarrer den Sachverhalt erklären konnte, war der Jude aufgesprungen und zu dem Schrank geeilt. Er schloß ihn auf und holte eine der Flaschen vom Regal. «Bleiweiß», rief er und schüttelte das Glas, «wer kann erklären, wie aus einem Metall, aus Essig, Pferdeäpfeln und Kuhpisse eine Substanz entsteht, welche die Schönheit eines um den Nacken einer Frau geschlungenen seidenen Schals erhält? Eine Substanz, die das Grauen und die Behaglichkeit einer Schneedecke heraufbeschwört, eine Substanz, die unwillkürlich eine Erinnerung wachküßt, eine Erinnerung an Schenkel, an Brüste...»

«Mit Bindemitteln werden Farbstoffe zu Farben», warf an dieser Stelle hastig Don Costino ein, «das ist eine Frage der Mischung, mußt du verstehen, es verhält sich ein wenig so wie beim Anrühren von Soßen.»

Signor Pontecorvi hielt das Glas mit dem Bleiweiß hoch wie eine Monstranz, fast hätte ich mich bekreuzigt.

«Aus den Adern der Erde», sprach er feierlich, «gewachsen, gewonnen, zerpulvert und angereichert. Begehrt in allen Kontinenten, alle Elemente enthaltend und die Geschichte, Hoffnungen und Niederlagen derer, die sich an sie wagen, doch vor allem: die Wirklichkeit.»

Ich war sehr verwirrt, als uns eine ältere Dame mit weißer Schürze und dunklem Schnurrbart das Abendessen ankündigte.

Bei diesem Essen mußte ich zweimal würgen. Vielleicht war es die Aufregung, an einer so fremden Tafel zu sitzen, vielleicht waren es die Innereien; sie verursachten mir auch am Tisch meiner Tante Übelkeit. Zu meiner Erleichterung hatten sich die beiden Herren in ein Gespräch vertieft, in dem es um Beschwernisse der Wirbelsäule bei wechselhafter Feuchtigkeit ging. So merkte nur die schnurrbärtige Dame, die uns servierte, daß ich praktisch keinen Bissen gegessen hatte. Doch sie stapelte gütig die leeren Teller von Don Costino und Signor Pontecorvi über meine Platte und ging mit keiner Bemerkung auf meine Sorge ein, die Küche des Gastgebers durch mangelnden Zuspruch beleidigt zu haben. Angenehmer noch, sie warf mir ein freundlich verstehendes Lächeln zu, das viele Stunden später in meinem Traum wiedererschien.

Der Pfarrer und der Jude waren derweil in ein Gespräch über Wunder vertieft. Außer dem Allmächtigen kannte ich keine der Personen, von denen die Rede war, es ging um Bluten, soviel konnte ich mir merken, es handelte sich auch darum, ob Christus im wahren Wortsinn ein Jude gewesen sei, und dann erregte sich der Pfarrer ganz übergangslos darüber, daß Glasschleifer so hohe Preise für minderwertige Produkte verlangten.

«Gott hat uns die Kraft unserer Augen geschenkt», klagte Don Costino, «gewiß, es gefällt Ihm, sie uns wieder zu nehmen, doch müssen wir deshalb zulassen...»

«Versteht er etwas von Perspektive?» unterbrach ihn Pontecorvi und zeigte mit seinem spitzen Kinn in meine Richtung.

«Deshalb suche ich ja nach Rat», antwortete der Pfarrer. «Ein Mitbruder, wir studierten zur selben Zeit im Priesterseminar, hat mir vor ein paar Jahren von einem begabten Jungen erzählt, dem er in Mailand eine Lehrstelle vermitteln konnte. Giuseppe Castiglione hieß er, jener Junge, nicht mein Mitbruder. Der ist inzwischen verstorben, weswegen ich ihn nicht mehr fragen kann.»

Pontecorvi dachte einen Moment nach. «In Mailand kenne ich eine ganze Reihe von Malern», sagte er schließlich, «Maler und Goldschmiede. Allerdings, umsonst nehmen die keinen. Bei meinem nächsten Besuch werde ich Erkundigungen einziehen. Nur sollte er vorher Lesen und Schreiben gelernt haben.»

Danach muß ich eingeschlafen sein. Ich erinnere mich nur noch, daß es kalt war, als ich im Wagen kurz wieder aufwachte, und ich erinnere mich an einen Traum, weil ich den am nächsten Tag dem Pfarrer erzählte. Der Jude tauchte darin auf, er ritt auf einem Kamel durch eine Stadt, die mir völlig fremd war. Am Schwanz des Kamels war ein Regenbogen festgebunden.

III

OBWOHL DIE KLUGHEIT es geboten hätte, ließ der Kunsthändler Lu jenes rätselhafte, von seinem Restaurator so flink wie sorgfältig umgewidmete Bild nicht in sein geheimes Magazin vor den Stadtmauern von Peking schaffen. Lu wußte selbst nicht, was ihn zu einer solchen Torheit verleitete, die seine Existenz aufs Spiel setzte. Genausowenig hätte er angeben können, was ihn immer wieder dazu trieb, das Gemälde aufzurollen und Strich für Strich zu untersuchen. Es überkam ihn manchmal wie ein Kitzel, manchmal wie eine Gier. Schon beim Ausbreiten der Rolle stieg eine eigenartige Erregung in ihm hoch. Diese Erregung wuchs, wenn er das Bild aus verschiedenen Blickwinkeln betrachtete, wenn er bestimmte Teile mit einem Tuch verdeckte, dann den Schleier wieder fortnahm, und wenn er zum Abschluß zärtlich mit einem langen Fingernagel über die Oberfläche strich. Bisweilen erinnerte ihn dieser Drang auch an gefährliche Leidenschaften, denen er sich früher hingegeben hatte und deren Verlockungen erst abebbten, als ihm sein Reichtum erlaubte, gewisse Gebote der Schicklichkeit durch ein paar Unzen Silber außer Kraft zu setzen.

In den ersten zwei Wochen, nachdem das Werk in seinen Besitz gelangt war, gestattete sich Lu seine Überprüfungen nur in der Heimlichkeit der Nacht, zu einer Stunde, in der er sicher sein konnte, daß ihm die Dienerschaft keine Aufmerksamkeit mehr schenkte. Doch nach diesen beiden Wochen genügten Lu die

Sitzungen bei künstlichem Licht nicht mehr. Sonst ein ruhiger Schläfer, wachte er nun häufiger auf, bedrängt von feuerfarbenen, gestaltlos sich verwandelnden Figuren, wie sie in den Gespenstergeschichten seiner Amme aufgetaucht waren. Er hatte sich als Kind immer vorgenommen, sofort fest einzuschlafen, falls in diesen Märchen Erscheinungen auftraten, denen ein Kopf fehlte oder die als Füchse wiedergeboren wurden. Und wenn es mit dem Einschlafen nicht klappte, preßte er einfach die Fäuste an die Ohren. Seine Geschwister aber hatten sich die Gruselgeschichten stets bis zum Schluß angehört. Jedenfalls erzählten sie diese nach, als hätten sie sie selbst miterlebt. Sie schrien ihm die furchtbarsten Einzelheiten ins Gesicht, und er konnte sich nur wehren, indem er alles in Zweifel zog.

Er, der viertgeborene Lu, wurde berühmt für seine Zweifel. Der Hauslehrer mußte das erfahren, ein gescheiterter Beamtenanwärter, dem Lu nachzuweisen versuchte, daß Konfuzius nie das gesagt haben könnte, was der Lehrer behauptete. Darauf hatte es Stockschläge gehagelt. Und mehrere Male wurde der kleine Lu von erzürnten Wahrsagern aus dem dunklen Tempel am Gemüsemarkt gejagt, die, kaum aus der Trance erwacht, in das trotzige Gesicht eines Kindes blicken mußten, das laut rief: «Alles erfunden!»

Zweifel war sein einziges Startkapital gewesen, als er nach dem Tod des Vaters begann, mit Bildern zu handeln. Bald stand er im Ruf, ein gefälschtes Kunstwerk mit verbundenen Augen, allein am Geruch erkennen zu können.

War es dieser Zweifel, der ihm jetzt den Schlaf raubte? Aber was eigentlich machte ihn so unruhig? Der Bettler, dem er das Bild abgenommen hatte, hatte ja gar nicht behauptet, ein seltenes Original anzubieten. Es war auch zu keinerlei Gefeilsche gekommen. Der Mann hatte einen Preis genannt, Lu gab ihm die Hälfte, dann war er wieder in den Böen des Sandsturms verschwunden.

Vielleicht handelte es sich nicht um Zweifel, sondern schlicht um eine Kränkung der Selbstgewißheit, die ihm bei seinen bisherigen Geschäften so verläßlich zur Seite gestanden hatte. Vielleicht umschmeichelte er nur deshalb jede Nacht dieses fremde Gemälde, um hinter sein Geheimnis zu kommen.

Dabei handelte es sich lediglich um ein Pärchen von Mandarinenenten.

Ein Paar, das die Träume des Kunsthändlers so lange durcheinanderbrachte, bis er gegen alle sonstigen Gewohnheiten mehrere Morgen hintereinander aufwachte, sobald die ersten Sonnenstrahlen in hellem Orange am Reispapier züngelten, das sein Fenster bedeckte.

Am dritten Morgen erhob sich Lu, griff entschlossen nach der Bildrolle und trat in seinen Garten. Mit festen Schritten lief er zu einer verwitterten Holzlaube, die er bisweilen den «Ost-Pavillon», in ausgelassener Stimmung auch «Das Studio des Kurzschläfers» nannte. Auf seinem Weg benetzte der Tau der noch nachtfeuchten Gräser seine nackten Unterschenkel. Das Frösteln ging unmerklich über in ein belebendes Prickeln, der Kopf klärte sich, die Schatten der Nacht verblichen.

Länger als zwei Stunden starrte der Kunsthändler auf sein Bild. Ein Hausmädchen bat ihn zum Morgenmahl, entfernte sich wieder, als sie merkte, daß keinerlei Notiz von ihr genommen wurde, erschien erneut mit einem Tablett, auf das sie Grütze und Tee gestellt hatte, zog sich unbeachtet zurück. Lu verfolgte, wie die Farben des Gemäldes durch das Licht des Tages Kraft gewannen, wie sie sich veränderten und doch bei allen Verwandlungen immer denselben Abstand zueinander hielten. Wenn der Ockerton heller wurde, tat es ihm das Grün nach, sie schienen zu altern wie ein Ehepaar, dessen Herzen im selben Takt schlagen.

Er mußte den Künstler ausfindig machen! Oder war es vielleicht eine Künstlerin? Man konnte da keine klaren Trennlinien ziehen, das lehrte die Erfahrung, andererseits spiegelte die gesamte Komposition des Werks ein Vermögen der Einfühlung wider, das Lu häufiger bei Frauen als bei Männern aufgefallen war.

Er würde den Bettler finden müssen, der das Bild angeboten hatte. Hatte es sich überhaupt um einen Bettler gehandelt? Wie kam ein solcher Kerl überhaupt an seine Adresse? Natürlich mußte äußerste Vorsicht walten, aber Nachforschungen nach einem Bettler ließen sich diskret betreiben.

IV

BEVOR WIR NACH LISSABON aufbrachen, sollte ich noch eine Beichte ablegen, das hatte mir der Generalvikar kurz vor dem Ende unserer Unterredung dringend ans Herz gelegt. Einmal sei ich mit meinen einundzwanzig Jahren jetzt in einem Alter, in dem sich bestimmt die eine oder andere Verfehlung zum Charakterzug verfestigt habe – gute Zeit also, um Rückschau zu halten; zum anderen müsse er mich auch vor den Gefahren der Reise warnen. Erst vor drei Wochen seien zwei Patres auf demselben Weg von einem Fährmann ausgeraubt, erschlagen und über Bord geworfen worden. Auf den Landstraßen könne man nicht mehr sicher sein, ob mehr Gefahr von Wegelagerern oder von den Hütern der Ordnung drohe. Eine Beichte sei zudem auch als seelisches Stärkungsmittel zu empfehlen. In einer für mich neuen Welt lauere ja auch stets die Versuchung, im Glauben selbst wankend zu werden. «Dein Fleisch, lieber Lazzo», schloß er mit einem Blick, in welchem die Güte der Strenge um nichts nachstand, «dein Fleisch bedarf – wie unser aller Fleisch – der Zucht des Geistes. Und deshalb rate ich dir zu einer Generalbeichte.»

Wie alle hier in Coimbra nannte er mich Lazzo, was bei uns in der Lombardei «Knoten» bedeutet. Diesen Spitznamen hatten mir die Bühnenarbeiter des Jesuitentheaters verpaßt. Sie kannten «Knoten» aus ihren Komödien. Das Wort stand für spaßige Einlagen: etwa, wenn der Harlekin mit seiner Pritsche knallt oder einen Salto macht. Das geschah, um die Leute zu belustigen, oder auch nur, weil der Schauspieler nicht mehr weiter wußte. «Knoten» sind etwas Leichtes, Heiteres. Mich riefen die Freunde natürlich so, um mich zu verspotten wegen meiner schwerfälligen Erscheinung und weil sie in mir den Grübler vermuteten.

Eine gelungene Generalbeichte, erklärte mir der Vikar mit immer müder werdender Stimme, bestünde nicht nur in der summarischen Aufzählung von kleineren oder größeren Sünden meiner Vergangenheit, es ginge vielmehr um eine Art inneres Gesamtbild von mir – was ich als Künstler sicherlich leicht begreifen könne. «Bringe deine ganze Seele so zum Ausdruck, wie sie dem Allerhöchsten nach deinem bisherigen Verhalten erscheinen muß. Und vergiß dein Fleisch dabei nicht. Du hast zwei Tage Zeit, dich darauf vorzubereiten.» Dann streckte er mir die Hand zum Ringkuß entgegen und fügte noch hinzu, ein solch umfassendes Schuldbekenntnis werde im Himmel mit einem nicht unerheblichen Ablaß vergolten.

Es war noch hell, als ich wieder auf die Straße trat. Heller jedenfalls als in den Gemächern des Vikars, vor deren Fenster bereits die schweren Brokatvorhänge zugezogen worden waren. Der Geistliche liebte das weiche Licht von Kerzen.

Ich war von dem Gespräch noch ein wenig benommen und kam so recht erst wieder zu Verstand, als mich verschiedene Passanten schmerzhaft in die Seite boxten, weil ich ihnen im Wege stand. Irgendwo in der Stadt mußte ein ganz besonderes Ereignis stattfinden, vielleicht war eine wundertätige Statue eingetroffen, möglich auch, daß Teile der Bibliothek in Flammen aufgegangen waren. Die Bewohner von Coimbra liebten jegliche Form von Spektakel.

Normalerweise hätte ich mich den Hastenden zugesellt, doch im Augenblick stand mir der Sinn nach Aufklärung und nach Essen. Das wiederholte Auftauchen des Motivs «Fleisch» in den Ausführungen des Vikars hatte mich hungrig gemacht. Insgeheim hatte ich sogar damit gerechnet, daß er mich zum Nachtmahl einladen würde. Dabei kannte ich den Geiz des geistlichen Herrn.

Mehr noch beschäftigte mich, daß ich völlig vergessen hatte nachzufragen, wie ich denn dieses Bild meiner inneren Erscheinung überhaupt anlegen sollte, in Zeichnung, Kolorit und Erfindung. Es war ja von mir verlangt worden, mich selbst aus der Perspektive des HERRN zu betrachten und darzustellen. Aber grenzte das nicht an Blasphemie? Ich würde Raul fragen müssen.

Raul war der Freund, mit dem ich damals in der Nähe des Karmeliterklosters ein Zimmer teilte. Er war ein recht talentierter Maler, der seine künstlerische und familiäre Herkunft von Francisco de Holanda ableitete und somit zu sporadischen Anwandlungen von lusitanischem Hochmut neigte. Das geschah in der Regel aber nur, wenn ein wichtiger Auftrag an einen von ihm gering geschätzten Konkurrenten gegangen war oder wenn er erfuhr, wie hoch ein Händler die Kommission für den Verkauf eines seiner Werke geschraubt hatte.

Ich fand mich mit diesen Temperamentsausbrüchen leicht ab. Sie waren nur insofern gegen mich gerichtet, als auch ich ein Teil der insgesamt verkommenen Menschheit war, somit trug ich allenfalls die Verantwortung eines kleinen Mosaiksteins. Dafür lieferten sie mir ein überaus anschauliches Material an hinreißenden Posen, die ich für meine Kunst und mehr noch für mein Leben gut gebrauchen konnte. Mir fiel es nämlich seit jeher schwer, auf eine Demütigung oder einen Treuebruch so aufbrausend zu reagieren wie mein Freund, die Hand auf einen imaginären Degen zu legen, den Kopf in den Nacken zu werfen, die Brust zum Schwellen zu bringen. Vielleicht hing es damit zusammen, daß ich ausschließlich von einer Frau erzogen worden war, vielleicht auch mit dem mich nie verlassenden Zweifel, letztlich doch immer im Unrecht zu sein.

Der Beschließer unseres Hauses überbrachte mir eine Nachricht meines Freundes. Raul komme heim, sobald «die Sache» vorüber sei, näselte er.

«Welche Sache?» fragte ich.

«Ist doch immer dasselbe», antwortete der Beschließer und schlurfte davon.

Mir waren an diesem Tag bereits genug Rätsel gestellt worden, deshalb versuchte ich erst gar nicht, der «Sache» auf den Grund zu gehen. Ich hoffte nur, daß sie nicht allzu lange dauern würde.

Während ich in unserer winzigen Kochstelle Linsen erwärmte und den Rest der Wurst in Scheibchen schnitt, dachte ich abwechselnd an meinen Freund und an die mir bevorstehende Beichte. Die beiden Themen schienen miteinander zusammenzuhängen, allerdings nicht auf eine vordergründige Weise, sondern wie die Grundierung eines Bildes mit den auf der Oberfläche leuchtenden Farben.

Von Raul hatte ich gelernt, mich über mich selbst hinwegzusetzen. Ich mußte ihn dazu nur kopieren, denn in diesem Nachahmen, in diesem Schlüpfen in fremde Gesten und Wörter, wurde aus mir eine neue, kräftigere Person. Diese Verwandlung gelang mir meist nur in seiner Gegenwart – oder in jenen für mich seltenen Momenten des Ärgers. Da fing ich dann selber an, auf seine Weise das S zu zischeln, Betonungen zu überdehnen, Einwände mit den Fingern wegzuschnippen. Dabei beglückte und befremdete mich zugleich, daß ich in mir eine Kraft verspürte, die allein aus der Imitation gewachsen zu sein schien, die aber seiner Kraft durchaus ebenbürtig war.

Ich glaube nicht, daß Raul je wahrgenommen hat, was ich mir da von ihm ausborgte. So kriegte er auch nicht mit, daß ich mich im nachhinein stets ein wenig wie ein Komödiant fühlte, der in ein fremdes Rollenfach übergewechselt war. Ihm schien das alles selbstverständlich. Wurde er zufällig Zeuge einer Szene meiner überbordenden Erregung, in der ich auf sein Vorbild zurückgriff, kritisierte er mich danach allenfalls wie ein Theaterprinzipal. Nicht wegen des Anlasses, da gab er mir stets bedingungslos recht, nein, er bemängelte nur Darstellungsformen, wie die Körperhaltung, den Gesichtsausdruck oder den Sitz der Stimme. «Lege es tiefer an, Lazzo», ermahnte er mich, «arbeite mehr mit deinen Händen, sie bewegen oder vernichten das Argument. Schließe kurz die Augen und laß erst dann den Blick hervorschießen, das schafft Ausdruck. Und vor allem: Vermeide falsche Pausen!»

Du korrigierst dich selbst, hätte ich ihm in solchen Situationen gern zugerufen, doch damit hätte ich mich ja selbst entdeckt.

Wenn ich gleichzeitig kochte und nachdachte, wurde aus dem einen genausowenig wie aus dem anderen. An diesem Abend verbrannte ich mir erst den Ringfinger am Pfannenrand, danach schüttete ich viel zuviel Essig über die Linsen. Dann stand Raul plötzlich in der Tür, rümpfte angewidert die Nase und drehte sich abrupt um, wobei er mir noch zurief: «Die Sache ist noch nicht beendet. Falls du mich suchst, findest du mich am Nordportal.»

Das Nordportal war natürlich jenes der Kathedrale Sé Velha in der Oberstadt. Wir hatten es beide oft gezeichnet, die vielen Fremden, die es in die Stadt lockt, lieben solche Motive als Andenken. Doch warum es Raul jetzt, in der Nacht, dorthin zog, war mir ein weiteres Rätsel.

Vielleicht würde ich einem Porträt von mir ein paar Züge von Raul verleihen. Dann konnte Gott wenigstens erkennen, wonach ich strebte. Aber wußte Er das nicht ohnehin?

Raul konnte auch besser kochen als ich. Eigentlich war er mir auf allen Gebieten überlegen, doch was für mich noch schwerer wog: Er hatte in Mailand und später in Coimbra mit den Großen unseres Faches arbeiten dürfen. Möglich, daß er sich aus diesem Umgang einige der privaten Gesten zusammengeschneidert hatte, die mich so beeindruckten. Und eine so schwungvolle

Formulierung wie: «Laß uns heute nacht herabsteigen in die niedrigen Regionen des Puders und der Schlüpfrigkeit», nur um den Besuch eines Hurenhauses zu verabreden, wäre mir auch nie eingefallen.

Ich habe mich nie zu fragen getraut, warum er überhaupt mit mir zusammengezogen war.

Denn zu meinen Unzulänglichkeiten zählte auch, daß ich im Leben anscheinend immer um ein paar Jahre zu spät kam. Oder ich war am rechten Ort, erfuhr aber nicht, was um mich herum sonst noch an Aufregendem geschah. Als ich in Mailand Geselle war, trat in der Oper einmal die göttliche Corisanda Berti auf, schon damals war ich verliebt in jegliche Form von Bühnenspektakel, doch ausgerechnet diese Aufführung entging mir, weil ich im Streit mit dem Türwächter lag, der mir sonst immer frühzeitig Bescheid gab. Ein anderes Beispiel: Gallo Zugaro, der geheimnisumwitterte Schlachtenmaler, von dem man behauptete, er setze seine Striche weniger, als daß er sie bürste, Gallo Zugaro arbeitete nur wenige Schritte entfernt von dem Haus, in dem ich eine Unterkunft gefunden hatte. Erfahren habe ich das erst Jahre später. Andererseits, hätte er überhaupt mit mir geredet? Ich steckte in jener Zeit noch in der Goldschmiedelehre, die mir Signor Pontecorvi auf das freundliche Drängen von Don Costino vermittelt hatte.

Zwei Jahre lang hatte ich zudem mit Tätigkeiten verbringen müssen, die mir überhaupt nicht lagen. Gewiß, ganz ungeschickt stellte ich mich nicht an, ich lernte auch die Bewältigung von Aufgaben, die ich mir nie zugetraut hätte. Meine Finger wurden durch den ständigen Umgang mit kleinsten Feilen und Pinzetten, mit Drähten, Zangen und winzigen Tiegeln flinker, sicherer und auch kräftiger. Doch meine wahre Begabung, das glaubte ich sehr deutlich zu fühlen, gehörte nicht dem Treiben, Punzieren, Ätzen oder Tauschieren, sie gehörte dem zeichnerischen Entwurf.

Zeichnen durfte ich jedoch immer nur die kleinsten Objekte:

Perlen in ausgefallener Fassung, Verschlüsse, die in der Form von Rosen oder von Schnecken zu gestalten waren, Diamantensplitter als Schneeflocken; die Mode diktierte meiner Hand. Aber ich übte meine Kunst nicht für ein Publikum aus, ich mußte Anweisungen für Handwerker entwerfen.

Dabei gehörte meine Leidenschaft schon in dieser Periode – das Wort «Periode» habe ich erst später von Raul übernommen – dem großen Entwurf. Um meine Phantasie zu befriedigen, entwarf ich prunkvolle Passagen und beladene Treppen, überflüssige Säle, die sich im Unendlichen verloren, und Säulen, deren girlandenbesessene Anmut nichts von der Last verriet, die diese Träger abzustützen hatten. Ich war verliebt in die Mathematik und in die Technik der perspektivischen Darstellung.

Einer meiner Helden war Paolo Uccello, der so verschroben gewesen sein muß, daß er Karriere, Ruhm und Reichtum opferte, um in aller Ruhe seiner kauzigen Neugier nachgehen zu können. Diese richtete sich auf die wunderlichsten Dinge, wie neue Winkel zu berechnen, dem Auge immer ausgefallenere Sichtweisen zu erschließen, auszutüfteln, wie sich der Schatten des Reliefs auf einer Brosche verkürzt, wenn die Hautfarbe der Trägerin ins Teigige wechselt. Uccello, so hieß es, hatte einmal den Auftrag für ein Porträt mit der Begründung abgelehnt: «Seine Nase bringt mir geometrisch nichts Neues.»

«Ach Uccello», pflegte Raul abzuwehren, wenn ich von meiner Begeisterung redete, «wann starb Uccello? So um das Jahr 1500, wenn ich meinen Vasari richtig im Kopfe habe. Das ist doch schon zweihundert Jahre her. Was soll uns dieser Mensch heute noch bedeuten?»

Mein Freund teilte mit mir auch nicht die Leidenschaft, über Linien nachzudenken, die endlich waren und doch ins Unendliche führten. Als wir einmal über die Themen «Perspektive, Proportionen, Symmetrie» redeten, nannte er mich abschließend einen blutleeren Tüftler.

Gehörte das auch in meine Beichte, jenes Bild von dem blutleeren Tüftler?

Raul meinte damals, ihn interessiere nicht die Perspektive des Raumes, die sei ohnehin bis in den letzten Winkel ausgekundschaftet, worum es jetzt gehen müsse, sei eine Perspektive der Zeit und, mehr noch, eine Perspektive der Gefühle. Wie verändern Gier, Lust oder Trägheit unsere Blickweisen? Warum erscheint uns ein Körper, den wir einmal – oder vielleicht häufiger – besessen hätten, weniger reizvoll als vor der Besitznahme? Perspektive, behauptete er, könne sich nicht mehr in technischen Kniffen erschöpfen (er gebrauchte tatsächlich das Wort «Kniff»), sie sei die Wahrnehmung schlechthin und nicht das Mittel zu ihrer Darstellung.

«Auch die kühnste Wahrnehmung muß schließlich wieder auf die Leinwand», hatte ich dagegengehalten, ein wenig bestürzt über meinen Mut zum Widerspruch. Darauf erwiderte er bleich mit einem bösen Blick: «Du hast nie Castiglione erlebt.»

Dieser Satz schmerzte, weil er traf. Nein, ich hatte tatsächlich nie den legendären Giuseppe Castiglione getroffen, den Zauberer aller Perspektiven, den Magier der Fresken, den Demiurgen jeder Bühnenszene. Castiglione soll es geschafft haben, allein durch die Darstellung der Rückenmuskeln des heiligen Sebastian eine ganze Riege von Ordensschwestern zum Bruch ihres Keuschheitsgelöbnisses bewegt zu haben. Castiglione hatte ein Verfahren entwickelt, Bindemittel auf Steine zu streichen, die deren Poren wie trockenes Holz zusammenfügten und die Farben wie Lack glänzen ließen. Castiglione schließlich war es gewesen, der in unserem Theater in Coimbra Moses durch das Rote Meer hatte schreiten lassen, so augenfällig, so überzeugend, daß die Zuschauer noch Tage später zurückkamen, weil das, was sie gesehen hatten, ein fester Bestandteil ihres Glaubens geworden war und weil sie deshalb Bühne und Vorhang für eine böse Inszenierung hielten.

Plötzlich trat mit Raul die ganze lärmende Stadt in unsere kleine Wohnung. Die vertrauten staubgrauen Wände schienen sich mit einemmal zu weiten, als wollten sie möglichst viel aufnehmen von den neuen, wilden Düften, die an ihnen entlangstrichen. Die Luft belebte sich mit geräuchertem Fisch und Fenchelpastillen, mit neuem Wein, Knoblauch und frisch gesengtem Haar. Wie auf ein stilles Kommando brannten auch unsere fünf Kerzen im Leuchter heller und gieriger. Doch das hing wohl weniger mit den fremden Gerüchen zusammen: Raul hatte im Theater gelernt, daß bei jedem wirkungsvollen Auftritt die Kulissentür stets weit offen bleibt.

Mein Freund trug einen Strauß schwarzer afrikanischer Gladiolen wie eine Fackel, und er war außer Atem. Auch das gehörte zur Atmosphäre der Stadt: In Coimbra rangen alle beständig nach Luft. Es gehörte zur Umgangssprache der Gesten und wurde den Bewohnern in die Wiege gelegt. Ich habe nie herausgefunden, ob sie damit demonstrieren wollten, wie steil es zwischen dem Ufer des Rio Des Mondego und der Oberstadt auf- und abging, oder ob sie nicht vielmehr ihren Stolz bekundeten, einer uralten Universitätsgemeinde anzugehören, in der der scharfe Geist des Neuen wie Schwefel Mund und Nase ätzte. Dabei war das jeweils Neue gar nicht unbedingt das gerade erst Bekanntgewordene. Das Neue konnte genausogut ein jüngst wiederentdeckter Gottesbeweis wie das Rezept für eine Fischsuppe aus den Tagen der Großmutter sein. Im Theater stand das Neue in aller Regel für eine aus Italien oder Frankreich importierte Maschine, um Engel herabschweben zu lassen, um auf der Bühne mannshohe Wellen zu erzeugen oder um einen Elefanten zum Verschwinden zu bringen. In der Kunst der Liebe bedeutete derselbe Ausdruck seit kurzem eine Tanzform, bei der man die Partnerin nicht mehr berührte.

Raul warf mit dem Armschwung eines ungestümen Sämanns den schwarzblauen Talar, dem er seit seiner Studentenzeit die

Treue hielt, auf die Bank unter dem Fenster. «Zu schade, daß du nicht dabei warst», rief er, «ein völlig neuer Ablauf und die interessantesten Gesichter im Publikum. Nasen wie Senfgurken, Stirnen flach wie Ziegel, als Porträt hätte dir diese Visagen niemand abgenommen. Dazu das Licht des Scheiterhaufens. So ein dichtes Goldrot, wie wenn an einem klaren Abend die Sonne in die Universitätsbibliothek einfällt. Und über allem die glockenhelle Stimme, mit der die Frau ihre Schuld bekannte.»

Schon wieder ein Autodafé?

«Ein *actus fidei*», bestätigte Raul. Wie immer, wenn er Latein sprach, zog er hastig alle Silben zu einem Wort zusammen. «Ein Akt des Glaubens, doch so prall gefüllt mit den schweinischsten Einzelheiten, die mir herrliche Anregungen für ein Bild gaben, in dem ich alle Todsünden gleichzeitig erfasse. Gleichzeitig und doch in einem unaufhaltsamen Prozeß der Steigerung. Auf diesem Bild werden die Zuschauer auf beiden Seiten wie ein Chor stehen. Stumm gaffend und dann wieder anfeuernd. Befriedigt und dann wieder hungrig auf Neues. Du hättest hören müssen, wie die Stimmung aus verzückter Erstarrung plötzlich umkippte in ein unwiderstehliches Drängen. Wei – ter, schrie die Menge, wei – ter, wei – ter. Zu diesem Rhythmus klatschten und stampften sie. Darauf gestand die Frau eine neue Sünde, noch verruchter als die vorausgegangene, doch alles mit dieser unschuldig-glokkenhellen Stimme. Es war so aufreizend wie das langsame Entkleiden einer adeligen Jungfrau aus ihrem Hochzeitsgewand. Nur blieb das Ganze nicht bei der Offenbarung ihrer Nacktheit stehen, verstehst du, das Bild lebte und bewegte sich und wurde tausendfach in den Augen der Zuschauer gespiegelt. Mir näßte es zweimal das Unterkleid. Mein Wort darauf.»

«Und das Ende?» fragte ich, widerwillig angesteckt von seiner Erregung.

«Ein glimmender Kienspan setzte die Schleife in Brand, die unter ihrem Hals das Oberteil des Kleides zusammenraffte. Im

Theater hätte uns nichts Besseres einfallen können. Sekunden später sah man ihre festen, alabasterglänzenden Brüste. Dann war die Menge nicht mehr zu halten. Ich erhielt einen Schlag, und als ich das Bewußtsein wiedererlangt hatte, beugte sich Raimón über mich, der mir mit seinem üblichen Gestotter erzählte, die Hexe sei verbrannt, und du, Lazzo, müßtest eine Generalbeichte ablegen. Er half mir auf die Beine, und ich bin natürlich sofort heimgekehrt. Warum eine Generalbeichte? Hast du dich angesteckt?»

Die letzte Frage überraschte mich so sehr, daß ich zweimal heftig niesen mußte.

«Du weißt doch, daß mich der Orden nach China schickt», antwortete ich. «In einer Mission, die so geheim ist, daß man sie mir erst dort eröffnen wird. Eigentlich ist auch das schon ein Geheimnis, über das ich nicht einmal mit dir reden dürfte. Daß ich es dennoch getan habe, gehört wahrscheinlich schon in meine Beichte. Jedenfalls ist der Weg dorthin gefährlich. Schon auf der Strecke nach Lissabon kann einem manches zustoßen, Strauchdiebe, Söldner, Dominikaner. Dir brauch' ich's ja nicht aufzuzählen. Ich stehe also am Ende eines Lebensabschnittes und, so Gott will, vor dem Anfang eines erfüllten neuen. Gut möglich auch, daß mich der Allmächtige zum Märtyrer ausersehen hat.» Hier hatte ich auf Rauls Widerspruch gehofft, doch mein Zimmergefährte war hinter einen Wandschirm getreten und wechselte dort, heftig fluchend, die Hosen.

«Niemand von uns kennt die Ratschlüsse des HERRN», fuhr ich fort, «gerade deshalb...»

«Geh und hol uns Wein», unterbrach mich der Freund.

Als ich mit den drei Flaschen aus dem Lokal zurückkam, hatte er die Bühnenmodelle, die wir vorher im Kamin abgestellt hatten, entfernt und ein kleines Feuer angezündet. Mit den Fransen seines Talars wischte er an einem Pokal, den wir nur zu den allerfestlichsten Anlässen gebrauchten. Er zog eine der Flaschen aus meinem Arm, entkorkte sie, nahm einen Schluck und goß mir den Pokal voll.

«Also beichte», sagte er.

«Doch wo beginnen?»

Am liebsten hätte ich damit begonnen, ihm ins Gesicht zu sagen, wie sehr ich ihn dafür haßte, daß er immer zu diesen Autodafés lief, um sich dort zu vergnügen, oder, wie er es ausdrückte, sich inspirieren zu lassen.

Einmal hatte er mir erzählt, wie sie einen Juden qualmen ließen.

Mit genau denselben Worten: «Wir brachten einen Juden zum Qualmen.»

Aber das wäre nicht der richtige Einstieg gewesen.

Während ich noch überlegte, griff Raul nach seinem Talar, ließ sich neben mir nieder und hielt das Kleidungsstück hoch, als sei es die Trennwand im Beichtstuhl.

«Meine größte Schwäche ist meine Begehrlichkeit», begann ich, «damit meine ich nicht die Gier nach Besitz oder Macht, vielmehr begehre ich Zustände. Ich will kein König sein, aber ich möchte das Gefühl der Krönung erleben. Wenn ich ein Fresko von Castiglione betrachte, neide ich ihm die Zufriedenheit nach dem letzten Pinselstrich. Mir fehlt jedes Talent zum Kaufmann, aber wie sehne ich mich nach diesem kleinen Kitzel, der sich einstellen muß, sobald ein Geschäft kurz vor dem glücklichen Abschluß steht. Manchmal komme ich mir vor wie eine Hummel, die es von Blüte zu Blüte treibt. Vielleicht werde ich mein ganzes Leben mit dem Versuch verbringen, in die Rolle anderer Menschen zu schlüpfen. Genau darin erkenne ich meine größte Schwäche, ich will immer dazugehören.»

Raul ließ den Talar sinken. «Deine größte Schwäche liegt darin, daß du nichts zu beichten hast.»

V

VERDECKT VON HERABHÄNGENDEN Zweigen stand der Kunsthändler Lu unter einem blühenden Kirschbaum und beobachtete den alten Li. Drei-Finger-Li hatte vor zwei Tagen den Auftrag erhalten, die graugrüne Gartenpforte nicht aus den Augen zu lassen, durch die nachts die Kübel mit dem Kot der Hausbewohner auf die Straße getragen wurden. Wenn sie unter sich waren, nannten die Diener diesen Ausgang «die Hintern-Tür». Obwohl der Gärtner regelmäßig ermahnt wurde, auch in dieser Ecke die Natur in ihre Schranken zu verweisen, wucherten hier Brennesseln und Eschen, Holunder und Schachtelhalm. Neben der Pforte, die Außenmauer als Rückwand nutzend, lag eine verwitterte Lehmhütte, in der der Vetter des Türstehers mit dem alten Li wohnte. Dieser Vetter war blind und auf mißtrauische Weise hellhörig. Lu konnte sich nicht erinnern, in dem kleinen offenen Fenster je etwas anderes als den Hinterkopf und die Ohren des Vetters gesehen zu haben. Das rechte und das linke Ohr, denn der Vetter drehte seinen haarlosen Schädel so ruckartig wie ein Strauß, wenn irgendwo ein Ast knackte, wenn Gelächter nicht in seine Umgebung paßte, wenn nächtliches Hasten oder Schlurfen Gefühle verriet, die den Regeln der Sittlichkeit widersprachen. So hieß der Mann bei allen schlicht «Das große Ohr».

Der Kunsthändler machte sich Sorgen wegen eines Bildes, das vor zwei Tagen auf rätselhafte Weise in seinen Besitz gekommen war, und ihn bekümmerte seine Tochter. Beide Gefühle, davon war Lu fest überzeugt, hatten miteinander und auf eine verquere Weise auch mit jener Pforte zu tun. Doch so sehr er sich den Kopf zerbrach, die Ahnungen, Halbgewißheiten und Befürchtungen ließen sich nicht in eine schlüssige Bilanz bringen. Fest stand nur, daß jenes Bild, eingerollt in eine verschlissene Altardecke, durch eben diese graugrüne Gartentür in sein Anwesen gelangt war. Er selbst hatte es am frühen Morgen dort gefunden. Beim Spaziergang war ihm ein Bündel aufgefallen, das sich scheinbar aus eigener Kraft ins Buschwerk bewegte. Er war dem Rätsel nachgegangen und hatte festgestellt, daß eine fette Ratte der Urheber dieser Bewegung war. Später stellte sich heraus, daß die Ratte beim Versuch, ihre Beute in Sicherheit zu bringen, einen kleinen Zettel zerbissen und verspeichelt hatte, der offenbar als Botschaft für den Kunsthändler bestimmt war. Zu erkennen waren nur noch die drei Zeichen «Erleuchtung», «weiß» und «Vergeltung». Nicht zu erkennen war, in welchem Zusammenhang diese Wörter standen.

Er hatte das Bündel mit dem Bild in sein Studio getragen, das Gemälde dort aufgerollt und war dann furchtbar erschrocken. Zum erstenmal in seinem Leben stand er vor einem Bild, das sich zu bewegen schien. Anders ausgedrückt, es bewegte sich mit dem Betrachter – oder bewegte es den Betrachter? Wahrscheinlich steckte eine billige Täuschung dahinter. Ganz sicher gab es eine harmlose Erklärung, so wie hinter den Bewegungen des Bündels das Gezerre der Ratte gesteckt hatte.

Um das Rätsel zu lösen, war der Kunsthändler noch einmal zur Gartenpforte gelaufen. Er hätte selbst nicht sagen können, warum er sich von der Fundstelle die Erklärung für den verstörenden Inhalt des Bildes versprach. Klar war ihm nur, daß er handeln mußte, daß er nicht unbeweglich bleiben durfte, während sich ein geheimnisvolles Netz um ihn zusammenzog.

Auf den ersten Blick hatte sich an der Pforte nichts geändert. Ein leichter Morgenwind bewegte die Blätter der Brennesseln und Schachtelhalme, der kantige Hinterkopf des «Großen Ohrs» glänzte rosig in der Morgensonne. Und dann entdeckte der Kunsthändler seine Tochter. Sie stand wie eine Statue an die Pforte gelehnt, offensichtlich war sie erschreckt, doch es war nicht zu erkennen, ob sie sich dabei ertappt fühlte, zu dieser Stunde heimzukehren oder das Haus zu verlassen.

Noch auffälliger als ihr kleines, in eisige Angst gefrorenes Gesicht erschien ihm ihr Gewand. Im Schnitt glich es der Tracht einer buddhistischen Nonne, doch es war aus grobem weißem Sackleinen gefertigt, so als sei die Tochter das Mitglied einer Trauergesellschaft. Über ihrer linken Brust schimmerte die schwarze Brosche, die Lu seiner Tochter zum letzten Neujahrsfest geschenkt hatte.

Aus der Tochter war kein Wort herauszubringen. Lu hatte es mit Drohungen und mit freundlichen Worten versucht, doch sein Kind blieb stumm. Schließlich übergab er sie der Obhut der ältesten Zofe und ließ sie auf ihr Zimmer bringen. Dort hörte er die Tochter nachts leise schluchzen, manchmal redete sie auch im Schlaf, aber es waren Worte, die er nicht verstand, und es waren nie Sätze, die einen Sinn ergaben. Seit zwei Tagen hatte sie kein Gericht mehr angerührt.

Genausowenig hatte Lu aus dem Vetter des Türstehers herausgebracht. «Das große Ohr» behauptete, in der fraglichen Nacht habe es so kräftig gestürmt, daß er einzelne Laute nicht mehr habe unterscheiden können. Dann redete er noch unverständliches Zeug über Fuchsgeister und Baumdämonen, die in den letzten Monaten häufiger erschienen seien und die seinen Dreifachen Erwärmer in Unordnung gebracht hätten. Der Dreifache Erwärmer war sein Lieblingsorgan. Wenn andere über Kopfschmerzen oder Sehstörungen klagten, berief sich der Vetter stets auf seinen Dreifachen Erwärmer. Danach hörte ihm niemand mehr zu.

Da alle Zeugen schwiegen, blieb dem Kunsthändler nur

erhöhte Wachsamkeit – und das Bild. Er hatte sich vorgenommen, herauszufinden, was ihm bei der ersten Betrachtung eine solche Furcht eingeflößt hatte, und er fühlte sich dabei wie ein Arzt, der seinen eigenen Symptomen auf den Grund zu gehen sucht. Das Bild zeigte eine junge Frau, die in einem Obstgarten Beeren pflückte. Das war ein konventionelles Motiv, im Lager des Kunsthändlers befanden sich Hunderte von Rollen, die ähnliche Vorgänge festhielten. Immer ging es um die Verbindung von Jungfräulichkeit und reifer Frucht, um die Symbolik von Lenz und frühem Herbst. Zielte der Künstler auf die Anmut der Körperlinie, ließ er die junge Frau nach Äpfeln greifen, sollte eher das Häuslich-Sorgende hervorgehoben werden, dann bückte sie sich nach Beeren. Für den Aufbau des Bildes war das belanglos.

Der Kunsthändler griff nach dem rotgold-lackierten Vogelkäfig, den er an einen abgebrochenen Ast des Kirschbaums gehängt hatte, und entnahm ihm eine der beiden Nachtigallen. Er strich ihr über den schwarzblauen Schwanz und setzte sie auf seinen linken Unterarm. Dort starrte sie ihn mit erwartungsvoll lidlosen Augen an. Aus dem rechten Ärmel seines wattierten Rocks zog er ein silbernes Fläschchen, schraubte den Verschluß auf und schüttete ein paar Opiumpillen in die kleine Vertiefung, die er zwischen Daumen und eingeknicktem Finger der linken Hand gebildet hatte. Sofort hüpfte der Vogel vom Unterarm, umkrallte den Daumen und pickte nach den Kügelchen. Der Kunsthändler ließ den Arm langsam sinken und schleuderte ihn heftig nach oben. Mit einem beglückten Schrei breitete die Nachtigall ihre Flügel aus, schraubte sich immer höher in den weißblauen Himmel und zog dort kleine Schleifen. Als sie kurz darauf wieder herabstürzte, trug sie im Schnabel eine Kirschblüte.

Weiß war auch das Gewand gewesen, das die Frau auf dem Bild trug, dessen Herkunft so unerklärlich war. Diese Frau wandte dem Betrachter den Rücken zu. Schon das war ungewöhnlich, gehörte doch ein frisch leuchtendes Gesicht zu den Anziehungspunkten einer solchen Szene. Hell sollte es glänzen, lautete eine der klassischen Malregeln, so hell, schön und ein wenig fettig wie ein Entenbürzel.

Doch es war nicht diese eigentümlich abweisende Haltung jener Frau gewesen, die Lu bei der ersten Betrachtung einen so gewaltigen Schrecken eingejagt hatte, daß er fürchtete, Opfer eines Zaubertricks geworden zu sein. Jetzt, zwei Tage später und um viel Schlaf gebracht, glaubte er, das Geheimnis verstanden zu haben: Das Gemälde lebte und lockte durch eine raffinierte Anordnung von schwarz oder grau züngelnden Partien, die wie hellere und dunklere Schleier auf der Oberfläche lagen. Diese Partien schienen einander beständig anzügliche Botschaften zuzuraunen, und sie stifteten Unruhe, denn die Schatten rissen das Bild aus seiner Zeitlosigkeit. Ein Schatten kann kürzer oder länger sein, doch er ist immer ein Zeichen der Vergänglichkeit des Tages. Ein Schatten bricht mit der Ewigkeit.

Wer immer der Maler dieses Bildes sein mochte (oder hatten sich vielleicht mehrere zusammengeschlossen?), man hatte mit einer durch die Geschichte von Jahrhunderten geheiligten Tradition gebrochen. Leben, überlegte der Kunsthändler, während er mit großer Aufmerksamkeit seiner Nachtigall eine weitere Portion von Opiumkörnern nachschüttete, Leben muß nicht erfunden werden, erfunden werden muß die Kunst. Im Leben gibt es die Konventionen, die Regeln des Alltags, die zur Kunst hinführen. Doch jede Krankheit, jede Leidenschaft, jede Unordnung der Energien lehrt uns, daß unsere Existenz nur eine flüchtige Form sein kann.

Das war ja das Erhabene an der Malerei: Die Werke der großen Maler des Landes konnte man nach verschiedenen Schulen ordnen, Eingeweihte stritten sich über die wechselseitigen Vorzüge des Gebrauchs von blauer oder grüner Farbe, gelehrte Abhandlungen waren über die Frage geschrieben worden, wie das Auge des Betrachters durch Bergzüge oder Schluchten zu lenken war, um es schließlich zu dem kleinen Einsiedler in der kleinen Hütte zu führen. Der konnte auch an drei verschiedenen Stellen auftauchen, mal fischen, mal denken, mal trinken oder ein Gedicht verfassen, nie ging es um eine zeitliche Abfolge von Ereignissen, immer nur um den Schatz der Möglichkeiten.

Diese unverhüllte, brutale Darstellung eines Schattens aber hatte es noch nie gegeben, und es durfte sie auch gar nicht geben.

Es durfte deswegen keinen Schatten geben, überlegte der Kunsthändler, als er die Nachtigall wieder in den Käfig einschloß, weil Malerei schließlich den Triumph einer den Gedanken ausführenden Hand über die Natur bedeutete, den Triumph des Lichtes. Natur war Ungezügeltes, war roh, war Wildnis – Schatten.

Jenes Bild verriet alle Absprachen.

«Licht», hatte der Kunsthändler seinem Bambusregal zugerufen, «Licht ist ein Zustand der Vollendung.» Darauf war ein Diener eingetreten, der glaubte, neue Kerzen aufstellen zu müssen. Lu hatte ihn mit einer ärgerlichen Handbewegung entlassen. Das Reich des Lichtes, daran wollte er nicht rütteln lassen, war das Reich der Zivilisation, das Reich des Schattens hingegen gehörte allenfalls in die dunkle Welt der Träume, in die Nacht, die durch die ersten Strahlen der Sonne vertrieben wird. Der Urheber dieses Werkes, dessen Rand er bereits mit seinen Daumenabdrücken beschmutzt hatte, machte sich über die Kraft des Lichtes lustig. Das sah man schon an der Frau. Trotz ihres Kleides war der Körper so genau zu erkennen, als sei sie nackt gemalt worden.

Aber es ging ja nicht allein um die Frau. Die Schatten griffen überall zu, verbreiteten Hast, Begierde und Unruhe, drängten Fragen auf, die zu beantworten nicht der Zweck eines Bildes sein konnte. Jedenfalls dann nicht, wenn es in einem Bild um eine Aussage und nicht um eine Nachricht ging.

Der Türsteher meldete den Besuch des Gelehrten Yang. Yang war ein Kunde von Lu, in manchen Geschäften ein Agent, in anderen eher ein Zuträger. Es verband sie die gemeinsame Herkunft aus einem kleinen Dorf nicht weit von Hangzhou. Yang hatte bereits zweimal seinen Beamtenposten verloren, weil er sich mit seinem Vorgesetzten nicht über die Höhe der ihm zustehenden Bestechungsgelder hatte einigen können. Im Augenblick lebte er davon, am Osttor des Himmelstempels gutgläubigen Besuchern ihr Schicksal aus dem «Buch der Wandlungen» vorauszusagen. Weil man damit keine Familie ernähren konnte, belieferte er Lu mit Seiden, Tuschen und Papierrollen aus allen möglichen Jahrhunderten. So manches Bild einer früheren Dynastie verdankte diesen Materialien seine Entstehung oder seine Vollendung, später auch seinen Verkauf, denn der Literatenbeamte verstand sich wie kein zweiter auf die «Sprache der Wassermelonen», jene Kunst, flüssige und feste Begriffe zu einem Ganzen zusammenzufügen, philosophisch zu spekulieren und ökonomisch zu argumentieren, nichts zu sagen und doch alles anzudeuten.

Yang, so sagte man, verstand sich auf alle Lebenslagen, besonders verstand er sich auf jene, die ein wenig in die Schräge geraten waren. Vor einigen Jahren hatte Lu ihm sein Tagebuch abgekauft. Damals war der Beamte völlig mittellos gewesen, innerhalb von einem Monat hatte er zweimal den Namen wechseln müssen, vor allem, weil ihn zahlreiche Gläubiger bedrohten, aber auch, weil er sich von einem neuen Namen eine günstigere Schicksalskonstellation versprach. Nichts hatte geholfen. Das einzige, was ihm geblieben war, war sein Tagebuch.

Das befand sich nun im Besitz des Kunsthändlers, der es nicht nur aus Mildtätigkeit oder Sentimentalität erworben hatte – und zu einem ganz geringen Teil auch nur, um über ein Dokument zu verfügen, das ihn möglicherweise selbst belasten könnte –, sondern weil Yang säuberlich und präzise wie ein Kontorist ausschließlich die Fehlschläge seines Lebens festgehalten hatte. Das mit sechs Reisfäden zusammengeheftete Dokument war ein

Archiv des Mißlingens, eine Anleitung für unter keinen Umständen zu nutzende Möglichkeiten, darin lag für Lu die wahre Bedeutung.

Yang ließ sich die Geschichte seines Freundes so ausführlich vortragen, daß sie über alle Gänge des reichen Mahles noch nicht zum Abschluß gekommen war. «Ich kenne nur ein einziges Beispiel», sagte er über dem Melonengericht, «doch ein einziges Beispiel ist zuwenig.» Er liebkoste den Becher mit dem warmen Wein. «Ich würde überlegen, was die Farbe Weiß bedeutet, und ich würde versuchen, Eure Tochter im Auge zu behalten. Vielleicht hilft hier nur Wachsamkeit, vielleicht schadet jedes andere Vorgehen. Mir hat Wachsamkeit immer gefehlt, ich werde sie zu meiner Stärke machen. Mag sein, daß hierin für uns beide ein gutes Zeichen liegt.»

Als seinen Preis nannte Yang eine der beiden Nachtigallen aus dem Käfig, darüber fluchte der Kunsthändler, und er fluchte auch über die Melonensprache, die er durchschaute, der er sich aber immer wieder ausgeliefert fühlte.

VI

JEDER MENSCH BRAUCHT einen zentralen Punkt, um die Welt zu begreifen und Gott zu erkennen.» Dieser Satz unseres Superiors kam mir wie ein böser Spott in den Sinn, als der Dreimaster, der uns nach Macao bringen sollte, in den ersten von zahllosen Stürmen geriet.

Das geschah bereits wenige Tage, nachdem wir den Hafen von Lissabon verlassen hatten. Natürlich kannte ich Unwetter. In unserem Dorf waren sie meist von Überschwemmungen begleitet, und sie ereigneten sich regelmäßig, bevor die Herbsternte eingefahren wurde. Don Costino predigte zu solchen Anlässen stets über «die Prüfung, die Er uns auferlegt, damit wir im Herzen keinen Stolz über unseren Besitz tragen». Da ich über keinen Besitz verfügte, fühlte ich mich auch nicht sonderlich geprüft, merkte allerdings an der beharrlich ansteigenden Rötung von Ohren- und Backenpartien der vermögenderen Zuhörer unseres Pfarrers, daß diese Gemeindemitglieder nur schwer verstanden, warum der Allmächtige beschlossen hatte, dieselbe Botschaft Jahr für Jahr zu wiederholen.

Für mich hingegen bedeuteten Unwetter damals das schlichte Glück. Sie setzten die Ordnung unserer kleinen Welt einfach außer Kraft. Es regierten ganz neue Farben, ein schlammiges Braun mit weißem Blasenbesatz, ein mattes, niederträchtiges Blei, und dann, wenn unerwartet die Sonne durch die Wolkenbänke brach, ein völlig verlogenes Rosa.

Genauso veränderten sich auch die vertrauten Formen oder, besser gesagt: die Beziehungen zwischen den Formen. Das Wasser stand hoch in den Gassen, dadurch verloren die Häuser an Höhe, Hügelkuppen gewannen oder verloren an Bedrohlichkeit, je nachdem, welche Lücken in die Bewaldung geschlagen worden waren, auf den Weiden fanden sich die Kühe, die sonst auf Abstand hielten, in engen Gruppen wieder, als würden sie in allerkürzester Zeit auf den Markt getrieben.

An solchen Tagen schrumpfte und dehnte sich auch die Zeit in einem ganz anderen Rhythmus. Zeit war nicht mehr die geregelte Spanne zwischen Glockenschlägen, zwischen Aufstehen, Mahlzeiten, Hausarbeiten, Gebet und Zubettgehen, es gab sie nun in kleinen und in großen Portionen, im wilden Hasten, wenn Wasser zu schöpfen oder eine Ziege zu retten war, im gespannten Ausharren, bis breite Schultern einen über die Straße trugen, im langen nächtlichen Lauschen, ob denn der Regen nicht endlich nachließ.

Das war abenteuerlich gewesen, gewiß, doch abenteuerlich nur aus der Sicht eines kleinen Jungen, der von der Entmachtung der Alltäglichkeit träumte und für den selbst in diesen kleinen Szenen des Triumphs die Unordnung noch überschaubar blieb.

Bei den Stürmen, die ich an Bord der «Danae» erlebte, konnte dagegen von Überschaubarkeit keine Rede mehr sein. Manchmal hätte ich meine Hand nicht vor den Augen erkennen können, so schmierig, so brennend und so fest verklebte die Gischt, die uns entgegenschlug, die Lider. Dann wieder ritten wir hoch auf einem Wellenkamm, allerdings in einer bedenklichen Schräglage, als hätte das Schiff die Steigbügel verloren. Da wurde unsere ganze Welt zu Gipfeln und zu Tälern, eine Verschwörung von Grau, Grün und Weiß, schrecklich und eindrucksvoller, als ich es je auf einem Bild gesehen hatte.

Und auch die Geräusche, das Tosen und das Knarzen, das

Klatschen und das Pfeifen übertrafen alle Effekte, die wir in unserem Theater in Coimbra je zustande gebracht hatten.

Furcht empfand ich eigentlich nicht. Mein Leben war in Gottes Hand und in den Händen der Besatzung, der ähnliche Situationen schon häufiger widerfahren waren. Damit will ich nicht behaupten, daß ich mir als Held vorkam. Ein Held sitzt schließlich nicht gefesselt an einen Stuhl, während die anderen kämpfen. Am allerwenigsten kann ein Held so geruchsempfindlich sein wie ich.

Ich muß gestehen, daß mein anfängliches Mitgefühl nach und nach in einen ganz und gar unchristlichen Haß umschlug, so oft sich Pater Fausto, der Älteste unserer Reisegruppe, von immer wilderen Krämpfen geschüttelt, auf den Brustlatz seiner Soutane erbrach. Dabei glotzte er hilflos wie ein Karpfen im Schlamm und würgte neben Speichel und sauren Magensäften auch noch Anrufungen des heiligen Nikodemus hervor. Manchmal stand ich kurz davor, mich bei dem bewährten Schutzpatron für diese unwürdige Beschwörung seines Namens zu entschuldigen.

Um so tiefer war meine Scham, als wir Pater Fausto begraben mußten.

Er starb am Fest der Unschuldigen Kinder, einem heiteren, ruhigen Tag, an dem die Segel unseres Schiffes einen verläßlich-stetigen Wind gefunden zu haben schienen. Die Stimmung an Bord war beinahe schon ausgelassen. Gewisse, notwendig gewordene Reparaturen an Segeln und Masten wurden am oberen Deck von kleineren Gruppen von Matrosen vorgenommen, die dabei kehlig-unverständliche Gesänge auf portugiesisch anstimmten. Gesungen wurde auch um die hölzernen Bottiche, in denen unsere Kleider gewaschen wurden. Der Koch, der wie immer betrunken war, grölte aus seiner Kombüse, und einer der Gehilfen des Zimmermanns war abkommandiert worden, um einen mir völlig unbekannten Choral in die Segel zu brüllen, damit der uns günstige Wind nicht nachlasse.

Mich hatte der Zweite Steuermann, ein sonst eher verschlossener Genuese, eingeladen, mit ihm an der Reling unsere Angeln auszuwerfen.

Dort traf mich Pater Fausto, blaß, doch nicht mehr so käsig im Gesicht wie am Vortag, und forderte mich auf, ihm bei der Inventur seiner Truhen zu helfen.

Unter diesen Truhen hatte ich bereits in Lissabon zu leiden gehabt. An den Kanten waren sie mit Leder beschlagen, sonst bestanden sie aus massivem Messing und enthielten mehrere tausend Rosenkränze, die in Compostela eigens für die China-Mission geweiht worden waren. Zwei dunkelbraune Kutschen hatten diese Ladung direkt bis zu unserem Ankerplatz gebracht. Pater Fausto bestand darauf, daß wir die Kästen selbst in seine Kabine schleppten. Er sagte dabei etwas von einer heiligen Fracht, die nicht durch die Schultern von «Gottes Wort im Fluch besudelnden Trägern» an Kraft verlieren dürfe. Zudem versprach er jedem von uns einen Rosenkranz aus echten Perlen. Vergebens hatte ich ihn damals darauf hingewiesen, daß Gott mir zwar eine umfangreiche Gestalt, doch nur ein sehr schwaches Rückgrat verliehen hat.

Als Pater Fausto mich jetzt mit dürren Worten an der Reling ansprach, war mir sofort klar, der Hinweis auf meine physische Verfassung würde auch diesmal nichts fruchten. Ich spürte, wie die Kanten der Truhen in meinen Nacken schneiden würden, ich vermeinte sogar schon den Schmerz vorausahnen zu können, der mich am nächsten Morgen befallen mußte, wenn ich versuchte, mich von meinem Lager zu erheben.

Und genauso deutlich spürte ich, daß sich soeben ein Fisch für meinen Köder interessiert hatte. Nach dem heftigen Rucken an der Leine zu urteilen, handelte es sich sogar um ein besonders schweres Tier. Dieses Rucken hatte nichts Spielerisches, Ausprobierendes, es vermittelte die Entschlossenheit eines Souveräns, der nicht einfach einem Instinkt gehorcht, sondern der sich nimmt, was ihm zusteht.

«Ihr müßt mich einen Moment entschuldigen», sagte ich zu Pater Fausto, «vielleicht versteht nur der heilige Petrus, warum ich jetzt ungehorsam und abwesend wirke, aber im Augenblick geht es mir um den Fischfang. Sobald ich diese Angelegenheit erledigt habe, will ich mich gerne um die Rosenkränze kümmern.»

Mehr als zwei Stunden lang kämpften der Steuermann und ich um jenen Fisch. Noch als das Tier auf den Planken lag, tobte es herum, als wolle es sich an uns rächen. Der Steuermann versuchte, den Fisch mit der blanken Faust zu erschlagen, dann mußte ich mich über seinen schillernden Bauch werfen und so lange ausharren, bis er eine Harpune gefunden hatte, die er ihm in die Kiemen rammte.

In diesem Moment des Triumphs und der letzten Zuckungen unseres Opfers hörte ich ein Krachen aus unserer Kabine. Ein flaches Krachen und ein Scheppern, gefolgt von einem kaum wahrnehmbaren Seufzer. Dieser Seufzer verklang so milde wie das Ausatmen eines schwachen Orgeltons. Aber vielleicht schwang jener Ton auch nur deswegen so sanft, weil sich das vorausgegangene Knacken so unwirsch, so unharmonisch angehört hatte. Es erinnerte mich an den letzten Sturm, als unser Vordermast zusammengeknickt war.

Sofort liefen wir zur Kabine. Der Anblick war grauenvoll. Offenbar hatten die heftigen Bewegungen des Schiffes während der vorausgegangenen Unwetter die sorgsam verstaute Ladung von Koffern und Truhen in ein gefährliches Ungleichgewicht gebracht. Mein erster Blick faßte nur geborstene Lederriemen. Mein zweiter Blick fiel auf Pater Fausto. Er lag auf dem Boden, ausgebreitet wie ein Kruzifix. Um das, was von seinem Kopf noch zu erkennen war, hatte sich eine Lache von Blut wie ein dunkler

Heiligenschein geformt. Was von seinem Kopf nicht mehr zu erkennen war, bedeckten Rosenkränze und eine umgestürzte Truhe.

Die Männer, die nach uns zur Kabine gehastet kamen, riefen schrill Sätze, die ich nicht verstand, bekreuzigten sich schnell und stumm, dann machten sie sich wieder davon.

«Einer weg, das stopft ein Leck», sagte der Steuermann, nachdem wir den Körper von Pater Fausto in ein weißes Tuch aus grobem Sackleinen gewickelt und seinen entstellten Kopf mit der Mütze eines Schiffsjungen bedeckt hatten.

Das klang so roh, daß ich in Tränen ausbrach. Gott sei Dank hatten die übrigen Patres, die um den Leichnam knieten, in ihrem lauten Gebet die Bemerkung nicht gehört. Alle vorgeschriebenen Rituale waren vollzogen worden, es war sogar zu einem freundschaftlichen Wettbewerb in der Bereitstellung von geweihten Substanzen gekommen: Wie sich bei diesem traurigen Anlaß herausstellte, verfügte jeder der Geistlichen über ein Öl, das schon durch seine Herkunft gleichsam doppelt heilig war; eins kam von einem Nonnenkloster aus der Umgebung von Avignon, ein anderes aus einer Amphore, die noch aus Jerusalem stammte.

Dieses Gefühl der Gemeinschaft war mir ein Trost, trotzdem nahm ich mir vor, den Steuermann wegen seiner Grobheit zur Rede zu stellen. Als Pater Sebastiano mich von meiner Totenwache ablöste, begab ich mich eiligst auf das Hinterdeck, dorthin, wo abends die Matrosen in kleinen Runden hockten, einander Geschichten erzählten, ihre Verbände wechselten oder auch nur aufs Meer stierten und – wenn es der Kapitän erlaubte – aus kleinen Blechnäpfen Schnaps tranken.

In dieser Nacht hatte der Kapitän gleich ein ganzes Faß auf das Hinterdeck bringen lassen. Einer der Offiziere beaufsichtigte den Ausschank, doch sehr schnell wurde mir klar, daß er nicht über die Menge, sondern nur über die gerechte Verteilung wachte.

Niemand nahm von meinem Erscheinen Notiz. Genausowenig nahm irgend jemand Notiz von dem fast vollgerundeten Mond, der leichte, bleiweiße Perlenschnüre gegen unser Heck zu blasen schien. Statt dessen lärmten die Matrosen, als gälte es, unliebsame Geister zu vertreiben. Sie machten dabei einen erleichterten, heiteren, keineswegs einen bedrückten Krach, so als träten sie einem bereits besiegten Widersacher noch einmal ins Kreuz.

«Einer weg, das stopft ein Leck», brüllte immer wieder der eine oder andere und schwenkte dabei seinen Becher.

Ich suchte mir einen Platz zwischen den mannshoch aufgerollten Tauen. Dort roch es nach Hanf und nach Salz, nach Knoblauch und fauligen Mündern. Sobald sich meine Augen an die Dunkelheit gewöhnt hatten, nahm ich zu meiner tiefen Bestürzung wahr, daß auch der kleine Alberto, unser Novize, sich hierhin zurückgezogen hatte. Der Schiffszimmermann hatte den rechten Arm um seine schmalen Schultern gelegt, die drei stämmigen Finger seiner linken Hand umklammerten das Gemächte von Alberto, als säße dort ein besonders schmackhafter Vogel, den man aus dem Nest heben müsse.

Ich riß den Novizen aus seiner zärtlich ergebenen Haltung und wies ihn mit strengen Worten zurecht. Zugegeben, das war nicht meine Aufgabe, ich war unserer Mission ja nur beigeordnet und trug somit überhaupt keine Verantwortung. Doch in meinem spontanen Ekel angesichts der Gier und der systematischen Beharrlichkeit unseres Zimmermanns kamen mir derlei Erwägungen gar nicht in den Sinn.

Es stellte sich ganz schnell heraus, daß Alberto bereits stockbetrunken war. Als ich ihn aufzurichten versuchte, konnte er sich kaum auf den Beinen halten, er hing so hilflos an meinem Hals, daß er mich beinahe erwürgte, und als er plötzlich lallte: «Einer weg, das stopft ein Leck», hätte ich ihm die verdiente Maulschelle gar nicht verpassen können, zu sehr war er ein Teil meines eigenen Körpers geworden.

Außerdem wurde mir langsam klar, daß Alberto, angesteckt von den anderen Männern, nur einen Anlaß gesucht hatte, sich seinen Ängsten hinzugeben und sie so vielleicht zu überwinden.

Matrosen, das war mir schon zu Beginn unserer Reise aufgefallen, sind unbeschreiblich abergläubisch. Wahrscheinlich hängt das mit den Gefahren zusammen, die sie auf ihren Reisen durchstehen müssen, vielleicht wächst ihr Aberglaube mit ihren Muskeln und ihrer Tapferkeit. Bei uns, an Bord der «Danae», galten die eigentümlichsten Verbote, bestimmte Worte durften nicht ausgesprochen werden, wenn der Wind von Norden blies, weil sie angeblich ein Unglück heraufbeschworen, es gab Regeln über Kleidungsstücke, die nur auf der einen, nie aber auf der anderen Seite zum Trocknen aufzuhängen waren, und ebenfalls war es untersagt, an bestimmten Plätzen auf dem Schiff Speisen zu verzehren.

Daneben existierten die unglaublichsten Ankündigungen eines plötzlichen Glücks: heftige Darmbewegungen an einem Sonntag zum Beispiel, das Sprießen von Haaren aus einer Warze oder ein spezielles Zusammenballen von Wolken am Horizont, wenn die Sonne untergeht.

Natürlich kannte ich Aberglauben aus meinem Dorf, den bösen Blick, den heilbringenden Buckel, die Locke aus dem Schamhaar der Jungfrau. Genauso vertraut war mir der Aberglaube der Schauspieler auf den Bühnen in Coimbra und in Lissabon. Nur hier, auf hoher See, ging es um etwas viel Elementareres, Verzweifeltes. Es handelte sich nicht mehr um das Beschwören von Glück, es ging um den Kampf gegen den Tod. In diesem Kampf waren alle Mittel gleichberechtigt. Dabei war die gesamte Besatzung ordentlich getauft, kannte die Grundbegriffe unseres Katechismus und versammelte sich auch – wenn der Dienst es erlaubte – vollzählig zu unseren Messen. Nur schienen diese Rituale den Männern nicht zu genügen.

Je länger wir unterwegs waren, desto weniger erstaunte mich, welche merkwürdigen Objekte die Matrosen mit zur Feier der Eucharistie schleppten, um sie dort erneut segnen zu lassen: getrocknete Fledermäuse und mit Silberfaden umwickelte Kuhschwänze, Messer mit verkrustetem Blut, eine Phiole, die ein eingelegtes Ohrläppchen enthielt, ein Kruzifix, an dem unser Herrgott mit der Vorderseite ans Kreuz genagelt war.

«Will zur Mutter», klagte der Novize, den ich mir wie einen Sack um den Nacken gehängt hatte.

«Laß uns Alberta, bitte laß uns Alberta», riefen höhnisch der Steuermann und ein paar der Umstehenden, als ich mit meiner Last an ihnen vorbeiwankte. «Laß ihn uns noch ein Weilchen, sie ist so süß.»

Ich ließ den Novizen vom Rücken gleiten, drehte ihn um, so daß er den hinteren Mast des Schiffes umarmte. In dieser Position konnte er nicht niedersinken, er hielt das Holz wie einen regungslosen Spielkameraden umfaßt.

Der Mond schien ungerührt, und der Steuermann empfand überhaupt keine Reue, als ich ihm hitzig seine Taktlosigkeit, seinen Mangel an Pietät vorwarf. Wie man es von ihm erwartet hätte, nahm er einen tiefen Schluck, danach redete er ausschweifend und ein wenig wirr über den Glauben und die Gefühle der Matrosen, die darauf angewiesen seien, die Natur, die sie umgibt und bedroht, nicht nur ständig zu belauschen, sondern auch zu überlisten. «Wir wissen doch alle, daß die Natur ein Dämon ist», rief er, «ein Dämon greift nach seinen Opfern. Ihr Priester opfert doch auch ständig.» Er rülpste kräftig und trat dann ganz nahe zu mir heran. «Du verstehst doch, sobald wir diesem Dämon, diesem doppelköpfigen, diesem neunflössigen Widersacher einen Priester opfern können, einen Herrn des Opfers, fühlen wir uns natürlich ganz besonders erleichtert. Wir opfern einen Opferer. Jetzt laß mir deinen Jungen, wenigstens für eine kurze Weile.»

Beim Angeln waren wir uns so nahe gekommen, jetzt mußte ich ihn von mir fortschieben. «Du weißt, daß ich kein Priester bin», erwiderte ich, «aber gewisse Gesetze des Anstandes sind mir trotzdem heilig.» Ich packte den Novizen auf meine Schultern und zog ihn in unsere Unterkunft.

In dieser Nacht fand ich nur schwer Schlaf. Die Brüder neben, über und unter mir stöhnten in ihren Träumen, wachten bisweilen auf, sprachen ein kurzes Gebet und suchten wieder Zuflucht unter ihren Decken. Mir tanzten die Szenen des Tages und der Nacht durch den Kopf. Wenn Gott, wie es heißt, keinen Spatzen vom Dachbalken stürzen läßt, überlegte ich, ohne daß dahinter nicht Sein Wille steckt, so gilt das natürlich erst recht für eine Truhe mit Rosenkränzen, die einen Seiner Hirten erschlägt. Gott muß der Hüter auch der Truhen sein, aber vielleicht verhielt sich dieser Gott wie ein Maler, für den es auf der Leinwand keinen Zufall gibt, ein Maler, der Licht und Schatten setzt, so wie das Bild es erfordert. Aus diesem Blickwinkel betrachtet, wäre auch der unglückliche Tod des Paters Fausto ein solcher Effekt gewesen. Andererseits: Würde Gott in seiner grenzenlosen Güte eines seiner Geschöpfe opfern, nur um einen Effekt zu erzielen?

Aber was wußte ich schon von Pater Fausto? Ich wußte einiges aus seinem Leben, seine Besessenheit zu sammeln, diese komische Gier nach Vollständigkeit, zum Beispiel nach allen Arten von Korken, mit denen ein bestimmter Meßwein verschlossen wurde. Ich hätte die hamsterartige Leidenschaft nachmachen können, mit der er vor dem Schlafengehen noch einmal die Bestände seines Proviantsacks abzählte; ich wußte auch von seinem Glück, wenn sich unerwartet ein von ihm als «verstockter Sünder» bezeichneter Matrose zur Beichte anmeldete.

Damit war mir jedoch allenfalls etwas über die Vergangenheit des Paters klargeworden, eine Vergangenheit, die in unsere gemeinsame Gegenwart reichte, aber von seiner Zukunft hatte ich keine Ahnung. Es war doch genausogut vorstellbar, daß ihn dieser rasche Tod vor einem Schicksal in der Fremde bewahrte, das aus Gottes Sicht, aus kompositorischen Gründen also, sehr viel schmerzhafter hätte ausfallen müssen.

Doch wenn es, wie beim Malen, um Harmonie ging, mußte man dann nicht auch den manifesten Aberglauben unserer Seeleute als notwendigen Bestandteil des göttlichen Kunstwerks deuten? Als Hintergrund, vor dem sich unser Christentum um so leuchtender abheben konnte?

Erregt und doch schon ein wenig ermüdet lauschte ich dem Schmatzen, mit dem sich das Schiff durch die Wellen bewegte. Ich nahm mir vor, demnächst darüber nachzudenken, woraus Glaube eigentlich besteht. Glaube ist Gewißheit, soviel schien mir klar, doch es mußte eine stärkere Gewißheit sein als nur die Einsicht, ein Pigment zu sein, ein flüchtiger Ausdruck, ein Farbkontrast. Sonst dürfte ich mich ja im Glauben nicht verändern. Denn dann wäre der Effekt ruiniert.

Am nächsten Morgen wurde Pater Fausto über Bord geworfen. Das Bündel aus Sackleinen trieb eine Weile neben dem Schiff, als fiele ihm der Abschied schwer, dann verschwand es in einer grauen Woge.

VII

ZUM MONDFEST, am 15. Tag des 8. Monats, hatte der Kunsthändler Lu nur seinen Freund Yang eingeladen. Man würde unter freiem Himmel um einen kleinen runden Tisch im Hof sitzen, die zu diesem Anlaß gebackenen Küchlein essen, Wein trinken, Gedichte aufsagen. Vielleicht brachte Yang ja auch sein Instrument mit. Er kannte Melodien aus den fernsten Gegenden. Mi-lan, die Tochter des Kunsthändlers, geriet jedesmal in Verzückung, sobald er die ersten Töne auf seiner Laute anschlug.

Mi-lan hatte sich gerade fertig geschminkt und betrachtete ihren Vater durch ein kleines Loch, das sie in ihr Papierfenster gebohrt hatte. Den Namen Mi-lan hatte Lu ihr gegeben, weil er in der Nacht vor ihrer Geburt von weißen Orchideenblättern geträumt hatte, die im Winde trieben. Bei dem Namen war es geblieben, obwohl zwei der fünf zu Rate gezogenen Wahrsager die Kombination der Schriftzeichen als nicht besonders glückverheißend auslegten. Der Vater hatte ihr die Szene mit den Wahrsagern häufig nachgespielt. Eine Orchideenblüte, habe der ältere der beiden gesagt, sei schließlich etwas Festes und harmoniere von daher schlecht mit der Vorstellung des Im-Winde-Treibens. Der jüngere habe daraufhin so vorsichtig genickt, als fürchte er, den Kopf zu verlieren, an seinen langen Warzenhaaren gezogen und gebrummt: «Mit dieser Ansicht befinde ich mich in völliger und fester Übereinstimmung. Auch die Farbe

Weiß trägt eine Bedeutung, die häufig so, häufig aber auch ganz anders empfunden werden muß.» Zur Bekräftigung hatte er noch einige Verszeilen hinzugefügt, die alle auf einem bestimmten Ton endeten und überhaupt keinen Sinn ergaben.

Mi-lan war froh, daß sich ihr Vater nicht an den Rat der Wahrsager gehalten hatte, denn sie liebte ihren Namen – und sie liebte auch ihren Vater, wie er gerade noch einmal die Sitze so zurechtrückte, daß sein Gast den Vollmond sofort erblicken konnte, sobald der über die Gartenmauer stieg. Vor ihrem Platz, auch das entging nicht ihrer Aufmerksamkeit, lag neben den Stäbchen ein in leuchtendrotes Papier gewickeltes Geschenk. Heute war nämlich nicht nur Mondfest, heute war auch ihr siebzehnter Geburtstag.

Seinem Freund Yang hatte der Kunsthändler viele Jahre später einmal anvertraut, daß er sich nicht deswegen für das Urteil der übrigen drei Schicksalsdeuter entschieden habe, weil sich diese in der Mehrheit befanden, sondern weil sie einfach den viel eindrucksvolleren Auftritt geboten hatten. Sie hatten Lu aufgefordert, ihnen den Namen des Kindes gar nicht erst zu verraten, sondern die entsprechenden Zeichen vor ihnen verdeckt auf einen kleinen Zettel zu schreiben. Dann mußte er mit dem Zettel einmal um sein Haus laufen, ihn vom Koch in drei Teile zerschneiden lassen, darauf wurden die Papierschnitzel entzündet, die Asche in Schälchen gegeben und von den Wahrsagern verzehrt. «Sie soll also Mi-lan heißen, meint Ihr», hatte der Anführer der drei nach sorgfältigem Kauen gesagt. «Der Name hat sich mir von der Zunge dem Gehirn mitgeteilt. Er gefällt mir gut, denn in den beiden Zeichen werden die Elemente ‹Festigkeit› und ‹Bewegung› einander zugeordnet, und damit wird ein kosmisches Prinzip erfaßt. Es handelt sich, zugegeben, um eine ungewöhnliche Namensschöpfung, doch steht sie durchaus im Einklang mit den klassischen Vorschriften. Sie dürfen uns das glauben, denn wir betrügen nie. Außerdem bestimmen Wasser und Feuer das Horoskop des Kindes. Es wird sich vor dicken Menschen hüten müssen, vor eingemachtem Ingwer und Holz im Frühjahr. In der Tat, Mi-lan gefällt mir. Und sollte sich herausstellen, daß von diesem Namen tatsächlich eine periodisch unglückstiftende Wirkung ausgeht, kann man ihn ja bei den ersten Vorboten von Gefahr noch immer wechseln. Auf diese Vorboten verstehen wir uns, vielleicht sollte man in Verbindung bleiben. Ganz gewiß entbehrt es aber auch nicht der Herausforderung, im Falle Ihrer Tochter einmal der Versuchung des Neuen nachzugeben. Eines Neuen, das geheimnisvoll, doch durchaus deutlich glänzt und keineswegs eines machtvollen Rückhalts durch die Vergangenheit entbehrt.» Darauf empfahlen sich die Wahrsager.

«Es war einfach der bessere Auftritt», hatte Lu sich bei seinem Freund entschuldigt. Yang, das wußte er, hatte kein Verständnis für die Sumpfblüten der Schicksalsvirtuosen.

Ob er etwas in der Angelegenheit des Schattenbildes herausgefunden hatte? Seit ihrem letzten Treffen waren anderthalb Monate vergangen. In dieser Zeit hatte sich zwar kein weiterer Vorfall ereignet, doch der Kunsthändler war bei der Lösung des Rätsels auch keinen Schritt weitergekommen. Eigentlich hatte sich überhaupt nichts getan. Nur die Laune seiner Tochter zeigte eine spürbare Besserung. Gestern hatte er sie zweimal ausgelassen pfeifen gehört, und auf den Besuch von Yang schien sie sich sogar ausgesprochen zu freuen.

War es nun ein gutes oder ein schlechtes Zeichen, daß Yang sich bereits eine halbe Stunde verspätete? Lu kannte seinen Freund nur als überpünktlich, er hatte diese Haltung mehrfach dem Katalog konfuzianischer Tugenden einverleibt, und zum letzten Neujahrsfest wollte er ihm eigentlich eine jener neumodischen Uhren verehren, mit denen die Ausländer seit ein paar Jahren in der Hauptstadt für Aufsehen sorgten. Doch dann hatte Mi-lan ihren Vater dabei überrascht, wie er den Mechanismus des Gerätes zu verstehen suchte. Ihr Blick war angesichts des fremdländischen Objekts so elsternhaft-glücklich vor Begehrlichkeit geworden, daß Lu gar nicht umhinkonnte, die Uhr zu ihrem Neujahrsgeschenk zu erklären. Sie umschmeichelte das Kunstwerk wie einen wunderschönen Boten aus einer fremden Welt. An ihrem Zeitgefühl allerdings war auch seither keinerlei Wandlung festzustellen.

Als Lu zum drittenmal den Sitz des Ehrengastes vor- und wieder zurückgeschoben hatte, hörte er die Stimme seines Freundes: «Weiße Mauern mit Zinnober-Pforten – wo steckt der Hausherr?» deklamierte der Freund feierlich und verbeugte sich. «Gegen alle Etikette habe ich mich nicht melden lassen», fuhr er in seiner hastigen, leicht hölzernen Sprechweise fort. «Der Bruch sei mir verziehen, denn es handelt sich schließlich um einen Abend im Kreise alter Freunde.»

Er nestelte drei etwa gleich große, mit verschlissener Seide umgebene Gegenstände aus seiner wattierten Jacke und stellte sie nebeneinander auf den Tisch. «Zum Anlaß des Tages ein kleines Geschenk für Mi-lan. Zu unbedeutend, um seiner Erwähnung zu tun», wehrte er ab, bevor noch der Kunsthändler eine angemessene Bemerkung vorbringen konnte. «Mir scheint, unser heutiger Abend wird ganz und gar von Harmonie bestimmt sein. Die Sterne werden verblassen, ihr Licht verschenken wie der Morgentau seine Frische, wir aber werden lauschen den Zikaden und bewundern den Mond, den größten und geheimnisvollsten aller Kuppler.» Er blickte den Kunsthändler erwartungsvoll an.

Konnte es sein, daß der Gast auf dem Wege zum Fest bereits einem anderen Freund Aufwartung gemacht hatte? Yangs Gesicht war leicht gerötet, rosiger jedenfalls, als es durch die Strahlen der Abendsonne zu erklären gewesen wäre, und in seinem letzten Satz hatte er Anspielungen auf nicht weniger als vier Dichter aus drei Dynastien durcheinandergebracht.

Lu klatschte zweimal mit den Händen. «Ich habe da einen

Tee, den ich Euch gerne vorsetzen würde, um Eure Meinung darüber zu erfahren.»

«Tee, ach Tee, willkommenes Blatt», rief Yang, «verzeiht, Ihr müßt mir meine Ausgelassenheit nachsehen. Kurz bevor ich Euer Haus erreichte, mußte ich plötzlich an zwei Gedichte denken, die mir wie geschaffen für die Schönheit Eurer Tochter vorkamen. Dann traf ich durch den reinen Zufall auf einen alten Studienkollegen, der mir unerwartet gute Nachrichten, den Stand meiner eigenen Angelegenheiten betreffend, mitteilen konnte und mir auch die eine oder andere Andeutung in jener rätselhaften Geschichte machte, die uns seit sechs Wochen bewegt. Kurzum und mit den Worten des Dichters: ‹Zum Himmel fährt beflügelt, deucht mir, mein Kahn›.»

Diesmal stimmte das Zitat. Lu erkannte es sofort, denn Du Fu war seit seiner Kindheit sein Lieblingspoet.

«Ich freue mich aufrichtig, daß Eure Verdienste endlich wieder die ihnen gebührende Anerkennung erfahren», sagte der Kunsthändler, und um den Geist der Lyrik nicht zu unterbrechen, fügte er hinzu: «Kleinliche Geister trugen die Oden zusammen, doch es fehlte ihnen der Glanz Eurer Schrift…»

«…engstirnig wirkten die festlichen Lieder…», ergänzte Yang. «Das kann man wohl sagen, fünf Jahre nachdem ich aus dem Dienst entfernt wurde.»

Er wartete, bis sich der Diener, der den Tee herbeigetragen hatte, wieder entfernte. Dann zog er den rechten Ärmel vor den Mund und begann hemmungslos zu kichern. «Beim Glücksspiel», lachte er, dann unterbrach ihn ein Schluckauf. «Mein Widersacher, der übelste aller Intriganten, ein Betrüger bei allen kaiserlichen Prüfungen, so abgefeimt, daß nicht einmal ich hinter seine Schliche kam, dieser», er rang nach Luft, «dieser kleine Mensch strauchelt nicht über Dienstverfehlungen wie alle anderen, eine kleine Hungersnot, einen kleinen Aufstand, die üblichen Abrechnungsfehler bei der Steuerabgabe, nein, die Würfel werden ihm zum Verhängnis. Hier, in unserer Hauptstadt, läßt er sich auf ein Würfelspiel mit dem fünfthöchsten aller Eunuchen ein und merkt noch nicht einmal, mit wem er spielt. Er würfelt also ganz und gar nicht nach der Tradition mit Höherstehenden, um diese gewinnen zu lassen, er würfelt, um zu gewinnen.»

Yang machte eine triumphierende Pause und blickte auf den Kunsthändler, als habe er diesen gerade mit einer machtvollen Geste zu Boden gestreckt.

«So enden meine Feinde. Nicht durch List oder Gegenlist, einfach durch Dummheit und Gier. Ich betrachte das, vom Schicksal her geurteilt, als frivol, denn es widerspricht allen Normen; für meine eigene Person deute ich es als ein gutes Zeichen, ein Zeichen, das auch für Euch von Belang sein wird.»

Er schob die nur zur Hälfte geleerte Schale Tee von sich und fragte ganz unvermittelt: «Wann rechnet Ihr mit dem Erscheinen Eurer Tochter? Wir sollten zuvor noch ein paar Worte über jene betreffende Sache wechseln.»

«Mi-lan kommt, wenn ihr danach ist oder wenn ich nach ihr rufe», antwortete der Kunsthändler. «Sollte ersteres eintreten und wir noch über jene Angelegenheit reden, bitte ich Euch, schnell und unauffällig das Thema zu wechseln. Am besten reden wir dann über Schränke.»

«Über Schränke?»

«Das ist ein Stoff, der sie langweilt, deshalb wird sie unserem Gespräch keine Aufmerksamkeit schenken.»

«Das geht mir ähnlich. Auch ich finde es schwierig, mich von diesem Thema inspirieren zu lassen. Vielleicht würde mir aber ein kleiner Becher Wein die Zunge lösen.»

Lu ließ ein silbernes Kännchen bringen, die Männer setzten ihre Kappen auf, griffen mit beiden Händen nach den Gefäßen, hielten sie einander entgegen und führten sie an die Lippen.

«Mi-lan ist ein sehr schöner und doch sehr fremd klingender

Name», begann Yang vorsichtig. «Hat Eure Tochter ihn schon immer getragen? Ich frage aus einem ganz bestimmten Anlaß, und ich frage auch, weil mein eigener Vorname nach jedem Schicksalsschlag gewechselt wurde wie ein Kleidungsstück, das unliebsame Aufmerksamkeit auf seinen Träger gezogen hat. Aber möglicherweise gab es in Mi-lans Leben bislang noch keinen Schatten. Oh, ich vergaß und bitte aufrichtig um Entschuldigung. Sie hat ja als Kind ihre Mutter verloren.»

Der Kunsthändler dachte kurz nach. «Das war sechs Jahre nach ihrer Geburt. Ich habe Euch von den Wahrsagern erzählt. Hier im Hause erinnerte sich damals nur noch eine alte Amme an die düsteren Warnungen der beiden anderen Zukunftsdeuter. Das war die dicke Ma, die jeder wegen ihres kleinen Körpers und ihrer massigen Brüste hänselte und auf deren Rede niemand etwas gab. Ich entschied damals, daß Mi-lan den Namen behalten solle, so recht habe ich an diese Prophezeiungen ohnehin nie geglaubt. Außerdem beherrschte das Mädchen schon mit fünf Jahren diese ja wirklich sehr ausgefallenen Zeichen ihres eigenen Namens, und das sogar in den verschiedensten Schriftformen. Aber spracht Ihr nicht von einem ganz bestimmten Anlaß für Eure Frage?»

Yang zupfte an der tiefsten Saite seiner mondförmigen Laute und lauschte eitel versonnen dem Klang nach. «Ach ja, der aktuelle Anlaß», er ließ die Saite noch einmal erklingen. «Nirgendwo tönt sie so schön wie in einem friedlichen Garten.» Seine Stimme glitt ab in ein Wispern. «Unter den Beamten spricht man immer häufiger davon, daß sich am Hof der Einfluß der Geheimgesellschaften ausbreitet. Eine neue Vereinigung aus dem Süden gilt als die mächtigste. Sie sollen Bettler in ihren Reihen haben ebenso wie hohe Beamte. Einige Entscheidungen der Kommission für Riten aus den letzten Monaten sind überhaupt nur erklärbar, wenn man annimmt, daß sie durch einen Kreis von Verschwörern zustande kamen. Mehrere Amtsträger haben bereits abgedankt oder sich zurückgezogen, ohne dafür nachvollziehbare Begründungen abzugeben. Es trugen sich noch weitere unverständliche Ereignisse zu. Erinnert Ihr Euch noch an jene Karawane, die im Frühjahr verschwand?»

«Ich habe davon gehört», murmelte der Kunsthändler, «allerdings, was hat meine Tochter damit zu tun?»

«Die Nachforschungen wurden eingestellt. Einfach eingestellt, und was noch wichtiger ist, sämtliche Dokumente, die mit der Sache in Verbindung standen, sind nicht mehr auffindbar. Damit liegt die Vermutung nahe, daß hier heimliche Absprachen vorlagen, mehr noch, daß die Täter auf höhere Weisung handelten. Auf sehr hohe Weisung», bekräftigte Yang und goß sich selbstvergessen den Becher wieder voll. «Unvorstellbar hohe Weisungen.»

«Und Mi-lan, ich meine: der aktuelle Anlaß?»

«Noch vor zwei Stunden gab es triftige Gründe zur Besorgnis.» Yang sprach jetzt wieder lauter. «Ich muß erst von den allgemeinen Umständen reden, bevor ich auf die Besonderheiten dieses Falles komme. Also, Ihr wißt doch von den Geheimgesellschaften. Durch die Geschichte aller unserer Dynastien immer wieder dieselben phantastischen Vorstellungen, die Ehre der Song, die Reinheit der Ming, die große soziale Gerechtigkeit, immer sind sie für etwas, das es nicht mehr gibt, und gegen etwas, das gerade besteht. Jetzt haben sie sich gegen die Fremden verschworen. Gegen alles, was zu Fuß, zu Pferde oder mit dem Schiff aus dem Westen kommt. Der Westen sei unser Untergang, behaupten sie. Knackfürze!»

Lu überlegte einen Moment, ob er den Freund nicht erneut zu einer Schale Tee überreden sollte. Der Mond hatte seine Gestalt erst gerade durch die oberste Spitze seiner Sichel über der Gartenmauer zu erkennen gegeben, der Abend war also noch jung, doch die Zunge seines Gastes zeigte bereits eine gefährliche Lähmung. Andererseits schien die Trunkenheit Yang an diesem Abend wie in Wellen zu überkommen. Ihn jetzt zu unterbrechen, könnte das Ende der Geschichte bedeuten, auf die Lu so gespannt wartete.

Im Zimmer seiner Tochter erlosch das Licht. Der Kunsthändler drängte seinen Freund, den Bericht zum Abschluß zu bringen. «Sie glauben an Geister und Göttinnen, diese kleinen Menschen», Yangs Stimme klang jetzt wieder völlig nüchtern, «immer geht es dabei um Unverwundbarkeit oder Unsterblichkeit, und einer ihrer Schicksalsdeuter soll ihnen geweissagt haben, daß eine weiße Königin auf sie warte, ein Wesen, das gleichzeitig fremd und doch unserem Lande zugehörig wäre. Unter ihrem Schutz hielten feindliche Kanonenkugeln in ihrem Lauf inne und fielen zu Boden wie abgeschossene Rebhühner, wendeten sich Speere gegen die, die sie losschleuderten, schlössen sich Wunden in Blitzesschnelle; ein grauenvoller Unsinn, loses Geplapper hitziger Hirne, doch mit der Inbrunst ihres verstümmelten Verstandes suchten sie nach dieser Frau...»

«Und glaubten, sie hier zu finden», fragte der Kunsthändler verwirrt.

«Sie suchten sie überall in der Hauptstadt, auch hier, denn von Eurem Haus ging der Ruf aus, daß hinter diesen Mauern der Geist des Fremden einen Namen gefunden habe. Und das in der Gestalt einer jungen Frau, die das Schicksal schon einmal bezwungen hat. Erspart mir Einzelheiten, sobald ich von den Gerüchten hörte, war ich auf das unsagbarste besorgt, doch vor zwei Stunden, endlich, erfuhr ich, daß die rätselhafte Göttin der Fremdheit in einem Haus im Nordwesten gefunden worden ist. Oder angeblich gefunden worden ist, jedenfalls scheint die unmittelbare Gefahr vorbei. Diese Kinder von Schildkröten sind zunächst einmal befriedigt. Und was Mi-lan betrifft...»

«Ganz besonders gut gefallen haben mir die Stegbretter und die Kugelfüße», fiel ihm Lu ins Wort. «Mi-lan, bitte bedanke dich für die kostbaren Geschenke, die dir unser Gast mitgebracht hat, nur laß mich den Satz zu Ende bringen: Streuglanzeinlagen und geschroppte Rückwände haben eben ihren Preis. Nichts wird billiger. Im Gegenteil, Schränke, insbesondere modische Schränke, sind zu einem Objekt der Begierde geworden. Schon nach einem Jahr muß man sie nachbauen lassen. Doch dann stellt sich die Frage: Darf ich noch ein Original verkaufen, oder befinde ich mich noch im Einklang mit dem Geist der Schöpfung?»

«Gerade wenn es um die Verzapfung geht», half Yang, der erst sehr spät bemerkt hatte, daß Mi-lan zu ihnen getreten war.

«Geschenke», rief das Mädchen, «eine Mondnacht, ein willkommener Gast und dazu noch Geschenke. Ein Abend aus dem Roman.»

«Du darfst sie auspacken», sagte der Kunsthändler, «doch sprich bitte in ganzen Sätzen.»

«Sie meint doch ein Gedicht», widersprach ihm sein Freund. Er legte den Kopf zurück und zitierte:

«Allein saß ich im dunklen Bambushain,
da erhob sich der Mond wie das Geschenk eines edlen Gastes.»

Mi-lan lachte. «Das unwürdige Kind dankt ergebenst für die Errettung aus einer mißlichen Lage. Dabei habe ich nur gestammelt. Aber Stammeln aus Vorfreude muß mir gestattet sein.»

Sie löste vorsichtig die dünne rote Kordel, die das erste der drei Päckchen umschloß. «Ein Spiegel», rief sie, nachdem sie den Gegenstand mit zarten Fingern aus der Seidenumhüllung gewickelt hatte. «Ein Spiegel aus Glas und aus Silber, in meinem Leben habe ich noch nichts Schöneres gesehen.»

«Quecksilber», korrigierte sie der Gast. «Mein Herz ist zwar voll, doch meine Taschen verschließen sich dieser Botschaft. Sobald sich das ändert, werden wir weitersehen. Ein Spiegel ist ein nützliches Objekt, denn er verdoppelt alles, was man ihm vorhält, und fordert keinen Preis dafür. Ich habe dir gleich drei davon mitgebracht, Plunder aus dem Ausland, nicht vergleichbar mit den Erzeugnissen unserer eigenen Kultur.»

«Aus dem Ausland?»

«Deswegen sind sie auch aus Glas und nicht aus Metall. Sie zerbrechen, sobald man sie auf den Boden fallen läßt. Aber wenn du sie auf dem Tisch richtig anordnest, kannst du gleich einen Mondstrahl um unser Mahl legen.»

«Ich werde dazu Kissen besorgen. Das stützt sie, und wenn sie umfallen, kann ihnen nichts geschehen.» Mi-lan sprang auf und lief zum Haus.

Sobald sie außer Hörweite war, beugte sich Lu zu seinem Freund. «Wenn ich fragen darf, bitte verzeiht die Direktheit, doch woher stammen diese Spiegel?»

Yang senkte den Blick vom Mond auf seine Laute. «Ich habe Euch doch von der verschwundenen Karawane erzählt. Einige Stücke sind bei den Ermittlungsbehörden sichergestellt worden. Man hat sie mir einfach überlassen.» Er zog die Augenbrauen zusammen. «Ich sagte ja schon, es ist ein wertloses Geschenk. Und um auf unser vorheriges Thema zurückzukommen, das Präsent birgt auch keinerlei Gefahr mehr. Da könnt Ihr mir vertrauen.»

Mi-lan kam zurück und drapierte die Spiegel so geschickt, daß das Licht des Mondes den Tisch in einen silbernen Teich verwandelte. Das Geschenk ihres Vaters war unverschnürt. Doch sie enthüllte es so ehrfürchtig, als sei schon die Verpackung eine Kostbarkeit.

«Nein», sagte sie einige Seufzer später, «nein, das ist mit Worten nicht auszudrücken.» Sie hielt eine bunte Porzellanschale empor, einen Jüngling und eine junge Frau, die, an eine schlanke Säule gepreßt, mit ihren ausgestreckten Armen einen kobaltblauen, wolkenförmigen Teller stützten. Bis auf einen dünnen Schleier, der sich als goldene Glasur um ihre Lenden wand, waren die Figuren nackt.

«Gewagt, aber in jeder Hinsicht gelungen», befand Yang, «künstlerisch auf jeden Fall völlig einwandfrei.»

«Noch nie habe ich ein so schönes Geschenk erhalten», Mi-lan umarmte ihren Vater, «es ist perfekt, und gleichzeitig ist es ganz unvorstellbar...», sie holte Luft, «ganz unvorstellbar außergewöhnlich, einfach unheimlich.»

Der Kunsthändler legte seine rechte Hand auf den Unterarm des Freundes. «Wenn die heutige Generation ihr Entzücken in Worte faßt, dann lautet das höchste Lob immer ‹außergewöhnlich› oder ‹unheimlich›. Es muß immer etwas Fremdes kitzeln. Nehmen wir diese Schale. Entworfen haben sie Fremde, doch nur durch die Kunst unserer einheimischen Handwerker gelangte sie zur Vollendung.»

Yang nickte. «Man kann gegen China sagen, was man will, es gibt kein anderes China.»

«Genau darum geht es», rief Mi-lan, «es gibt nichts anderes, es sei denn, daß wir es wollen. Wie oft habe ich in meiner Kammer auf dem Bett gelegen und mir einfach nur gewünscht: Wenn sich doch endlich irgend etwas ereignete! Es ist alles so bewegungslos, so bleiern, wenn ich Gedichte schreibe, dann fühle, wünsche, spreche ich nach, was schon Tausende vor mir gesprochen, gefühlt und gewünscht haben. Aber wann, wann endlich wird sich das Unheimliche, das Außergewöhnliche einstellen?»

«Trotzdem wäre es schön, wenn du jetzt für uns ein Lied sängest», sagte der Kunsthändler, «der Mond wird gleich die nächste Wolkenwand besteigen. Ein Lied in der traditionellen Art, nicht so eine wilde Melodie, wie sie dein letzter Hauslehrer bisweilen herauspreßte.»

Mi-lan umfaßte ihr Geschenk. «Mein Vater hat ihn fortgeschickt», erklärte sie dem Gast, der sich wieder tief über seine Laute gebeugt hatte, «weil er die klassischen Gedichte mit den Fingernägeln schreiben konnte. Er war nicht nur außergewöhnlich und unheimlich, er war wild.»

Dann zog sie die langen Ärmel ihres Gewandes hervor, ließ sie hoch- und niederschweben wie harmonisch gleitende Meereswesen und sang von mondsilbrigen Betten, von schneebedeckten Azaleenknospen und im Eis erstarrten, funkelnden Feigen.

Yang versuchte immer wieder, auf seiner Laute einen begleitenden Akkord für ihren Gesang zu finden, doch dann schob er das Instrument beiseite.

Der Mond hatte seinen Höchststand noch nicht erreicht, als sich Mi-lan verabschiedete. Sie verbeugte sich, sammelte ihre Geschenke in einem aus Bambus geflochtenen Körbchen und senkte den Kopf tief zum Abschied.

In ihrem Zimmer stellte Mi-lan das Porzellangefäß auf die schwarzlackierte Kommode vor dem Fenster. Sie zündete eine Kerze an und strich noch einmal mit den Fingerkuppen über die Umrisse des Paares, das die Schale trug. Dann legte sie ihre Kleider ab und warf sich ein dünnes Seidenhemd über.

Der kleine Spiegel des Schminktisches zeigte ihr ein Gesicht, an dem sie an diesem Abend nichts auszusetzen fand. Die Augenbrauen beschrieben genau den Bogen des Halbmonds, den sie sich immer gewünscht hatte. Ihre Nase glich endlich dem Vorbild aus dem Porträt der turkmenischen Prinzessin. Und die Lippen waren auch ohne Schminke so großzügig geschwungen, daß sich jeder Vergleich mit einem Kirschmündchen verbat.

«Eigentlich ging es mir immer gut», überlegte Mi-lan, als sie in ihre brokatenen Pantoffeln schlüpfte, «die Freundinnen wurden alle streng erzogen, durften bei Tisch kein Wort reden – und bekamen schon als kleine Kinder die Füße so fest geschnürt, daß sie bald nur noch trippeln konnten wie Wildgänse bei der Landung auf dem Wasser. Mir dagegen blieben so viele Freiheiten.»

Sie trat einen Schritt zurück, zog das Seidenhemd hoch und betrachtete ihre Brüste. Nein, das waren nicht mehr diese kleinen Beeren, die aus den Rippen herausgedrückt schienen. Man mußte die Finger spreizen, um sie zu umfangen, die Haut, die sie umschloß, war fest und samten zugleich. Es zog ein strenges und doch angenehmes Gefühl durch den Körper, wenn man sie berührte.

Das Licht der Kerze warf einen unruhigen Schatten der Porzellanfigur an die Wand. Bevor Mi-lan sich auf ihr Bett legte, zog sie aus der untersten Schublade der Kommode das Tuch, das Hauslehrer Li immer um seinen Hals gewickelt hatte. Der Stoff bewahrte noch einen Rest des rätselhaften Geruchs dieses Mannes. Ein Geruch von Bibliotheken und Lagerfeuern, von Staub und Schweiß.

Das Laken war frisch, doch nicht kühl. Mi-lan löschte die Kerze und ertastete das Bett. Sie hob die Hüften und legte sich das Halstuch des Lehrers zwischen die Schenkel. Im Halbtraum sah sie sich als Modell des fremden Künstlers, der jene exotische Plastik geschaffen hatte. Dieser Künstler war herrisch und zwang sie immer wieder, neue Körperhaltungen einzunehmen. Er trug einen Bart, der genau dort kitzelte, wo ihre Schenkel zusammenkamen. Merkwürdig, daß er das Gesicht des Hauslehrers trug, aber sein Körper war der eines Akrobaten. Und dann verschwammen alle Bilder.

VIII

BEVOR WIR CHINA mit den Augen wahrnehmen konnten, hatte uns bereits ein weicher Landwind die Gerüche der Küste entgegengetragen. Alberto, der Novize, mußte die Veränderung als erster bemerkt haben. Er rüttelte mich sanft aus dem Schlaf und sagte leise und doch so eindringlich, als müsse er mir ein kostbares Geheimnis anvertrauen: «Ich bin schon seit einer Stunde wach. Steig hinauf aufs Oberdeck, dort wehen dich Luftschleier an wie Gesänge aus weiter Ferne. Es duftet nach Fenchel und Zimt, nach Jasmin und feuchtem Gras. Man kann noch nichts hören, und sehen kann man erst recht noch nichts, doch ich spürte ein Locken und eine Sehnsucht, ein Verlangen und ein Versprechen, mir kam es vor wie Sünde und Verheißung.» Mit dem Handrücken wischte er sich einige Perlen von Tau oder Schweiß ab, die auf seiner Stirne glänzten. «Ich empfinde es als Vorahnung all dessen, was wir hier im Auftrag unseres Herrn streng voneinander scheiden müssen.»

Mit dem letzten Satz nahm das Gesicht unseres Novizen plötzlich einen vogelstarren Zug an, den ich zuvor noch nie an ihm bemerkt hatte.

«Streng voneinander scheiden», wiederholte er, «wir werden die Sünder zurechtweisen, die Unwissenden lehren, wir werden die Mächtigen vom Thron stoßen und die Geringen erhöhen, wie Er es den Vätern verheißen hat, dem Abraham und seinem Stamm auf ewig.»

Ich hätte ihn gerne darauf hingewiesen, daß ihm, theologisch gesprochen, einige Passagen durcheinandergeraten waren, doch er redete schon gar nicht mehr mit mir, er predigte den Holzverschlägen und Hängematten, in denen die Brüder dem Morgen entgegenschliefen. Natürlich habe ich ihm unrecht getan, doch in diesem Moment sah ich seinen Blick Scheiterhaufen entzünden.

Ein in Blei gegossenes Milchgesicht, das Feuer versprühte. Ich rieb mir die Vorstellung aus den Augen und schlüpfte in meinen Umhang aus gegerbter Ziegenhaut, der mich vor den Widrigkeiten der Natur schützte. Draußen war die Luft milchig, hell und undurchdringlich. Von den Aufbauten unseres Schiffes war kaum mehr zu erkennen, als es durch eine beschlagene Glasscheibe möglich gewesen wäre. Den Weg zum Oberdeck mußte ich mir ertasten.

Mit der Nase suchte ich den Wind. Als ich ihn gefunden hatte, roch ich Salz und Fischlake. Es prickelte, und es reizte die Schleimhäute, doch es prickelte trotz all meiner heftigen Phantasien nicht anders, als es schon seit Wochen und Monaten geprickelt hatte.

Nachdem ich das Oberdeck erreicht hatte, starrte ich lange in eine schwarzgrau schattierte Gruppe von Wolkenbänken. Wenn ihnen überhaupt eine Botschaft abzugewinnen war, dann bestand sie in der festen Entschlossenheit, sowenig Licht wie möglich zuzulassen. Genauso hätte ein schwermütiger Portugiese die dem Betrachter abgewandte Seite des Kalvarienberges in Öl festgehalten: beinschwarz, mit ein paar sorgsam verteilten Graupigmenten.

Dennoch blickte ich erwartungsvoll in den Nebel wie auf einen Theatervorhang, der sich jeden Moment für ein wunderbares Spektakel heben mußte. Ich dachte an Jahwe, der dem Zug der Israeliten in Gestalt einer Wolke am Tage vorausschwebte, um ihnen den rechten Weg zu weisen. Dann erinnerte ich mich an die Erzählung meiner Tante, die behauptete, am Morgen meiner

Geburt hätten Wolken wie Schafsvlies am Himmel gestanden, was der eine Onkel als gutes, der andere als bedenkliches Omen deutete. Und mit einemmal glomm es zaghaft im Osten, in der Richtung also, aus der wir segelten – vielleicht hatte ich gar nicht gemerkt, daß es dort auch schon heller geworden war –, eine fahle Sonne schob sich über Schattenrisse, ich wandte mich um und erblickte die Küste.

Zugegeben, nachdem wir so viele Wochen auf See zugebracht hatten, wäre uns wohl jede Küste lieblich erschienen. Doch bei diesem Anblick sank ich auf die Knie. Wie mit einem dünnen Federkiel oder einem ganz feinen Pinsel anskizziert, setzten sich mild gewölbte Hügelketten von ihrem rotdunstigen Hintergrund ab. Als die Sonne etwas höher gestiegen war, konnte ich erkennen, daß diese Hügel in anmutig geschwungenen, dicht bepflanzten Terrassen in die Täler verliefen. Es war immer noch sehr früh, aber aus allen Hütten und Häusern stieg Rauch empor, und soweit ich das aus der Entfernung beurteilen konnte, herrschte bereits überall reges Leben. Was mich in diesem Moment verzauberte, war die Zartheit, die unaufdringliche Schönheit der Landschaft; drei oder vier Farbtöne hätten genügt, um ihr Wesen festzuhalten, es wären weiche und warme Töne eines bläulichen Grüns gewesen, und sie hätten dem Betrachter das Herz genausoweit geöffnet wie mir.

Mittlerweile war es an Deck lauter geworden. Die Matrosen drängten sich an die Reling und schrien auf die Besatzungen der kleinen Boote ein, die unser Schiff umschwärmten. Im Dunkeln hätte man diese Boote übrigens getrost für dickbauchige Fische halten können – oder für riesige, schwimmende Nüsse: Von Bug bis Heck waren sie mit halbrunden Schalen aus Rohrgeflecht bedeckt, die sich, nach Bedarf, auf- oder zusammenschieben ließen. Es hinge von den Umständen ab, erklärte mir unser Steuermann, bisweilen handele es sich um ein Boot, bisweilen um ein Haus. Auch das gefiel mir.

Von der Sprache der Einheimischen verstand ich kein einziges Wort. In Portugal und auch noch an Bord hatten wir alle zur Vorbereitung auf unsere Mission Chinesisch studiert, doch das mühsam Erlernte hatte ganz und gar nichts zu tun mit diesen hastig holpernden Lauten, die mir entgegenschlugen und die alle in einem lange schleifenden Schlußton zu enden schienen. Es hörte sich lustig an, doch sehr, sehr fremd.

Die Brüder hatten ihre Morgenmesse gerade beendet, als ich mich ihnen wieder zugesellte. Wie immer am Ende dieser Zeremonie wirkten sie noch leicht verschlafen, apfelbäckig und verwirrt nach dem Genuß von Oblate und Meßwein. Unser Novize führte das große Wort, und er sprach, als habe er gerade die Redefigur der Anapher erfunden: «Glaubt mir, meine Brüder, das sind keine Glockentürme», rief er mit einer Stimme, die so säuerlich klang, als habe sein Adamsapfel sie ausgepreßt, «glaubt mir, meine Brüder, das sind die Pagoden der Heiden.» Mit seiner dramatisch hochgereckten Rechten deutete er auf einige fünf- und siebenstöckige Bauten am Ufer, die mit ihren vorkragenden Gesimsen an schlanke Baumkuchen eines österreichischen Zukkerbäckers erinnerten. «Glaubt mir, meine Brüder», fuhr Alberto fort, «in diesen Gebäuden versammeln sich angeblich die Geister der Verstorbenen, so frei und unbesorgt, als gäbe es weder Fegefeuer noch Höllenqualen, als gäbe es weder Limbo noch das Paradies. Schaut sie euch nur genau an, diese steinernen Zeugen des Unglaubens. Dann laßt dieses Bild verlöschen wie einen bösen Spuk und stellt euch statt dessen einen Kirchturm vor, wie wir ihn von zu Hause kennen. Das, meine lieben Brüder, wird die zukünftige Wirklichkeit sein. Dafür laßt uns jetzt beten.»

Die Brüder sanken auf die Planken und falteten die Hände.

Während sie so in ihrer schafsgestaltigen Verzückung oder Inbrunst ausharrten, führte der Steuermann zwei Männer in der Tracht unseres Ordens herbei. Wenn ich sage «Tracht unseres

Ordens», meine ich das nur in einem bildlichen Sinn. Wie wir trugen sie Mönchshabit und ein Kreuz auf der Brust, doch ihre Kleidung zeigte mehr eine theatralische Variante unserer Ausstattung als die vorgeschriebene Norm. In Coimbra habe ich einmal den Vertreter der arabischen Kaufleute in ein Theaterstück begleitet, in dem ein Chor von Mohren ihrem christlichen Herrscher huldigen mußte. «Eine sehr angemessene Verkleidung», hatte der Araber unter höflichem Husten geantwortet, als ich ihn um seine Meinung über die Kostüme bat. «Verkleidung» war auch der erste Gedanke, der mir angesichts der Gewänder dieser Glaubensbrüder kam. Die Männer wirkten so auffällig unauffällig wie zwei Füchse im Krippenspiel. Allerdings mußten sie sich schon lange in diesen Mäntelchen bewegt haben, ihr Auftreten war geschmeidig und selbstverständlich. Auf der Bühne hätte man von ihnen gesagt: Sie spielen nicht ihre Kostüme, sie sind eins mit ihnen geworden.

Der Steuermann stellte mich vor und zog sich sofort zurück, ohne mir ihre Namen genannt zu haben. Auch die beiden Fremden machten keine Anstalten, mich über ihre Identität aufzuklären. Der Kleinere zog eine Rolle aus dem Umhang, entschnürte sie und hielt das Pergament seinem Gefährten mit der ausgestreckten linken Hand dicht vors Gesicht. Derweil glitt seine rechte Hand in unruhigem Rhythmus über jenen Teil des Körpers, der, hätte er Hosen getragen, vom Schritt bedeckt worden wäre.

«Welcher ist Fra Tiziano und welcher ist Fra Niccolo?» wollte der Größere wissen. Ich deutete auf die Brüder. «Wie viele Truhen mit Rosenkränzen habt Ihr mitgebracht?» fragte mich der Kleinere. Dann holte er seine rechte Hand zwischen den Beinen hervor, griff nach meinem Kragen und raunzte mir ins Ohr: «Unser Provinzial erwartet dich am Nachmittag. Erklärung der Lage, Erklärung des Auftrags per saecula saeculorum.»

Ich nickte, als hätte ich begriffen, wovon die Rede war, und dankte dem Lufthauch, der sich zwischen mich und seinen fauligen Mundgeruch geschoben hatte. Doch die Hand gab meinen Kopf nicht frei, zog ihn wieder zu den Lippen: «Kein Wort zu den anderen, Geheimhaltung, Disziplin per saecula saeculorum. Zur verabredeten Zeit wartet im Hafen eine Sänfte auf dich. Es ist die dritte Sänfte, vom Ende der Schlange aus gezählt. Präg dir das ein. Und laß dich nicht ein auf Dispute, Feilschen per saecula saeculorum.»

Er gab meinen Kopf frei und wandte sich einem der Brüder zu, der noch auf den Knien lag.

Dieser merkwürdige Empfang folgte offenbar einem genau einstudierten Ritual, das uns gleichzeitig in ein Geheimnis einweisen und zu einem gesichtslosen Rädchen im Getriebe der Mission machen sollte. Ganz unvorbereitet war ich natürlich nicht, in Mailand und in Portugal hatte ich bereits ausreichende Erfahrung mit diesem Zug des Ordenslebens gemacht. Allein in diesem Moment der Annäherung, des Erspürens eines fremden Landes, das so lange meine Träume beschäftigt hatte, fühlte ich mich plötzlich in eine Wirklichkeit gestoßen, die kantig war statt weich und sich in eine greuliche Zukunft zu verlängern schien. China war in meinen Vorstellungen ein Land, in dem sich das banal Alltägliche wie in gewisser Weise auch die Zeit aufhoben. In allen meinen Phantasien hatte ich Weitläufigkeit als die Flügel meiner Seele erkannt. Da ich in Farben träume, hatte ich mir dieses Land in leichtes Weiß und Blau getaucht vorgestellt. Um so mehr erschreckten mich diese Sendboten einer bleiernen Gegenwart, die drohten, mir die Freude zu nehmen an dieser ersten Inbesitznahme, an der Verzückung über neue Farben und unbekannte Formen, am Erstaunen über die Gesten fremder Körper, wie sie sich gerade über Lasten beugten, auf eine mir unbekannte Art Taue zu Schnecken zusammenrollten, einander weich und doch ausdrucksstark zu immer neuen Taten anfeuerten.

Sehnsüchtig schaute ich auf die Küste, dorthin, wo noch alles in Aquarelltönen verlief.

«Ich sagte, nachmittags», rief mir in diesem Moment der kleinere der Kostümierten zu, der mit dem Mundgeruch, dem Gekratze zwischen den Schenkeln und dem nervösen «per saecula saeculorum». Seine Stimme schnalzte so einschüchternd, daß ich gar nicht auf den Gedanken kam, genauer nachzufragen, wann denn Nachmittag sei und welches die Adresse, an der ich mich einzufinden hätte. Doch vielleicht war ja in diesem Land alles so perfekt geregelt, daß meine Bedenken jeglicher Grundlage entbehrten, vielleicht war «Nachmittag» nur ein anderes Wort für «Empfangszeit», und vielleicht wurden alle Fremden automatisch zu ein und demselben Ort gebracht.

Als ich einige Stunden später endlich an Land treten durfte, schwankte der Boden. Alles andere stand ruhig: die weißverputzten Häuser, deren Fassaden mit blutigroten Schriftzeichen bedeckt waren, die Verkaufsstände der Fischer, die Kinder, die uns stumm angafften. Selbst die Luft vollführte keine wahrnehmbare Bewegung. Es war eine leichte Luft, anregend und entspannend zugleich, ohne fühlbaren Druck in die eine oder die andere Richtung. Bald wurde mir klar, daß nur ich es war, der schwankte. Dieses leichte Torkeln war mit Kenntnis der Beinmuskeln gewiß zu erklären; Leonardo hätte es seinen Schülern anhand eines Bewegungsapparates verdeutlicht. Für mich war es ein Ausdruck von Glücksgefühl.

Wenn nur jemand an meiner Seite gewesen wäre, mit dem ich diese Empfindung hätte teilen können. Raul kam mir in den Sinn, doch Raul mißtraute jeglichen Regungen, die nicht von den Trieben des Zeugens oder Empfangens ausgelöst worden waren. «Schmuddelig», war das Wort, das er stets gebrauchte, wenn ich ihm zu erklären versuchte, warum mich ein bestimmtes Bild, eine Landschaft, ein Stilleben, ein Blütenzweig zu Tränen rührten. «Schmuddelig, wie Zwischentöne.»

An Raul mußte ich wieder denken, als ich feststellte, daß es in diesem Hafen nicht nur eine, sondern gleich fünf lange Schlangen von Sänften gab. Zu irgendeinem Anlaß hatte er mich in Coimbra einmal gebeten, einem bestimmten, mir persönlich unbekannten Mitglied der Akademie der Schönen Künste ein Geschenk zu überreichen. «Du kannst ihn nicht verfehlen», hatte mir Raul damals versichert, «der Mann sieht aus wie eine Giraffe.»

Mir hatte das genügt, so lange jedenfalls, bis ich merkte, daß alle Mitglieder der Akademie aussahen wie Giraffen.

Nicht anders verhielt es sich mit den Schlangen der wartenden Sänften. Ich irrte eine Weile unschlüssig umher, unschlüssig, doch keineswegs unruhig, dazu schmeckte die ganze Situation zu sehr nach einer Anekdote für den ersten Brief an die Freunde daheim. Schließlich löste sich ein langer, ausgemergelter Mann aus der Reihe der Kulis, die aufgereiht wie die Raben an der Pier kauerten, und sprach mich an.

«Schon seit langem ersehne ich Eure Bekanntschaft», antwortete ich, ich hatte nichts verstanden, doch das war ein Satz aus unserem Lehrbuch. Sehr schnell merkte ich, daß er einem Kuli gegenüber fehl am Platz war.

Der Träger schaute mich verwirrt an, schüttelte den Kopf und spuckte eine rötlichbraune Soße in den Sand.

Er wiederholte jene Worte, auf die mich kein Unterricht vorbereitet hatte, dann griff eine eiserne Hand nach meinem Arm und zog mich zu seiner Sänfte. Es war tatsächlich die drittletzte in einer Schlange. Der Mann pfiff nach einem Kumpanen, es hätte sein Zwillingsbruder sein können, der wenig später die Vorhänge des Gefährts zuzog. Bevor das Licht verdeckt wurde, tauchten zwei Münder in dem kleinen Fenster auf. Sie redeten im Chor, und diesmal verstand ich die Botschaft. «In nomine domini», sprachen die beiden. Dann schaukelten sie mich einem unbekannten Ziel zu. Im Halbdunkel empfand ich das Gefühl des Schwankens als weniger angenehm. Von China erblickte ich erst wieder etwas, nachdem wir unseren Bestimmungsort erreicht hatten.

Dort jedoch wirkte alles so vertraut, als hätte ich Europa nie verlassen. Offensichtlich befand ich mich im Innenhof unserer Missionszentrale. Ein kleiner Springbrunnen warf einen trägen Wasserbogen gegen das Knie einer Madonna aus bräunlichem Marmor. Vor diesem Brunnen strich ein alter Gärtner seinen grob gebundenen Besen über den sandigen Boden. Während ich das Bild noch in mir aufnahm, schnitt eine rauhe Stimme in die friedlichen Geräusche von Plätschern und Fegen. Es war die Stimme des kleineren der beiden Männer, die uns an Bord begrüßt hatten – wenn «Begrüßung» dafür das richtige Wort war.

«Du bist spät», sagte er vorwurfsvoll. «Der Provinzial erwartet dich und ist beschäftigt. Ich führe dich jetzt in einen Raum, in dem sich noch andere auf ihre Audienz vorbereiten. Ihr dürft euch unterhalten, doch der Provinzial schätzt keine Vertraulichkeiten, keinen Klatsch per saecula saeculorum. Ich werde dich dann zu ihm vorlassen.»

Er legte seine Hand auf meine Schultern, schob mich an zwei Türstehern vorbei, leitete mich eine hölzerne Treppe hinauf und ließ meine Schulter erst wieder frei, als wir vor einer weißgestrichenen Tür angelangt waren. Ohne anzuklopfen, stieß er sie auf. «Denk an meine Warnung», flüsterte er zum Abschied, «keine Vertraulichkeiten.»

«Per saecula saeculorum», gab ich zurück, doch er war schon wieder verschwunden.

Von den «anderen, die sich auf die Audienz vorbereiten», kannte ich nur Alberto, unseren Novizen. Als er mich erblickte, verrieten seine graublauen Augen eine Enttäuschung, als wären zwei Perlen aus einem Diadem in eine gewöhnliche Halskette verbannt worden. Doch mit keinem Mienenspiel deutete er an, daß wir uns vorher schon begegnet waren.

«Nehmt Platz», sagte er sehr förmlich und wies wie ein Hausherr auf einen Stuhl unter dem Fenster. «Wir disputieren gerade über die Möglichkeit einer allen Menschen geoffenbarten Ursprache, die im Laufe der Jahrhunderte durch mißliche Interpretationen, durch entstellte Texte, durch die verschiedensten Eingriffe unseres ständigen Widersachers so verformt wurde, daß die eigentliche missionarische Aufgabe in diesem Land vor allem anderen in der Reinigung des Verschmutzten besteht. Wenn wir diesen Gedanken zu Ende verfolgen, so birgt er die Möglichkeit, auch Konfuzius als einen Nachkommen der Apostel zu begreifen, eine ungeheure Möglichkeit, ein Plan von gewaltiger Tragweite. Wir müssen Konfuzius für unseren Glauben reklamieren, ihn, wenn ich ein Bild gebrauchen darf, um seine Achse wenden, so daß Gottes Licht auf sein Antlitz fällt. Für dieses Verfahren gibt es in unserer Glaubensgeschichte bewährte Präzedenzfälle. Ich denke an Kleinasien, ich denke an Sachsen. Konfuzius jedoch wäre die spektakulärste Eroberung. Vielleicht, ich spekuliere jetzt, doch vielleicht haben sich nach seinem Tod auch Ereignisse zugetragen, die im Hinblick auf Seligsprechung die eine oder andere unserer Kommissionen beschäftigen könnten. Ich sehe da...»

Sein Banknachbar, ein rotwangiger, weißgelockter Barockengel, unterbrach ihn durch heftiges Schneuzen. Dann zog er den Ärmel der Kutte kurz zwischen Nase und aufgewölbte Oberlippe und rief: «Konfuzius lebte *vor* Christi Geburt, das behaupten wenigstens die Ahnentafeln, und soviel müßte auch euch aus der Geschichte dieses Landes bekannt sein.»

«Dann machen wir ihn zu einem Propheten», schlug der Novize vor, «zu einem der großen Seher; Einzelheiten müßten wir theologisch noch klären, doch im Prinzip könnte Konfuzius eine Gestalt wie Habakuk oder, sagen wir, Amos gewesen sein.» Er blickte triumphierend in unsere kleine Runde.

Wir schwiegen. Außer dem Barockengel, dem Novizen und mir befand sich noch ein pockenvernarbter, flachstirniger Mann im

Raum, der von Zeit zu Zeit seine zitternden Schenkel zusammenpreßte, dann wieder freigab, so als lohne sich der Aufwand nicht. Zwischen den gefalteten, knöchernen Händen trug er einen Rosenkranz, den er allerdings, solange ich ihn beobachtete, um keine Perle bewegte.

«Ich würde es auf eine ganz andere Weise versuchen», sagte der Barockengel in die Stille. «Seit zwanzig Jahren lebe ich unter Chinesen, und wenn ich mich an die Anlässe erinnere, bei denen sich ein philosophisches Gespräch ergab, was würdet ihr vermuten, wie häufig es dazu kam?»

Bevor wir ihm eine Antwort geben konnten, redete er weiter. «Mag sein, daß es ein dutzendmal passierte, mag sein, ein wenig häufiger. In zwanzig Jahren anderthalb Dutzend Gespräche über den Sinn des Seins, über die Bedeutung von Wahrheit, über das Mysterium der Liebe in unserer Welt. Wie oft habe ich es versucht, wie oft bin ich schon nach wenigen Sätzen gescheitert. Ich habe meine Gespräche festgehalten wie der Kaufmann die Posten seiner Bilanz. Es ist ein niederschmetterndes Geschäftsbuch. Vor einer Woche habe ich wieder darin geblättert. Und nachdem ich an jenem Abend meine Gebete gesagt und mich zur Ruhe begeben hatte, kam mir die Erleuchtung.»

Der Pockenvernarbte ließ seinen Rosenkranz fallen, Alberto riß die Augen weit auf, ich hielt den Atem an.

«Bitte», riefen wir zu dritt.

Unser Barockengel lehnte sich zurück, verschränkte die Arme vor der Brust und sagte dann ganz laut und deutlich: «Rhabarber.»

Natürlich hatten mir meine Ohren einen Streich gespielt. Ich hätte schwören können, das Wort «Rhabarber» vernommen zu haben. Doch offenbar war ich damit nicht der einzige.

«Rhabarber?» fragte der Novize.

«Rhabarber?» kicherte der Pockenvernarbte. «Das wird dem Provinzial vortrefflich gefallen.»

In diesem Moment öffnete sich die Tür. «Kein Wort über den Provinzial», mahnte eine Stimme, «keine Vertraulichkeiten, keinen Klatsch per saecula saeculorum.» Der Barockengel schien die Unterbrechung nicht bemerkt zu haben. Wenn möglich, dann leuchteten seine Wangen noch purpurner als zuvor. «Uns allen hier ist bekannt», erklärte er hitzig, «daß die Chinesen als Schriftzeichen für den Menschen entweder dessen Beine oder dessen Mund darstellen. Bekannt ist beides, wichtig aber nur das letztere. Denn die Bedeutung gerade dieses Zeichens hätte uns einen Schlüssel zum Verständnis ihrer Herzen geliefert.»

«Seele und Magen sind zweierlei», protestierte der Novize, doch er schien sich bereits gierig einer neuen Autorität zuzuwenden.

Der Barockengel legte einen wulstigen Zeigefinger auf seine Lippen. «Wir werden nie wieder in dieser Runde zusammensein, deshalb wollen wir uns gegenseitig nicht unterbrechen», beschwor er uns. «Dabei ist meine Analyse so naheliegend, daß mir jeder sofort beipflichten würde, der mit unserer Mission hier vertraut ist. Aber Mission ist ja nicht nur Einsicht in das Naheliegende, sondern immer auch Politik, ist Nachgeben und Durchsetzen, ist die Bewegung von Streitmächten auf der Landkarte unseres Herrn. Und Seine Ratschlüsse sind oft unergründlich. Doch zurück zum Rhabarber. Warum habe ich gerade diese Pflanze genannt? Nun», er strich sich über die spitzkugelige Wölbung seiner Soutane, «nun, ich erwähnte sie, weil in diesem Land, in das Gott uns geschickt hat, nicht Sein Wort, nicht einmal die Philosophie, sondern die Themen der Küche alle Gemüter beschäftigen. Wenn wir mit den Gebildeten dieses Landes reden, worauf lenken sie unsere Aufmerksamkeit? Ganz selten ist es die Dichtkunst, häufiger schon eine Hofintrige, doch vor allem sind es die Speisen der verschiedenen Provinzen dieses Reiches. Die Chinesen denken mit der Zunge. Und sie haben mehr Ausdrücke, Gaumengenüsse zu beschreiben, als ihre Götzen zu preisen. Wird man zu einer Opernvorführung gebeten, verlangt es der Takt, eine bestimmte Szene mit einem bestimmten Speisegang in Verbindung zu bringen. Umgekehrt fordert ein jeder dieser Gänge das Ansprechen eines ausgewählten literarischen Themas, das sich wiederum mit Essen beschäftigt. Für mich sind das nur wenige Beispiele, ich könnte sie beliebig verlängern, doch sie machen deutlich, daß China, richtig verstanden, nur als Kultur der Speiseorgane verstanden – und damit in unserem Sinne verändert werden kann.»

«Aber warum Rhabarber?»

«Rhabarber», keuchte an dieser Stelle der Pockenvernarbte, «die Jungfrau mag mich beschützen. Bastonaden habe ich ertragen, Kerker, das rote Fieber, alle Prüfungen, die Gott sich ausgedacht hat, und jetzt muß ich erfahren, es lag alles am Rhabarber.»

«Es liegt an der Verfügbarkeit von Rhabarber», korrigierte ihn der Barockengel, ohne seine Stimme zu senken. «Wenn ich euch sage, daß bei uns, in Venezien, das Pulver dieser Pflanze gegen Gelbsucht verwandt wurde, sollte euch das zu denken geben. Doch Gelbsucht hat missionarisch keine größere Bedeutung. Sie rührt nicht an Alltagsgewohnheiten. Und ich rede über nichts anderes; ich rede über den großen Hebel, der diese Gewohnheiten aus ihrer Verankerung reißt. Mir ist nämlich aufgefallen, und nach jener Nacht, nach dem Gebet, wurde es mir zur Gewißheit, daß es kein Volk auf dieser Erde gibt, in dem so exquisit getafelt wird, in dem Nahrungsaufnahme zum entscheidenden Bestandteil der Kultur geworden ist, ohne daß es bei Jungen wie bei Alten, bei Frauen wie bei Männern zu erkennbaren Formen von Verdauungsproblemen gekommen ist.»

«Constipatio», murmelte der Novize. Er mumelte so ergriffen, als habe sich ihm unvermittelt eine neue, überwältigende Form der *unio mystica* von Körper und Seele enthüllt.

«Sie dürfen immer nur dahin scheißen, wo es ihre Landbesitzer befehlen», wandte der Pockenvernarbte ein. «Im Süden ist es noch schlimmer als im Norden.»

«Ich rede nicht von dürfen, ich rede von können», erwiderte der Barockengel in einem womöglich noch schärferen Ton. «Sie können einfach ständig und jederzeit. Ihre Stuhlsäule wird nie hart, bleibt ständig verfügungsbereit. Egal, ob auf Feldern oder über Nachtgeschirren, das Vermögen ist einfach ständig präsent. Essen, essen und essen, ohne Darmverhaltung.»

«Weil sie soviel Rhabarber anbauen», fügte ich mich in den Vortrag ein.

«Ich trage diese Gedanken zum erstenmal einem Kreis von Fremden vor», sagte der Barockengel, «um die Wahrheit zu sagen, ich habe sie noch nie laut ausgesprochen. Mich bestechen sie durch ihre Schlichtheit. Sie sind schlicht und exakt wie eine mathematische Lösung. Nur über Leiden finden wir zur Transzendenz. Ein Volk mit unzähligen Feldern von Rhabarber kann nicht leiden. Es muß sorglos vor sich hin leben, in den Tag hinein, ohne Beschwernis, ohne die Flügelschatten eines Lebens hinter dem Genuß. Und deswegen werde ich dem Provinzial vorschlagen, alle diese Felder in Flammen aufgehen zu lassen. Für das Seelenheil unserer Schutzbefohlenen muß Rauch aufsteigen.»

«Rhabarber brennt nicht sehr leicht», wandte ich ein.

«Dann finden wir eine andere Methode. Schnecken, Käfer, eine biblische Plage. Versteht mich nicht falsch. Sie sollen weiter essen, sollen auch weiter genießen. Doch anschließend müssen sie sich krümmen, krümmen wie wir. Es wird sie in den Leib schneiden, und das bringt sie zum Nachdenken. Der Provinzial wird mich verstehen.»

Wieder öffnete sich die Tür. «Kein Wort über unseren Vorgesetzten», rief eine Stimme. «Einer von euch wird Lazzo gerufen. Er möge vortreten und mir folgen.»

Ich erhob mich und umarmte den Barockengel zum Abschied.

Danach ging es treppauf und treppab, ich verlor jegliche Orientierung. Vermutlich war das beabsichtigt.

Der Provinzial näselte. Das war das erste, was mir auffiel, und als ich später darüber nachdachte, wurde mir klar, daß mir keine Gestalt, sondern eine Abfolge von Tönen im Gedächtnis geblieben war. Dabei muß es in seinem Raum hell gewesen sein, ich erinnere mich deutlich an ein schlankes Fenster, an Lichtspiele auf den schweinsledernen Bücherrücken in den hohen Regalen, an ein in deutscher Manier geschnitztes Kruzifix und an eine Muttergottes, deren Original mir aus Mailand bekannt war.

Doch von dem Mann selbst hat sich mir nicht einmal die Farbe der Kleidung eingeprägt.

Offenbar habe ich mich nur auf seine Worte konzentriert. Worte, die seinem Mund entströmten, als habe er nach Jahren des erzwungenen Schweigens endlich einen Zuhörer gefunden.

«Ich werde dir jetzt deinen Auftrag beschreiben», begann der Provinzial, «und du wirst mich dabei nicht unterbrechen, nach dem Ende meines Vortrags bleibt dir noch Zeit für Fragen. Ich muß dich bitten, sie sehr genau zu formulieren, denn für uns ...», er machte eine Geste, die das Kruzifix, die Muttergottes und mich einbezog, «für uns – und damit sind wir allein in diesem Land – ist Zeit ein kostbares Gut. Das mußt du als erstes begreifen.»

Ich senkte den Kopf zum Zeichen der Demut und des Einverständnisses.

«Würde man mich fragen», fuhr der Provinzial fort, «was die beherrschenden Themen unserer hiesigen Missionstätigkeit sein sollten, gäbe ich zur Antwort: Struktur der Erkenntnis und Wille zur Konsequenz. *Gnosis* und *fortitudo*. Das sind abstrakte Begriffe, würde man mir entgegenhalten, doch darauf kann ich parieren. Missionsarbeit ist der Natur ihrer Sache nach ein strategisches

Unterfangen. Diese Aussage duldet keinen Zweifel. Strategie erklärt sich als eine Technik, erwünschte Ziele in realisierbare Operationen umzudenken. *Telos* und *praxis*. Ich wähle Begriffe aus der Sprechweise des Militärs, weil unser Ordensgründer nicht anders gesprochen haben würde. Gott hat uns gerüstet mit Verstand, mit Mut und mit Entschlossenheit. Was den Heiden jedoch fehlt, ist dir genauso klar wie mir.»

Ich weiß genau, daß er mich nach diesem Satz, der keine Antwort zuließ, prüfend anstarrte. Trotzdem kann ich mich nicht der Farbe seiner Augen entsinnen.

«Selbstverständlich fehlt ihnen die Offenbarung», näselte der Provinzial weiter, als hätte ich ihm das Stichwort gegeben. «Und ohne Offenbarung müssen sie so blind bleiben wie ein Fernrohr, das wir zum Himmel richten, dessen Linse jedoch mit einer Schutzkappe bedeckt ist. Vorhin habe ich gesagt: ‹Struktur der Erkenntnis›, gerade habe ich das Beispiel eines Fernrohrs benutzt. Würde man beide Denkanregungen zusammenfassen, käme ein unabweisbares Ergebnis zustande, und darin liegt dein Auftrag.»

Erneut schenkte er mir einen seiner forschenden Blicke, doch meine Aufmerksamkeit nistete angstvoll in meinem rechten Ohr. Vielleicht lag es an seinem Näseln, vielleicht auch an den vielen Konditionalsätzen.

«Die logische Zusammenführung der Begriffe Fernrohr und Erkenntnis lautet schlicht ‹Perspektive›», die Stimme des geistlichen Herrn geriet ins Raspeln, «aus diesem, und nur aus diesem Grund fiel unsere Wahl auf dich. Man hat mir dich geschildert als einen Virtuosen der Zentralperspektive. Du weißt, was das für dieses Land, für unseren Erfolg, für das Seelenheil von mehr als hundert Millionen Menschen bedeutet?»

Wie gerne hätte ich mich klüger gegeben, als mein Verstand es zuließ, doch die Worte, die mir in den Sinn kamen, fanden keinen Halt aneinander.

«Ich soll Gebäude entwerfen», war alles, was mir einfiel, «Kirchen, Portale, Ornamente, was immer den Blick fesselt.»

Dieser Satz war meinen Lippen kaum entschlüpft, da merkte ich schon, daß er so kurz gelandet war wie ein Pfeil, dem die feuchte Bogensehne zuwenig Fahrt mitgegeben hat. Ich probierte es ein zweites Mal. «Man könnte meine bescheidenen Talente für den Kunstunterricht gebrauchen. Andere Brüder unterweisen in Astronomie, in Mathematik und in Geographie, vielleicht ist es mir gegeben, etwas Vergleichbares auf dem Feld der schönen Künste aufzubauen und damit das Vertrauen der hiesigen Kollegen zu gewinnen.»

Diesmal schien ich der gewünschten Antwort ein gutes Stück nähergekommen zu sein. Der Blick meines Gegenübers wurde milder.

«Du beginnst, in die notwendige Richtung zu denken. Nur mußt du noch lernen, verwegener zu planen, mutiger zu entwerfen, das scheinbar Unmögliche herauszufordern. Wir stehen unter dem Imperativ der Zeit. Jeder ungetaufte Chinese ist ein möglicher Soldat der Mächte der Finsternis. Sein eigenes Seelenheil steht auf dem Spiel, doch genauso das Seelenheil seiner Familie, seiner Provinz, des ganzen Reiches. In dieser Lage wäre es närrisch und vermessen, zudem mit unseren Kräften überhaupt nicht zu bewerkstelligen, wenn wir unsere Anstrengungen auf die große Herde konzentrierten. Die dominikanischen Glaubensbrüder haben das versucht, versuchen es offenbar immer noch, ihre Mißerfolge geben mir recht. Das Scheitern war voraussehbar. Deutlich voraussehbar und zu unser aller Schaden. Willst du ein Glas Wasser?»

Ich machte eine Verbeugung, dankbar für die kurze Unterbrechung. Der Provinzial füllte mir den geschliffenen Becher exakt bis zur Hälfte.

«Wenn ich ein Sprachbild zu wählen hätte», er verstöpselte die Karaffe, ohne den Blick von mir abzuwenden, «würde ich vermutlich den folgenden Vergleich anstellen: Nicht die Steine machen das Gebäude, sondern der Architekt.» Er wandte die Augen kurz zur Decke, erhielt von dort Zustimmung und bekräftigte: «Der Architekt, der alles bestimmt.»

«Also kümmern wir uns um den Architekten», sagte ich. Noch immer hatte ich keine Ahnung, wovon er eigentlich sprach, doch in diesem Gleichnis gab es ja nur zwei Möglichkeiten.

«In der Tat werden wir genau bei diesem Architekten ansetzen. Das wird Absprachen erfordern, Einzelheiten, um die sich deine näheren Vorgesetzten kümmern werden, es werden die geraden und die nicht so ganz geraden Wege zu beschreiten sein, darin wird man dich einweisen, doch alle werden sie zu dem Architekten führen.»

«Und dem helfe ich dann mit der Perspektive», vergewisserte ich mich. Es klang alles sehr einfach, sehr verschwörerisch und dennoch völlig rätselhaft.

Der Provinzial füllte mein Glas noch einmal bis zu jenem imaginären Meßstrich.

«Wen kennst du unter den berühmten chinesischen Malern?» fragte er. Ich hatte mir gerade den Kopf gefüllt mit Aufrissen und Verkürzungen, mit Achsen und Spiegelungen, auf diese kunsthistorische Prüfung war ich völlig unvorbereitet.

Dennoch gelang es mir, ein halbes Dutzend Namen vorzubringen. Zwei oder drei davon gehörten zu längst vergangenen Dynastien, nie hatte ich eine Kopie ihrer Kunst betrachten können.

«Nenne mir ihre Gemeinsamkeiten!»

Farben kamen mir in den Sinn, diffuse Formen, fremde Formate. Was hätte Giorgio Vasari geantwortet, wenn er die von ihm beschriebenen Künstler unter dem Gesichtspunkt ihrer Gemeinsamkeit hätte zusammenfassen müssen?

«Nenne mir, was ihnen allen fehlt!»

Das war einfacher, denn er selbst hatte diesen Begriff bereits erwähnt.

«Die Zentralperspektive», erwiderte ich deshalb, ohne lange nachzudenken.

«Und was ist ihnen gemeinsam?» bohrte er nach.

«Der Geschmack», versuchte ich es.

«Wessen Geschmack?»

«Ihr eigener und derjenige dessen oder derer, für den sie ihre Bilder entwarfen.» Die Antwort holperte, doch die Examination galt ja nicht meiner Sprachgewandtheit.

«Du redest vom Geschmack des Architekten», sagte der Provinzial so gelassen, als habe nicht er mir, sondern ich ihm ein einfaches Rätsel zu lösen gegeben.

«Eine Zentralperspektive ist eine Sichtachse, die uns erschließt, daß es nur einen einzigen möglichen Blickpunkt gibt. Es ist der Blickpunkt unseres Schöpfers, den wir für die kurze Frist unseres Aufenthalts auf Erden einnehmen können, weil wir sein Geschöpf sind und weil Er uns diese Sicht geoffenbart hat. So wie es nur einen Gott gibt, gibt es auch nur eine Zentralperspektive. Fehlt die Perspektive, so fehlt Gott. In der Malerei dieses Landes existieren viele Perspektiven, und deswegen werden auch so viele Götter verehrt. Das wirst du dem Architekten vermitteln.»

«Dem Architekten?»

«Dem Kaiser von China natürlich», erwiderte der Provinzial und spreizte die drei Finger zum Abschiedssegen.

IX

ES WAR EIN TAG fast ohne Licht, ein Tag, an dem der Wind den Regen wie bauschige Vorhänge durch den Hof trieb, es war der Tag, an dem Mi-lan sich aufmachte, ihren früheren Hauslehrer zu besuchen.

Der Vater würde frühestens in einer Woche zurückkehren. Lu verließ die Hauptstadt so selten wie möglich, doch in drei Tagen, zum Erinnerungsfest an seinen Vater, mußte er die vorgeschriebenen Opfer im Heimatdorf der Familie vollbringen. Dieses Dorf lag im Norden, es war nicht angenehm, dorthin zu reisen, bisweilen sogar gefährlich, aber darauf nahmen die Vorschriften der Zeremonie keine Rücksicht. Vielleicht werde der Regen ja auch irgendwann nachlassen, hatte er am Morgen beim Abschied gesagt, eigentlich war es eine ungewöhnliche Zeit für Regen, und dann käme er vielleicht schon einen Tag früher nach Hause zurück.

Bei der Trennung hatte Mi-lan ein wenig geweint, dann war sie in ihr Zimmer zurückgekehrt und hatte sich auf ihr Bett gelegt. Sie wartete, bis das Wiehern und Trappeln der Pferde im Lärm der Straße und in einem neuerlichen starken Schauer untergegangen waren, bis von der Küche wieder die vertrauten Gerüche und Geräusche herübergeweht wurden, bis die Zofe anklopfte und um Befehle für den Tag bat.

Sie wolle allein in ihrem Zimmer bleiben, antwortete sie, sie fühle sich nicht wohl, nein, auf keinen Fall einen Arzt, auch keine Aufmerksamkeiten aus der Küche, nur einfach Ruhe und Alleinsein.

Darauf hatte sich die Zofe entfernt.

Als die Kerze auf der Kommode um ein Drittel heruntergebrannt war, erhob sich Mi-lan und legte ihren seidenen Umhang ab. Aus dem Wäscheschrank holte sie die Männerkleidung hervor, die sie seit einer Woche dort versteckt hatte: eine schmucklose dunkelblaue Jacke, die ihr bis über die Knie reichte, eine Hose in derselben Farbe und Schuhe aus festem Tuch. Sie schlüpfte in den groben Stoff und schlang sich einen Gürtel um die Hüften. Dann trat sie vor den Spiegel, um ihr Haar zu richten. Den linken Zopf ringelte sie als Schnecke um den Hinterkopf, den rechten befestigte sie so, daß er wie ein Schweineschwänzchen in ihrem Nacken endete. Danach stülpte sie sich eine wollene Kappe über, trat einen Schritt zurück und betrachtete das Ergebnis. Der Kopf wirkte ein wenig dick, doch davon abgesehen sah sie aus wie unzählige Burschen, die durch die Straßen der Stadt zogen. Vielleicht waren ihre Gesichtszüge etwas weicher, doch darauf würde im Regen niemand achten.

Auch der Türsteher und sein Vetter achteten nicht auf die schlanke Gestalt, die mit einem leeren Bastkorb in der Hand aus der Hinterpforte der Küche an ihnen vorbeihuschte. Gefahr drohte immer nur von außen, der Hausherr war davongeritten und das Brettspiel allemal wichtiger.

Mi-lan kannte den Weg zu der Straße, in der sich die Wohnung ihres Hauslehrers befand. Sie lag in der «Straße der Glasurläden», dort, wo sich Kunstladen an Kunstladen reihte, wo in den Teehäusern das Leben zischte und dampfte und manchmal auch ins Torkeln geriet. Kunsthändler Lu wickelte hier einen Teil seiner Geschäfte ab, ein paarmal hatte er Mi-lan erlaubt, ihn dorthin zu begleiten. Allerdings war das immer nur an Vormittagen geschehen.

Doch zu dieser Stunde, in der der Tag in die Nacht dämmerte, hatte sie selbst in Begleitung ihrer Zofe nur ein- oder zweimal das Haus verlassen dürfen. Mi-lan fühlte eine Erregung in sich hochsteigen, in der Glück ganz dicht neben Schwermut lag. «Mich umgeben Dinge», dachte sie, «die weder in den klassischen Büchern noch in den Oden erwähnt werden.» Darüber mußte sie lachen, denn das war ein Lieblingszitat von Herrn Yang, dem Freund ihres Vaters, der sich auf diesen Satz immer zu besinnen pflegte, wenn ihm ein neues Entengericht vorgesetzt wurde oder er Anstoß an einer Fischsuppe nahm. Doch Herr Yang, die Zofe, selbst der Vater gehörten in das Leben hinter den Mauern, die sie gerade verlassen hatte, in eine Innenwelt, in der sie Tochter, Pflegling, Darstellerin gewesen war. Dafür mußte man dankbar sein, gewiß, doch so konnte es auch nicht weitergehen. Keine Pflanze kann wachsen, wenn man sie noch im Sommer vor Nachtfrösten bewahren will.

Seit mehr als zwei Monaten hatte sie das Haus ihres Vaters nicht mehr verlassen, und schon nach den ersten paar Schritten glaubte sie, ihre Ohren schützen zu müssen vor den Schreien der Händler, dem Singsang der blinden Bettlerkinder, dem Blöken der Lastenträger, die versuchten, sich einen Weg durch den zäh fließenden Strom der Passanten zu bahnen. Ihre Ohren waren eben durch die Stille verwöhnt, verwöhnt und angreifbar. Zugleich suchte Mi-lan aber auch die Gerüche abzuwehren, den Gestank der nicht geleerten Nachtkübel, das weich-säuerliche Gedünst aus den Quarkküchen, den süßlich-stechenden Duft, der ihr von den billigen Räucherstäbchen aus glanzlosen Pforten daoistischer Tempel entgegenströmte. Am liebsten hätte sie auch ihre Augen geschlossen, nachdem zwei halbnackte Kulis, von einer Nebengasse einbiegend, die nur dürftig verhüllte Leiche einer alten Frau auf zwei Kieferbrettern an ihr vorbeigetragen hatten.

Doch je weiter Mi-lan sich von «daheim» entfernte, desto aufgeschlossener wurden ihre Sinne. Fast rauschhaft empfand sie das Abenteuerliche ihres Unternehmens: Ganz ohne Begleitung, in Männerkleidung die Stadt zu durchstreifen, davon hatte sie seit langem geträumt. Genau so wollte sie in das wahre, das unverfälschte Leben, das ihr aus Romanen und Erzählungen so vertraut war, eintauchen. Und zu diesem wahren Leben gehörten eben Gestank und Gebrüll, gehörten die handtellergroßen, beißenden Rauch verbreitenden Kohleöfchen, die flinken Obstschäler, Maroniröster, Schicksalsdeuter, gehörten das Geknuffe und Geschiebe vor den Kleiderläden, das Gebalze der Vogelhändler und das dröhnende Gongschlagen der Läufer, die einem Würdenträger Platz zu schaffen suchten.

Um das Gefühl der Unabhängigkeit ein wenig tiefer auszukosten, betrat sie ein Teehaus, das sie schon einmal mit ihrem Vater besucht hatte. Damals war ihr der Raum unendlich weit vorgekommen, fast wie eine Halle, und die dort versammelten Gäste, Kaufleute, Musiklehrer, Müßiggänger waren leutselig aufgestanden und hatten sich verbeugt oder einen Platz angeboten, als der Kunsthändler mit seiner Tochter an ihren Tischen vorbeigeschritten war.

Dem jungen Burschen mit der regennassen Wollkappe auf dem etwas unförmigen Schädel schenkte niemand Beachtung. Mi-lan fühlte sich dadurch gleichzeitig herabgesetzt und bestätigt, ein wenig sogar hervorgehoben. In der Nicht-Beachtung durch die schnöselhafte Bedienung, der Schwierigkeit, auch nur an einer Tischkante noch Platz zu finden, ja, selbst in dem trägen Senken der Augenlider bei den Blumenmädchen fand sie die Anerkennung ihrer neuen Rolle.

Um den Kellner zu verwirren, bestellte Mi-lan den Tee des Hauses, Pistazien und mit Zimt gespickte Gurken.

«So, wie ich dich sehe, sah ich ihn damals», lallte ihr Nachbar zur Linken, «doch ein Schlag gegen die Brust, und er verschwand wie der Schatten in der Nacht, verstehst du, Schatten in der Nacht.»

«Natürlich waren es die Fuchsgeister», sagte der zahnlose Alte, der ihr gegenüber saß. «Den zweiten Eunuchen hat es auch schon erwischt, es war nicht seine Gier, es waren die Fuchsgeister. Billige Grundstücke teuer zu verkaufen, das kann jeder. Wer bei Hof ist, herrscht über das Schweigen, das wissen wir alle. Aber die Fuchsgeister, wer kann die Fuchsgeister bezwingen?» Der alte Mann warf seine Hände hoch und kicherte.

«Es war nur ein einziger Schlag gegen die Brust», wiederholte der Nachbar zur Linken.

«So singt man, wenn der Schnabel zu weit von der Lunge entfernt ist. Das mag am Hof Gefallen erregen, doch in den Ohren des Kenners löst es nur Verstörung aus.»

«Die im Norden werden schon zu verhindern wissen, daß der Binnenzoll erhöht wird...»

Die Gesprächsfetzen ergaben keinen Sinn, wenn man sie als Gedanken ernst nehmen wollte, doch für Mi-lans pochende Ohren lag die Auskunft gar nicht darin, daß kluge oder törichte Sätze, neuer oder abgestandener Klatsch den Tisch übersprangen, viel wichtiger war, daß sie jetzt dazugehörte.

Nach längerem Geraschel und Gequieke im Quartier der diensthabenden Damen setzte sich sogar eine ältere Sängerin neben sie. Sie streichelte Mi-lan über den aufgekrempelten Unterarm, murmelte etwas vom Flaum der Tigerkatze und kam dann mit Papierblumigem, redete vom Einlegen des glühenden Schürhakens, von der Grotte der Unsterblichkeit und dem weißen Brei der Langen Beherrschung.

Mi-lan fand das Gerede anfangs komisch, in kurzen Momenten, da sie sich ihrer Doppelrolle bewußt war, schmeichelhaft, im Grunde genommen jedoch als eine Ferkelei. Alles in allem konnte man es aber auch für Wertschätzung nehmen, selbst wenn die Dame zum Erbarmen nach Hirseschnaps stank und einen Dialekt sprach, den selbst der Türsteher gerügt hätte.

Dem Vorbild ihres Vaters folgend, zahlte Mi-lan mehr, als der Wirt verlangte.

Als sie aus dem Teehaus auf die Straße trat, erhielt sie plötzlich einen so heftigen Stoß gegen die linke Schulter, daß sie ins Straucheln geriet und beinahe gestürzt wäre. Ein Lastenträger, die Kapuze tief in die Stirn gezogen, hatte sie mit einer Schweinehälfte getroffen. Der Mann wollte sich entschuldigen, doch hinter ihm rief eine barsche Stimme: «Weiter, weiter! Jetzt keine Zeit verlieren!» Als gelte dieses Kommando auch für sie, ließ Mi-lan sich mittreiben in diesem Strom von Passanten, der einen eigenen, störrischen Willen zu haben schien, obwohl er doch nur von Kräften bewegt wurde, die jeweils einem ganz besonderen Auftrag, einem ganz persönlichen Ziel folgten. Erst auf dem Platz um das «Tor des Friedens» fand Mi-lan wieder zu sich selbst. Dort hatte sich ein kleiner Pulk von Menschen um zwei Artisten gebildet, die einander Goldstücke aus Nase oder Ohren zogen. Die Münzen landeten in einem blau emaillierten Topf, unter dem sogleich ein Feuer entzündet wurde. Kein normales Feuer, wie man es aus der Küche kannte, sondern Flammen in allen Farben des Regenbogens. Während der ältere der beiden Artisten mit einem Bambusfächer für eine immer hitzigere Glut sorgte, zeigte sein Partner den Zuschauern mit weitausholenden Gesten eine Kugel von der Größe einer Kokosnuß, die mit glitzernden Nägeln gespickt war. Dann riß er sich das Hemd vom Körper, nahm aus einer kleinen Flasche einen Schluck und rief: «Das ist das Elixier, das mich schützt.»

Gebannt, widerwillig erregt, starrte Mi-lan auf die feucht glänzenden Rückenmuskeln des jungen Mannes, der schrille, sich steigernde Gurrlaute von sich gab, mit einem heftigen Schwung die Kugel hochwarf und dann zwischen seinen Schulterblättern auffing. Tatsächlich war nicht die geringste Blutspur zu erkennen. Dabei hatte jeder der Umstehenden ganz deutlich sehen können, daß das blitzende Gerät fast drei Meter hoch in den Nachthimmel geflogen war, bevor die scharfen Nägel auf die nackte Haut aufschlugen.

«Für den Edlen ist Begeisterung beschämend», schrie der Ältere in das Geraune und den Applaus des Publikums, «wir sind keine Magier, wir beweisen nur die Schutzkraft unseres Elixiers.» Danach goß er eine träge, trübe Flüssigkeit aus dem Emailletopf in kleine Flaschen, die alle dieselbe Form und Farbe hatten wie jene, aus welcher der Kugelwerfer getrunken hatte.

Das Elixier kostete nur wenige Kupferkäsch. Mi-lan kaufte eines der versiegelten Gläser für ihren Vater, ein zweites für den Hauslehrer und ein drittes für sich. Sobald sie sich unbeobachtet glaubte, trank sie es in zwei hastigen Zügen aus. Der Geschmack erinnerte sie an Himbeeren, ein wenig auch an das Bürzelfett, das sie sich als Kind im Winter immer auf ihr Gesicht hatte schmieren müssen.

Zur Straße der Glasurläden war es jetzt nicht mehr weit. Der Regen hatte sich in immer kleineren Wolken verzogen, die widerwillig einem fahlen Halbmond Platz gaben, dessen Licht sich jedoch ganz armselig ausmachte im Wettbewerb mit den rubinroten Lampions, dem grellen Schein der gebündelten Kerzen, den zahllosen Flämmchen, die von sich drehenden Spiegelscherben zurückgeworfen wurden. Lampions hingen auch vor dem Eingang des «Jadepalasts der Pinien», einem unscheinbaren Laden für Pinsel, Papier, Tuschsteine und andere Malutensilien, fast am Ende der Straße. Mi-lan wartete im Schatten, bis sich zwei schwergewichtige Kunden unter wechselseitigen Verbeugungen durch die Eingangstür komplimentiert hatten, dann glitt sie hinter ihnen vorbei und schlängelte sich vor die Auslagen von Stempelsteinen aus Marmor.

«Dieser Pinsel überträgt keine Kraft», befand einer der beiden Kunden, «der geschmeidige Pinsel begreift über den Druck der Finger...»

«...das Auge des Künstlers», ergänzte sein Begleiter.

«Die Herren sind Gelehrte», rief der Verkäufer, «da schweigt die Stimme des Ladenschwengels, andererseits bitte ich ergebenst bedenken zu lassen, dies sind die Stifte, die wir dem kaiserlichen Hof liefern zu dürfen die Ehre haben. Natürlich sind sie wertlos, sobald sie ohne Talent geführt werden; das Bambusrohr, wenn ich so sagen darf, schmiegt sich an die Kraft des Windes, es ist der Träger und nicht die Last. Aber die Herren sind Kenner, da vergeude ich meine Worte mit unnützem Zeug, Ihnen steht der Sinn nach Stabilerem...» Er verschwand im Schatten der Regale.

Diesen Moment machte sich Mi-lan zunutze. Zwischen den langen Rollbildern mit den Berg- und Schneemotiven, hatte ihr der Hauslehrer erklärt, gelange man durch eine Schiebetür in der Wand zu einem steilen Aufgang, der direkt zu seinen Räumen führe.

Auf der Mitte der Treppe blieb sie stehen, zog die nasse Wollkappe vom Kopf und löste die Haarspangen. Zu ihrem Ärger mußte sie feststellen, daß sie vergessen hatte, den silbernen Handspiegel einzustecken, aber in dieser Dunkelheit hätte der ihr auch keine großen Dienste erweisen können. So warf sie ihre Zöpfe einfach über die Schultern und stieg dem kleinen Lichtstreifen entgegen, der vom Ende der Treppe leuchtete.

«Ich habe dich schon früher erwartet», sagte der Hauslehrer, doch in seiner ruhigen Stimme klang kein Vorwurf. Er deutete auf einen Porzellanschemel, der mit zwei kleinen buttergelben Teppichen bedeckt war. «Nimm Platz und ruh dich aus, ich hole nur das heiße Wasser für den Tee.» Lautlos verschwand er durch die Tür.

Einen merkwürdigeren Raum hatte Mi-lan noch nie gesehen. Beherrscht wurde er von einem gewaltigen Kabinettschrank, zinnoberrot und mattschwarz lackiert, der auf halbrunden Kugelfüßen stand. Die Vorderwände waren teils mit symmetrisch angeordneten, von Blumenornamenten eingerahmten Landschaften bemalt, teils waren sie durchbrochen von rohrgeflochtenen Rechtecken, deren Oberfläche im Schein der Kerzen Schriftzeichen widerspiegelten. Wenn ein Luftzug die Kerzen zum Flackern brachte, lösten sich diese Schriftzeichen wieder auf, flatterten davon wie eine Gruppe von Vögeln, die durch ein warnendes Geräusch aufgeschreckt worden waren. Befremdlich, geheimnisvoll war auch, daß das riesige Möbelstück nicht an der Wand, sondern mehrere Fußbreit von dieser abgerückt stand, nicht in der Mitte, sondern um die Länge eines Armes versetzt, was das ganze Zimmer in ein Ungleichgewicht brachte, die Gefahr eines nur mühsam abzuwendenden Umkippens beschwor.

Zur Rechten des Schranks, über einem hohen, schmalen Tisch, hing ein hinter Glas gemaltes Bild, nach dem Kopfputz zu urteilen das Porträt eines Mannes; seine Züge konnte Mi-lan nicht erkennen. Die Anordnung – zwei Öllampen brannten zu beiden Seiten des Gemäldes – erinnerte sie an den Hausaltar in der Wohnung ihres Vaters, doch dort steckten hinter dem Rahmen nicht wie hier bunte Federn exotischer Vögel, die ihr Hauslehrer wie einen Flammenkranz arrangiert hatte. Und was sollten die vielen, wie flache Hüte aufgereihten Trommeln, die wie ein Berg zur Decke hochstiegen und abfielen? Und was das Dutzend Flöten, die, aneinandergebunden wie die Stege einer Strickleiter, das Fenster umkränzten?

Als Mi-lan genug Mut gesammelt hatte, um aufzustehen und die rätselhaften Objekte aus der Nähe zu betrachten, kehrte der Hauslehrer mit einem kleinen Kessel aus Kupfer zurück. Er hob den Deckel, ließ etwas Dampf entweichen, malte ein Zeichen in den Dunst und lachte. «Über dem See liegt der Donner», dann warf er Mi-lan einen Blick zu, spöttisch, auffordernd, wissend, und ergänzte: «Das Bild des Mädchens, das seinem Herzen folgt – wenn wir der Weisheit der Alten glauben dürfen.»

Mi-lan blickte erfreut und verwundert zurück.

«Welches Mädchen, doch nicht etwa ich?» fragte sie und schämte sich sofort für ihre Koketterie.

«Ein Zitat aus dem ‹Buch der Wandlungen›, ich habe es dir einmal erklärt; es gilt als Beispiel für das Zusammenspiel zwischen dem Erregenden, dem Donner, und dem Heiteren, dem See mit seinen kleinen Wellen. Wir haben damals lange darüber gesprochen. Worauf sonst bist du neugierig?»

«Auf jenen Schrank», antwortete Mi-lan, ohne nachzudenken. «Wie ist der überhaupt hier herauf gekommen, die Stiege war schon für mich fast zu eng. Was bedeuten die Zeichen auf dem Rohrgeflecht? Wozu braucht man ein Möbelstück, in dem zwei Menschen bequem wohnen könnten?»

Der Hauslehrer schüttete aus einem Ledersäckchen getrocknete Teeblätter in zwei Schalen aus Steingut, wie sie sonst Maler zum Anrühren ihrer Farben benutzten, dann goß er aus dem Kessel heißes Wasser in die Behälter.

Mi-lan sah ihm verzückt zu, als säße sie im Theater. Vor Glück schnürte es ihr das Herz zu. Ganz genau so sollte Leben beschaffen sein: mit Menschen, die klare, zielgerichtete Handlungen ausführten, die eine Frau nicht wie eine Frau, sondern wie ihresgleichen behandelten, mit einem Mann, dessen Hände kräftig und bronzen waren, nicht verspielt und mit gelackten langen Nägeln, wie die der Kunden ihres Vaters; Tee mußte aus festen Bechern getrunken werden, nicht aus jenen hauchdünnen Schälchen wie daheim, die aufdringlich ihre Zerbrechlichkeit zur Schau stellten; Fragen sollten genauso gestellt werden, wie der Hauslehrer es tat: direkt, genau ins Zentrum treffend, ohne das herablassende Getue einer abtastenden Etikette.

Allein schon das Gesicht des Hauslehrers war hinreißend weit entfernt von allen klassischen Merkmalen männlicher Schönheit; nicht weichgepolstert, sondern hager und pockenvernarbt, die Wangen kündeten von Entbehrung, nicht von ständig gefüllten Reisschüsselchen; die Augenbrauen wölbten sich eben nicht vorschriftsgemäß, wie respektvoll nebeneinanderliegende Halbmonde, sie schienen einander zu belauern wie Tigerkatzen. Dieser Mann war ganz einfach, darin hatten ihre Freundinnen recht, eine Klasse für sich.

«... und dann haben wir den Schrank hier oben zusammengebaut», beantwortete der Hauslehrer die erste Frage.

Mi-lan nickte, sie hatte nicht zugehört, nichts verstanden.

«... und wozu das Möbel zusätzlich dienen kann, werde ich dir gleich zeigen», fuhr der Hauslehrer fort. Er erhob sich, winkte ihr zu folgen und trat hinter den Schrank. Mit einer lässigen Bewegung des Zeigefingers ließ er die eine Hälfte der Rückwand hinter die andere gleiten. Mi-lan blickte in ein Kabinett, das üppiger ausgestattet war als ihr Schlafzimmer.

«Du wirst hierbleiben müssen», sagte der Hauslehrer. «Gerade habe ich von einem Besucher erfahren, der unten auf mich wartet und der dich nicht sehen darf. Später werde ich dir alles erklären.» Mit einem sanften Druck gegen ihr Schulterblatt schob er sie ins Innere des Schranks. Dann schloß sich die Rückwand. Mi-lan kniete nieder, beugte sich nach vorn und verlagerte das Gewicht ihres Oberkörpers auf die Unterarme. Es gab genügend Kissen, um sie abzustützen. «Könnte mich jetzt jemand sehen», dachte sie belustigt und aufgeregt, «man würde an die kleinen Porzellanfiguren denken müssen, auf denen die Stäbchen abgelegt werden, wenn beim Essen die Gänge gewechselt werden.»

Sie rückte näher an die geflochtenen Rechtecke, aus denen ein unwirkliches Licht ins Innere des Verstecks fiel. Der Hauslehrer, das sah sie ganz deutlich, versteckte ihren Teebecher hinter dem Hausaltar, bevor er auf ein wiederholtes, aufdringliches Klopfen die Tür seiner Wohnung öffnete.

Aus ihrem Blickwinkel konnte Mi-lan nur erkennen, daß der Besucher einen Mantel trug. Die beiden Männer verbeugten sich sehr förmlich voreinander, dann hob jeder die linke Hand und kreuzte Mittel- und Zeigefinger. Während dieser Zeremonie fiel kein einziges Wort. Auch nachdem sie Platz genommen hatten, verharrten sie lange in Schweigen. Der Besucher machte keine Anstalten, seinen Mantel abzulegen.

Schließlich sagte der Hauslehrer: «Ich hoffe, der Weg war nicht zu beschwerlich.»

Der Fremde schüttelte den Kopf. «Mein Onkel hat mich gelehrt, das Ziel als die Belohnung zu sehen, da fallen die Schwierigkeiten nicht ins Gewicht.» Seiner Stimme nach zu urteilen, mußte er aus dem Süden stammen, überlegte Mi-lan in ihrem Versteck, doch warum redete er so verblasen?

«Kommen wir zu den drei entscheidenden Punkten», das war wieder der Hauslehrer, «gesammelte Erfahrungen, gegenwärtige Lage, künftige Vorhaben. Worin liegt meine Aufgabe?»

«Über die genaue Aufgabe hat man mir noch keine Einzelheiten mitgeteilt. Aber die Lage ist jetzt eindeutig, weil wir *unsere* Erfahrungen gesammelt haben. Warum kann ich das behaupten? Es fällt der Stein, wenn sich die geschlossene Faust öffnet. Das Geheimnis wird offenbar, sobald die Wolke abregnet, wie mein Onkel immer hervorhebt.»

Entweder dachte dieser Fremde nur krauses Zeug, oder er verbarg seine Botschaft hinter hohlen Sprüchen. Mi-lan drängte sich näher an das Gitter.

«Gesammelte Erfahrungen?» wiederholte der Hauslehrer.

«Die Herrschaft der Dynastie neigt sich ihrem Ende zu. Warum ist das unabweisbar? Weil unsere Kräfte überall triumphieren. Wir haben zwei Feinde. Das Kaiserhaus – und alle, die es an die Macht gebracht haben – ist der eine Feind, die Fremden, die unsere Kultur zerstören, sind der andere. Der Kaiser hat sich mit den Ausländern verbündet, um die wahre Tradition der Chinesen zu vernichten. Er vertraut darauf, daß mechanische Geräte den Geist, die Lebenskraft, den Willen unserer Landsleute bezwingen können. Aber wir wissen um die tiefen

Geheimnisse, die uns unbezwingbar, unverwundbar, unsterblich machen.»

«Auf welche Erfahrungen gründet sich diese Gewißheit?»

Der Fremde beschrieb mit seinem Zeigefinger eine Spirale. «Wir können die Macht des Sturmes entfesseln. Vor einigen Monaten, ich nenne nur eines von vielen beispielhaften Vorkommnissen, haben unsere Brüder eine ganze Karawane des Feindes verschwinden lassen.»

«Durch einen Sturm?»

«Durch einen Sturm und durch ihre List! Zu den Besiegten gehörten hohe Beamte, Verwandte des Kaisers und auch ein Ausländer, der sich in den Dienst des Herrschers stellen lassen wollte. Er gab vor, Maler zu sein, doch an seinen Bildern konnte jeder erkennen, daß es ihm nicht um Kunst ging, sondern um Gauklerstücke. Unsere Brüder traten als Bettler auf und überfielen die Gegner im Handstreich. Doch das war nur der Anfang. Mit den erbeuteten Schätzen wurden neue Hilfstruppen angeworben, Waffen beschafft, Verbindungen hergestellt bis in die Spitzen der Verwaltung. Ich selbst werde auf diese Weise in wenigen Monaten eine Stellung im kaiserlichen Malersaal erhalten. Es war alles nur eine Frage von, Ihr versteht...» Der Fremde rieb mit drei Fingern über den Teller seiner linken Hand.

«Kann man Männern trauen, die bestochen wurden?»

«Man kann *nur* den Bestechlichen trauen, denn ihre Beweggründe sind voraussehbar!»

Der Hauslehrer erhob sich, nahm eine Trommel von der Wand und schlug eine Folge von kleinen Wirbeln. «Ich habe mich der Verbindung angeschlossen, weil ich die Not meines Volkes nicht mehr ertragen kann. Sein Los ist schlimmer als das von Sklaven. Wäre ich im Nordwesten geblieben, hätte ich sein Schicksal teilen müssen. Ich stamme aus einer Familie von...»

«...von Zauberern», unterbrach ihn der Fremde, «ich weiß Bescheid.»

«Was ihr Zauberer nennt, hat bei uns einen anderen Namen. Doch es lohnt sich nicht, davon zu reden, außer mir sind alle getötet worden. Deswegen bin ich zu euch gestoßen – nur: Mir geht es um Gerechtigkeit, nicht um Intrigen.»

«Um Eure Pläne durchzusetzen, bedient auch Ihr Euch der List. Ihr tretet auf wie ein ganz gewöhnlicher Gelehrter, der noch keine Anstellung gefunden hat und sich deswegen in den verschiedensten Häusern verdingen muß. Ihr macht Euch klein, dabei seid Ihr der Sohn eines Stammesfürsten.»

«Stammesfürst…», flüsterte Mi-lan, die gerade die Baumwolljacke abgelegt hatte, weil es ihr im Schrank zu warm geworden war. Als sie sich wieder in ihre alte Haltung vor dem Rohrgeflecht begab, bedeckte sie mit ihren heißen Händen die Brüste unter dem Seidenhemd.

«…und gewiß nicht, um mich zu verstellen», hörte sie wieder die Stimme des Hauslehrers.

«Aber ohne Verstellung ist unser Kampf gar nicht zu führen. Ein Bild ist ein Bild, doch von wem stammt es? Was einmal gemalt wurde, kann jeder nachmalen. Nicht jeder, vielleicht nur ein paar Talentierte – uns genügt das, denn von denen haben wir genug in unseren Reihen. Ein Siegel ist ein Siegel, es kann nachgeschnitzt werden. Ein Erlaß ist ein Erlaß, wir verändern einige Schriftzeichen, und schon bestimmen wir, wie das Dokument gelesen wird. Nicht hier in der Hauptstadt, das wäre zu gefährlich, nicht am Sitz einer Provinzregierung, doch ab dann beginnt unsere Herrschaft. Darin liegt unsere Macht: Wir stiften Verwirrung, wir bestimmen das Lesen und das Sehen. Mein Onkel nennt das die Kunst der doppelten Erleuchtung durch den einfachen Trick.»

Der Hauslehrer schlug weiter leise auf seine Trommel. «Ich begreife noch immer nicht meine Rolle in diesem Spiel.»

«Es ist die des Hauslehrers, des privaten Gelehrten, der sich unauffällig von Familie zu Familie bewegen kann. Nicht der

Schatten des Verdachtes fällt auf die Katze, die auf die Dächer der Nachbarn springt. Nehmen wir nur diesen Kunsthändler Lu.»

«Dort arbeite ich nicht mehr!»

«Er wird Euch wieder anstellen. Lu ist verwickelt in jene erste Unternehmung, von der ich sprach. Man kann ihn nicht bestechen, sagen die Brüder, er ist unberechenbar, doch da er gestohlenes Gut hortet, befindet er sich in unserer Hand wie ein Spatz mit gebrochenem Flügel. Wir haben ihm schon eine weitere Botschaft zukommen lassen. Außerdem wird über seine Tochter geredet.»

«Seine Tochter?»

Mi-lan schoß das Blut in die Ohren: Woher kannte der Fremde ihre Familie? Sie würde den Vater schützen müssen, aber wovor?

Vor Aufregung verstand sie nur noch den Schluß der Antwort ihres Hauslehrers: «... wird meine Sorge sein.»

«Darüber müssen wir bei unserer nächsten Zusammenkunft reden. Auf jeden Fall muß ich dieses Mädchen kennenlernen. Doch was jetzt noch dringender ist: Welches Siegel verwendet der Gouverneur der südlichen Provinzen? Wer kann das Stempelkissen nachmachen, in das dieses Siegel gedrückt wird?»

Die Stimmen der Männer wurden geschäftiger und leiser. Mi-lan schob sich vorsichtig ein türkisfarbenes Polster zwischen die Oberschenkel. «Geheimgesellschaften», dachte sie beglückt und schon ein wenig schläfrig, «Karawanen, fremde Verschwörer, Gerechtigkeit, mutige Pläne, ein Stammesfürst, damit kann sich nicht einmal ein Roman messen.» Und sie mittendrin, heimlich und doch im Zentrum, in diesem Schrank, der sie daran erinnerte, wie sie sich als Kind unter Bambusbüschen oder in den Magazinkästen ihres Vaters versteckt hatte. Aber nie war es so behaglich und gleichzeitig so aufregend gewesen wie jetzt, auf diesen weichen Kissen, hinter dem Gitter, das sie verbarg und das doch auch Licht auf die Innenwände warf, ein flackerndes Licht, mal in der strengen Gestalt von Rauten, mal weich und auseinanderlaufend wie Tuschkleckse.

Sie mußte eingeschlafen sein, denn als sie wieder durch das Rohrgeflecht blickte, saßen weder der Fremde noch der Hauslehrer auf den Plätzen, die sie vorher eingenommen hatten. Ein kaum wahrnehmbarer Luftzug verriet ihr, daß die Hintertür des Schrankes geöffnet worden war. Mi-lan verharrte regungslos in ihrer Stellung. Sie fühlte zwei kühle, feste Hände, die zunächst kurz ihre Fußballen umschlossen, dann über die Haut ihrer Lenden hinabstrichen und dabei ruhig und unaufhaltsam ihre Hosen bis zu den Kniekehlen hinabzogen. Langsam und doch bestimmt öffneten diese Hände ihre Schenkel. Sie spürte einen weichen Federbausch, dessen Bewegung am Unterleib ansetzte und ganz tief im Rücken wieder kehrtmachte, sie nahm noch wahr, daß jetzt Licht war, wo eigentlich kein Licht sein konnte, sie erinnerte sich plötzlich an den Satz: «Dinge, die weder in den Oden noch in den klassischen Büchern erwähnt werden», dann schlug ihr Herz ganz schnell, zu ihrem Bedauern aber nicht lange genug, der Hauslehrer reichte ihr ein Tuch.

Wenig später machte sie sich auf den Heimweg. Noch immer dröhnte es von den Bühnen der Puppentheater, jaulten Passanten entzückt über die Künste von Fischdompteuren, drängelten sich Kunden in die engen Apothekerläden. Es war die alte Welt, und sie war es doch nicht: Sie lag vor Augen, die keine Gitter mehr kannten. «Ich habe dir viele Geheimnisse geschenkt, dafür habe ich dir ein Geheimnis genommen», hatte der Hauslehrer Mi-lan zum Abschied ins Ohr geflüstert. Es regnete weich und versöhnlich.

X

WENN WIR IN COIMBRA nach einem Theaterabend zuviel getrunken hatten, kam es in aller Regel zu einem Spiel, das wir Italiener «blinde Fliege» und das unsere deutschen Freunde «blinde Kuh» nannten. Die Augen wurden verbunden, die Welt war nur noch, was mit den Ohren, der Nase oder den Fingern wahrgenommen werden konnte.

Nach unserer Audienz, heute morgen kurz vor Sonnenaufgang, erfüllte mich ein erinnerungssüchtiges Gefühl an jenes Spiel oder vielmehr an jene Zeit, in der alles noch Spiel war. Natürlich trug ich keine Binde um den Kopf, ich nahm den graurosa marmorierten Himmel wahr, als die Verschläge meiner Sänfte geöffnet wurden, ich labte mich an dem weichen Licht, das über den goldgelben Ziegeln der Empfangshalle lag, ich empfand ein neues Verständnis für die Harmonie von Proportionen, wenn sie zu einem Zeitpunkt erblickt werden, in dem das Auge vom Traum durch den Tag erweckt wird.

Das alles war mir in diesem Moment so kostbar, daß ich nach wenigen Sekunden nichts mehr sehen konnte.

Vermutlich lag es an der vorausgegangenen Aufregung. Erst in der Nacht hatten die Vorgesetzten erfahren, daß die Audienz mit dem Kaiser zustande kommen sollte. Wochen-, monatelang hatte man in der Missionsstation darüber spekuliert, ob es überhaupt zu diesem Treffen kommen würde und wer zu den Erwählten gehörte, denen die Gnade zuteil würde, dem Sohn des

Himmels gegenübertreten zu dürfen. Der Statthalter, selbstverständlich, der mußte dabeisein, das ergab sich allein schon aus Fragen der Etikette; bekannt – oder erwartet – wurde auch, daß der Kaiser das eine oder andere huldvoll-gelehrte Wort mit dem Vorsteher unserer Sternwarte würde wechseln wollen.

Mit mir, dem Neuankömmling, dem «Streichkünstler», hatte niemand gerechnet. Ich galt als das kleine Samenkorn, das frühestens im zweiten Jahr keimt, der hoffnungsvolle Statist, der zwar die Rolle des männlichen Helden gelernt hat, doch dessen Einsatz erst erforderlich wird, wenn mehrere Katastrophen gleichzeitig aufeinandertreffen.

Um ehrlich zu sein: in jenem Augenblick, da der Sekretär unserer Mission in meine Zelle gestürmt kam, um mir mitzuteilen, ich müsse vor Tagesanbruch frisch rasiert, gewaschen und eingekleidet sein, weitere Verhaltensregeln würden folgen, fühlte ich mich zwar geschmeichelt, doch keineswegs glücklich über die Berufung. Die der Einladung vorausgegangene Aufregung hatte ich durchaus verspürt, seit Wochen wuschen und rasierten sich die Brüder vorsorglich, jeden Tag senkten sich heiße Eisen auf Ausgangsuniformen, plätteten Nähte und Kragen. Mich hatte man in dieser Aufregung zu Recht übersehen. Schließlich war ich «der Neue», schließlich gab es Höherstehende in der Hierarchie nicht nur unseres Glaubens, sondern auch in der Berechtigung, dem Kaiser den einen oder anderen praktischen Vorschlag zu unterbreiten, ihn darauf aufmerksam zu machen, warum es mit der Verkartung der westlichen Provinzen so schleppend vorwärtsging, welcher Dummkopf im Amt für Sternenkunde dringlichst abgelöst werden mußte, warum Dominikaner und Buddhisten in denselben theologischen Topf gehörten.

Zwei Brüder hatten fünf, drei andere hatten zwei Jahre auf diese Gelegenheit gewartet, «ihr Herz zu befreien», wie sie es selbst schon in der Sprache unserer Gastgeber ausdrückten.

Sie wurden nicht geladen.

Statt dessen stand auf der roten Lackkarte mein Name. Mein chinesischer Name, selbstredend, «Yang Man-shih wird ersucht, zu den Zuhörenden zu gehören», hatte der kaiserliche Protokollskribent darauf getuscht, darunter Siegel, Siegelbestätigung, Datum der Erstausgabe, Datum der Auslieferung.

«Sie laden Lazzo ein, um von den wahren Problemen abzulenken», hieß es vom Flügel der Kartenhersteller.

«Immer noch keine Einsicht in die Subtilitäten der Scholastik», tönte es aus einer anderen Ecke, «zweimal haben wir den Katechismus neu übersetzt, wir sind auf die Heiden zugegangen, der eine oder andere dogmatische Punkt läßt sich gewiß neu formulieren...»

«Gewiß nicht!» schallte es zurück.

Doch der eigentliche Skandal lag darin, daß ausgerechnet ich die Aufmerksamkeit des Kaisers erregt hatte.

«Danke deinem Schöpfer, daß dir niemand den Vorwurf machen kann, du habest dich vorgedrängt», sagte der Barbier, ein Mailänder, der mein Gesicht mit heißen, sandelholzparfümierten Tüchern bedeckte. «Wenn es glücklich für dich ausgeht, richtet niemand ein Wort an dich, halte dich auf jeden Fall im Hintergrund wie das schwarze Wölkchen am Nachthimmel. Solltest du doch aufgerufen werden, dann schau zu Boden, warte, bis sich das Blut im Kopf staut und stammle. Es ist besser, den Hilflosen zu geben als den Gewitzten.»

«Ich darf dem Kaiser also vorführen, daß sich unsere Mission nur um Dorftrottel ergänzt?»

Der Barbier preßte vier Finger auf meine Stirn, den Daumen gegen die rechte Wange, mit dem Handballen umschloß er mein Kinn. «Du hältst jetzt ganz still», knurrte er, während sein Messer über meine Nasenhaare fuhr, «ich richte dir dein Aussehen ein, meine Ratschläge für dein Auftreten sind gratis. Ich staffiere dich aus zu einem putzigen Osterlamm und empfehle dir zu deinem eigenen Besten, damit meine ich: hier in der Mission genauso wie am Hof, als Neuankömmling hat man ‹bäh› zu rufen. Wenn man überhaupt zu irgend etwas gerufen wird, was ich in deinem Fall nicht hoffe.»

Vor dem Aufbruch versammelten wir uns zu einem kurzen Gebet. Der Superior flehte Gott an, Seinen Dienern Kraft und dem Kaiser von China Einsicht zu schenken. Ich selbst wünschte dem Kaiser einen Schnupfen. Wir alle rochen sehr streng nach Sandelholz.

Vielleicht lag es an der Dunkelheit, in der wir die Sänften bestiegen, vielleicht auch an den Ermahnungen des Barbiers, daß meine Wahrnehmungen auf den Geruchssinn und das Gleichgewichtsgefühl im schwankenden Gefährt beschränkt blieben. Wenn ich jedoch ganz ehrlich mit mir bin, gestehe ich, es war meine Aufgeregtheit, mein hämmernder Herzschlag, schlichtweg die Angst vor dem Versagen, die mir jenen Nerv lähmten, der bisher mein Leben bestimmt hatte: den Sehnerv.

So oft ich mich an diese erste Begegnung mit dem Kaiser erinnere, die wichtigste, entscheidendste Begegnung meines Lebens, es fallen mir – mit wenigen banalen Ausnahmen, wie das bereits erwähnte Licht vor dem Palast – nur Gerüche und Sprachfetzen ein.

Schemenhaft auch noch Formierungen: Gruppen schritten aufeinander zu, Gruppen sanken nieder wie Wellen, erhoben sich, wurden durch Kanäle geschleust, kamen an einem vorbestimmten Platz zur Ruhe.

Dabei konnten zu dieser Zusammenkunft nicht mehr als allenfalls drei Dutzend Personen geladen worden sein. Doch das habe ich mir erst später, als mir die Räume vertraut waren, klargemacht.

Wer aber nun Würdenträger und wer lediglich Sekretär, Leibwächter, Protokollant oder Page war, vermochte ich nicht einmal an der Pracht der Roben herauszufinden. Natürlich muß der

Kaiser üppiger herausgeputzt gewesen sein als alle anderen Anwesenden, doch so sehr ich später mein Gedächtnis auch marterte, es hoben sich vor einem pechschwarzen Hintergrund nur in Drachen- und Phönixmustern aufgestickte Perlenreihen ab, karminfarbene Troddeln, die von blauen Seidenkappen baumelten, spitz nach vorne verlaufende Stulpstiefel in matt glänzendem Leder.

Deutlicher sind mir die Gerüche jener Zusammenkunft erhalten geblieben. Bevor der Empfang seinen Anfang nahm, hatten wir nämlich im Freien die klare Luft des Spätfrühlings eingesogen, in deren Strenge sich erste lockende Duftbotschaften von frisch aufgebrochenen Kirsch- und Orangeblüten mischten. Es waren keusche und anregende Gerüche zugleich, und sie befreiten uns mit selbstverständlicher Überlegenheit von dem schweren Sandelholz, das der Barbier verstäubt hatte.

Sobald sich die Audienzhalle gefüllt hatte, roch es dagegen nur noch nach Männerschweiß, abgesondert aus den verschiedensten Gemütslagen, nach dem kalten Schweiß der in Panik Geratenen, den Durchlaufsekreten der Beflissenen, den sich in das Tuch ihrer Uniformen vergrabenden Körperausdünstungen der Routinierten. Wie ein billiges Bindemittel hielten süßliche Parfums, Kampfer und Puder bei miserabler Belüftung das Geruchsgemisch zusammen. Einige der Anwesenden schienen zudem Knoblauch zum einzigen Lebenselixier erkoren zu haben.

Rechts und links von mir standen zwei Männer, die offenbar nur dazu abgestellt worden waren, jedes meiner Worte auf einer Schriftrolle festzuhalten.

Wie hatten sie wissen können, daß der Kaiser ein Wort an mich richten würde?

Während der ersten Stunde der Audienz entging mir nicht ein einziges Wort der Verhandlungen. Was ich allerdings überhaupt nicht verstand, war der jeweilige Zusammenhang. Es war, als hätten sich zwei Gegner beim Schach darauf geeinigt, die Partie nicht auf dem Brett auszutragen, sondern sich ihre Figuren auf samtenen Kissen entgegenzuschicken. Gewiß lag das an den mal daunenweichen, mal eisblumigen Formulierungen, einer Art Wolken- und Hagelsprache, derer sich alle befleißigten. Dabei wurde äußerste Sorgfalt darauf verwendet, daß kein Sprachfetzen verlorenging:

«Ich werde die Reiskörner zählen, bevor ich koche», sagte unser Astronom, nachdem er über Himmelskarten geredet hatte.

«Er wird die Reiskörner zählen, bevor er kocht», wiederholte laut ein Mann, der unmittelbar neben dem Kaiser stand.

«Er wird die Reiskörner zählen, bevor er kocht», wisperten sich die beiden Schriftführer an meiner Seite zu und setzten ihre Pinsel an. Erst nach und nach gelang es mir, die Aussagen aus ihrem Zierat zu befreien und mich auf die Inhalte zu konzentrieren. Die Unseren versuchten, den Kaiser durch ein großangelegtes Programm überwältigender Ingenieurskunst von ihrer Nützlichkeit zu überzeugen. Der Bau von Windmühlen wurde vorgeschlagen, es war die Rede von Himmelsuhren, die den Stand der Gestirne und die exakte Zeit verkünden, danach ging es um das Gießen von Kanonen, «Waffen von einer solch gewaltigen Feuerkraft», wie unser Superior hervorhob, «daß sie nur der Macht eines so gerechten Herrschers wie Seiner Kaiserlichen Majestät unterstehen dürfen».

Das schien dem Sohn des Himmels zu gefallen. Seine hohe, doch volle Stimme wandelte sich zu Gurrtönen, lobte den praktischen Nutzen der Fremden, vergaß aber auch nicht hinzuzufügen, daß eine der bereits gelieferten Uhren nach wenigen Tagen ihren Dienst versagt habe. Bruder Nikolaus, ein Spezialist für Mechanik aus dem Norden des Deutschen Reichs, entgegnete darauf leicht verärgert etwas vom «Ungelenk der Wartung». Doch die Stimmung drohte erst umzuschlagen, als, ich weiß nicht mehr, wer mit dem Thema anfing, die Probleme missionarischer Tätigkeit erörtert wurden. Ganz besonders mißfielen dem Kaiser alle Äußerungen, die die Einzigartigkeit unserer Form der Verkündung im Vergleich mit allen anderen Glaubensgemeinschaften herausstrichen.

Des Herrschers besonderer Zorn traf unseren Superior. Ihm hielt er vor, sich in völliger Unkenntnis der wahren Sachlage über Begriffe der Moral und der Tradition in der chinesischen Kultur verbreitet zu haben. Es ermangele ihm schlicht an der Bildung in konfuzianischen Klassikern, im «Buch der Wandlungen», zu schweigen von den wichtigen historischen Texten, er maße sich an, von Tugend zu reden, als sei dies eine der Erfindungen, die erst mit westlichen Schiffen nach China gekommen wären, dabei habe niemand soviel Großmut mit den Barbaren an den Tag gelegt, habe sich niemand soviel Mühe gemacht, die besten Lehrer zu beauftragen, um die Fremden zu unterweisen, wie er, der Kaiser.

Der Superior setzte zu einer rechtfertigenden Erklärung an, doch vor Aufregung muß es ihm die Sprache verschlagen haben. Es klang, als habe er heiße Kugeln in seinem Mund, die er weder verschlucken noch in den Backentaschen verschwinden lassen konnte.

«Urrl, urrl», rief der Superior.

«Er ruft urrl, urrl», wiederholte der Mann neben dem Kaiser.

Die Protokollführer zuckten hilflos mit den Achseln.

Wäre es nicht so spannend gewesen, hätte ich mir ein Lachen nicht verkneifen können. Doch außer mich schien niemanden die Komik der Situation zu kitzeln. Die Brüder scharrten verlegen mit ihrem neuen Schuhwerk.

Auch der Kaiser war nicht gewillt, den Ernst seiner Strafpredigt durch einen versöhnlichen Scherz zu mildern. In mehreren Erlassen habe er, dröhnte es uns entgegen, der Behörde für Glaubensfragen eindeutige Weisungen erteilt, wie mit Buddhisten, Taoisten und Christen zu verfahren sei. Ihm komme es nicht darauf an, ob in diesen Religionen ein einziger Gott oder viele Götter, ob Geister, kosmische Prinzipien oder angeblich heilige Knochen verehrt würden. Doch die Gesetze des Landes gälten für alle in seinem Reich. Unter keinen Umständen werde er zulassen, daß sich unter dem Vorwand sogenannter Glaubensrichtungen das Volk in verschiedene Lager spalte. Noch viel weniger sei er bereit, Klöstern, Tempeln oder Missionsstationen das Recht einzuräumen, selbständig darüber zu befinden, was verwerflich und was nicht verwerflich sei.

«Zweiköpfige Schlangen werden wir nicht dulden», sagte er an dieser Stelle, «wir kennen die Geschichte unseres Landes, wir haben nicht vergessen, daß sich unter dem weiten Mantel einer bestimmten Lehre immer wieder finstere Elemente zusammenrotteten, die dem Volk wilde Versprechungen machten, um doch in Wahrheit nur Unfrieden zu säen.» Er machte eine abrupte Pause, dann kündete ein Schlürfgeräusch davon, daß sich der Kaiser kurz erfrischt hatte.

«Majestät», brach es aus dem Superior hervor, der offenbar einen Teil seiner Fassung wiedererlangt hatte, «gerade weil wir um weniges so sehr Sorge tragen wie um die Beachtung Eurer weisen Gesetze, weil wir überzeugt sind, uns hierin von allen anderen zu unterscheiden, die vorgeben, einen Götzen zu verehren, ist es uns so wichtig, unsere Besonderheit hervorzuheben. Wir nämlich respektieren die Normen, die erlassen wurden, ebenso wie die Gebote, die von altersher gelten. Uns ist bewußt, daß sich gewisse Andere die Güte und Toleranz des Hofes zunutze machen, um finstere Geschäfte vorzubereiten oder zu betreiben. Sie werden damit keinen Erfolg haben, daran verbietet sich jeder Zweifel, doch sie bringen uns in einen Zusammenhang, den wir nur als äußerst ungünstig empfinden können. Es ist auch nicht der Zusammenhang, in dem uns der Thron bisher gesehen hat. Jedenfalls glaubten wir, das schließen zu dürfen.»

Diesmal ließ sich der Kaiser die Sätze des Superiors gleich

zweimal nachsprechen. Dazu nickte er befriedigt, als habe er eine Botschaft vernommen, die von ihm selber stammte.

Doch dann sprach er plötzlich ein Wort aus, das durch die Halle sauste wie ein Kugelblitz.

«Schnickschnack», sagte der Sohn des Himmels.

Die Protokollanten nahmen ihre Pinselenden in den Mund wie Däumchen, die sie sich gerade verbrannt hatten und wechselten verständnislose Blicke.

«Schnickschnack», ertönte es wieder aus dem Kopfende der Audienzhalle. «Gerade eben haben wir das Bild der doppelköpfigen Schlange ins Gedächtnis gerufen. Eine doppelköpfige Schlange spricht mit zwei Zungen. Jener Mann», es konnte nur unser Superior gemeint sein, «jener Fremde spricht mit mehr als nur zwei Zungen. Er redet Verächtliches über die, die seines Glaubens sind, doch er verhöhnt jene, die seine eigenen Grundsätze nach einer anderen Schulmeinung verkünden. Ein Glaube und zwei Zungen. Ihr nennt jene Anderen Dominikaner, und Ihr wollt unser Herz gegen sie gewinnen. Ich, der Kaiser, soll zu einem Instrument werden für Eure Kriegslisten. Nur kleine Menschen trauen sich die Stärke zu, einen solchen Plan zu verwirklichen. Der Superior ist ein kleiner Mensch.»

Mit diesen Worten wandte sich Majestät zum Gehen, die Zuhörer verharrten in andächtigem Schweigen. Doch dann rief eine Stimme: «Der Neuankömmling Yang Man-shih soll nach vorne kommen.»

Sollte jetzt ich das Opfer des himmlischen Zorns werden? Oder wurde ich als der Jüngste und Unbedeutendste unserer Gruppe hervorgehoben, um den Superior noch zusätzlich zu demütigen? Verwirrt suchte ich in den Gesichtern meiner Ordensbrüder nach Rat. Aber die blickten alle starr auf die Rücken ihrer Vordermänner.

Also machte ich mich auf den Weg, er kam mir unendlich weit vor; nur die beiden Protokollanten begleiteten mich wie zwei

Schutzengel. Zu dritt warfen wir uns vor dem Herrscher auf die Knie und warteten, bis das Kommando zum Aufstehen ertönte.

«Du kannst also malen», sagte der Kaiser so leise, daß nur die nächsten der Umstehenden ihn verstehen konnten.

Ich senkte bescheiden den Kopf.

«Ein guter Maler», fuhr der Kaiser fort, «erfaßt die Unterschiede zwischen den zehntausend Dingen und bringt das Wesensgleiche in eine Form, die dem Betrachter das wahre Verständnis erschließt. Ein guter Maler sieht hinter den Erscheinungen, die uns verwirren mögen, das Gültige, das Nicht-Verstellbare. Ein guter Maler durchschaut den Schein.»

Ich hielt meinen Kopf gesenkt.

«Man bringe ihm Papier, Tusche und Pinsel», sagte der Kaiser in derselben Tonlage, so als sei das die notwendige Folge seiner kunstphilosophischen Bemerkungen. «Er soll zeigen, was er kann. Wir wollen ihn beobachten, wie er uns Porträts von den Mitgliedern seines Ordens anfertigt. Wenn sie dir gelingen», hier richtete sich die Stimme wieder an mich, «wenn sie dir so gelingen, daß wir zufrieden sind, dann erwartet dich im Saal meiner Hofmaler eine Anstellung.»

Ein harter Stift wäre mir lieber gewesen als der Tuschpinsel, trotzdem gelang mir die Darstellung unseres Superiors ganz passabel. Aus Ehrfurcht vor meinem Auftraggeber hielt ich ihn so fest, wie ich ihn zuletzt in Erinnerung hatte: demütig der Schelte Seiner Majestät lauschend.

Das Blatt wurde mir weggenommen und ohne Kommentar herumgereicht.

«Und nun die anderen», drängte der Kaiser, «wir wollen die Sache schnell hinter uns bringen, die Zeit ist nicht unbeschränkt.»

Während ich mich auf den Mathematiker und den Astronomen, auf den Kanonenbauer und den Erdvermesser zu konzentrieren versuchte, wurde ich immer wieder durch eine Erinnerung an Raul gestört, an Raul, den Freund in Coimbra, der sich in den Tagen seiner bittersten Armut ein mageres Zubrot verdient hatte, indem er für die Stadtkommandantur, manchmal auch für den einen oder anderen Orden, Steckbriefe von Gesuchten nach mündlichen Beschreibungen zeichnete. Er nannte es «Fingerübungen», in der leichtfertigen Art, in der er über alles redete, was zwang, ein wenn auch nur an den Rändern bedrücktes Gewissen in eleganten Spott umzuformulieren.

«Die Ohren», unterbrach der Kaiser meine Gedanken, «ganz besonders wichtig sind die Ohren. Sie verraten den Charakter.»

Die Ausdrücke «Steckbrief» und «verraten» fügten sich in meinem Hirn zu einem schrillen Zweiklang.

«Am meisten schätze ich an eurem Orden die Disziplin», sagte der Kaiser, nachdem er ein zweites Bild untersucht hatte. «Ein einheitliches Auftreten, der straffsten Hierarchie unterworfen, ein einheitliches Denken, das sich aus wenigen zentralen Prinzipien ableiten läßt, ein einheitliches Erscheinungsbild, das die Jüngeren kaum von den Älteren unterscheidbar macht. Nur wenn diese drei Forderungen erfüllt sind: Haltung, Denken und Erscheinung in sofort wiedererkennbaren Formen, lassen sich große Strategien durchsetzen. Ich habe heute deinen Superior gerügt, weil er mir zu mächtig wird und versucht, sich in meine Angelegenheiten einzumischen. Doch ich werde ihn nicht bestrafen lassen, weil er nützlich ist und weil dein Orden schon meinen Vorgängern wertvolle Anregungen für die Beherrschung dieses Landes geliefert hat. Du bist neu in unserem Land, doch du weißt, wovon ich spreche.»

Ich ließ den Pinsel sinken und probierte ein Mienenspiel, in dem Bescheidenheit, Intelligenz und Neugier miteinander wetteiferten.

«Du kannst gar nicht wissen, wovon ich spreche», sagte der Kaiser, ohne meinem Gesichtsausdruck Beachtung zu schenken. «Der entscheidende Einfall lag in der Erfindung des Zopfes.»

Der Protokollant zu meiner Linken tunkte seinen Pinsel in mein Tuscheschälchen, so begierig war er, jede Äußerung seines Herrschers im Wortlaut festzuhalten.

«Unsere Dynastie ist eine Dynastie der Harmonie und der Festigkeit.» Jetzt sprach der Kaiser, als ginge es nur mehr um ein Diktat. «Harmonie und Festigkeit können dem Volk nur dann geschenkt werden, wenn die Köpfe zur Aufnahme bereit sind. Man nennt das: Ausrichtung des Denkens. Die Kraft des Herrschers liegt in seiner Macht über die Anschauungen der seinem Schutz anbefohlenen Untertanen. Zu Beginn unserer Dynastie bestand ein schädliches Durcheinander dieser Anschauungen. Meinung prallte auf Meinung, listige Verführer träufelten Gift oder Honig in die Ohren ihrer Zuhörer, statt des einen Wegs schienen zahllose Pfade zu existieren. Unter diesen Umständen drohte die Natur über den Verstand zu siegen. Da sich aber die Natur im Körper des Menschen ausdrückt, ließen wir anordnen, alle Köpfe unserer Untertanen in ein einheitliches Erscheinungsbild zu bringen.»

«Deshalb der Zopf», murmelte einer der Würdenträger.

«Haarwuchs ist Natur, Natur ist wild», bestätigte der Kaiser. «Nur ein Volk, das gelehrt worden ist, die wilde Natur seiner Kopfhaare zu bändigen und einer überall wiederauffindbaren Ordnung zu unterwerfen, ist ein Volk, das sich den weisen Regeln einer Regierung fügt. Schon Konfuzius ...» Der Kaiser unterbrach seinen Satz, nahm einen Schluck aus dem Goldbecher und fügte etwas unvermittelt an: «Bist du jetzt fertig?»

Ich überreichte ihm die letzte Skizze.

«Die Bilder werden ihren Zweck erfüllen. Man lasse sie in Holz schneiden, damit sie vervielfältigt werden können. Mir dir, Yang Man-shih, kommt ein brauchbares Talent an meinen Hof, und an brauchbaren Talenten herrscht ein beklagenswerter Mangel. Wie andere aus deinem Orden verfügst du über eine besondere Geschicklichkeit, die uns hier nützlich sein kann. Und sein wird.

In drei Tagen wirst du dich bei der entsprechenden Behörde melden. Damit bist du entlassen.»

Wie es mir anerzogen worden war, fiel ich wieder auf die Knie und streckte meine Arme flach auf den Boden.

Dort verharrend hörte ich, wie sich Stiefel entfernten, hörte aber auch noch den Kaiser, der mit einer wiedererstarkten Stimme Befehle erteilte: «Der kleine Fremde ist anzustellen», lautete eines der Gebote, «die protokollarischen Richtlinien werden sich finden. Uns gefällt die Strenge seiner Strichführung. Sie läßt sich hervorragend auf Holz schneiden und in Druck geben. Das wird in zwei Tagen geschehen sein. Die Blätter werden an die zuständigen Stellen der Sicherheitsbehörden verteilt. Keiner dieser Jesuiten wird sich bewegen können, ohne daß unsere Beamten davon erfahren. Die bewährten Kanäle mögen die Jesuiten wissen lassen, daß wir über ihr künftiges Los günstig beschieden haben.»

In der Sänfte, die mich zur Missionsstation zurückbrachte, wäre ich fast erstickt, so dicht hingen die verstaubten Samtbahnen, die die Sicht nach außen versperrten. Peinlich berührte mich auch, daß, wohl durch das Nachlassen der Gemütsspannung und die rhythmische Schüttelbewegung ausgelöst, meine Körpersäfte an einer bestimmten Stelle zusammenströmten und damit ein lustvolles Druckgefühl auf immer höhere Stufen trieben, das mir, hätte ich mich nicht hin- und hergeworfen, fast die Sinne nahm. Gebeugt wie ein Gichtkranker stieg ich schließlich aus dem Gefährt, und erst im Garten, auf der Bank unter der Statue der Heiligen Jungfrau, fand ich wieder Beherrschung über mich.

Durfte, mußte ich meinen Oberen alles erzählen, was sich in der Zeit ihrer Abwesenheit zugetragen hatte? Gewiß hatten sie ein Recht darauf. Andererseits schien sich zwischen dem Kaiser und mir eine Art von Verständnis anzubahnen, die unseren Zielen verlockendere Perspektiven verhießen als nur solche der Nützlichkeit. Des Kaisers Bemerkungen über den Zopf – und das konnte ja nur bedeuten: über einen alles beherrschenden Begriff, über eine zentrale Perspektive –, konnten, missionspolitisch, nur als Bestärkung aufgefaßt werden. Der Kaiser war ein Machtpolitiker, der – vielleicht ohne den gedanklichen Urheber zu kennen – das Prinzip des Punktes begriffen hatte, an dem der Hebel des Archimedes ansetzen kann.

Als ich ins Refektorium trat, sangen die Brüder einen Choral, der im Endreim auf die Seiden von König Salomon auslief. Ich erzählte, daß es mir gelungen war, eine Stellung unter den Malern am Hof zu gewinnen. Darauf stimmten sie ein neues Freudenlied an.

XI

YANG HATTE DEM KUNSTHÄNDLER vorgeschlagen, diesen Italiener, der mit seiner Malerei am Hof soviel Aufsehen machte, einfach zu einem Hausbesuch einzuladen. «Er trägt jetzt einen chinesischen Namen und schreibt sich genauso wie ich», hatte Yang berichtet. «Der Kaiser hält die Hand über ihn, obwohl seine Bilder Anstoß erregen. Unter uns gesagt sind sie ziemlich grell und vulgär, und genauso denken auch viele am Hofe. Diese Gemälde halten nur die Form fest und nicht den Geist, man merkt ihnen an, daß sie nicht von einem Dichter stammen, sondern von einem Handwerker, der irgendwo unter den Barbaren das Zeichnen gelernt hat. Doch wir leben in vulgären Zeiten. Vielleicht bestimmt gerade dieser Mangel an Einfallskraft, diese Virtuosität leerer Formen den künftigen Geschmack. Ich wittere dahinter ein ganz passables Geschäft.»

Der Kunsthändler hatte sich die Argumente angehört und dann darüber nachgedacht, daß ihn bislang noch jede geschäftliche Anregung seines Freundes, der er gefolgt war, in einen Verlust getrieben hatte. Yangs eigentliche Stärke lag eben im Ausdenken kühner Projekte, doch sie trugen stets den fatalen und anfangs unsichtbaren Keim des künftigen Fehlschlags in sich. Andererseits gab es ja auch Ausnahmen von Regeln, und eine schlichte Einladung verpflichtete zu nichts. Überdies stand es nicht gut um die Finanzen des Kunsthändlers. Die Verwandten im Heimatdorf hatten Geschenke erwartet und Geschenke erhalten, Steuereinnehmer waren zu begütigen gewesen, zwei Rechtshändel konnten nur noch im allerletzten Moment beigelegt werden – mit den entsprechend schmerzhaften Einbußen. Doch das war noch nicht alles: Als der Kunsthändler in die Hauptstadt zurückgekehrt war, hatte er zwei aus verschiedenen Lieferungen stammende Ming-Vasen vorgefunden, die ihm von seinen beiden besten Kunden empört zurückgeschickt worden waren, mit der Begründung, für eine Fälschung seien die Objekte zu teuer, für Originale zu billig, man habe deshalb unabhängige Kunstexperten zu Rate gezogen, die darin übereinstimmten, daß «nach genauerer Überprüfung der Glasur und nach entsprechenden Vergleichen gar nicht die Rede davon sein könnte, daß...» Weitere Schritte waren angekündigt worden, weitere Freunde würden informiert werden.

Wenn der künftige Geschmack des Vulgären und die Person, die ihm zum Erfolg verhelfen sollte, nur berechenbare Größen wären! Dieser Italiener, der sich am heutigen Nachmittag eingefunden hatte, machte einen völlig unberechenbaren Eindruck. Ohne Zweifel verstand er etwas von der Kunst des Landes. Lu hatte ein paar Bilder vor ihm aufgerollt, eine freundliche Geste des Willkommens, gleichzeitig natürlich auch die entscheidende Prüfung; der Ausländer hatte nicht nur nach Qualität zu unterscheiden gewußt, er hatte auch in den einzelnen Werken selbst Stellen bemerkt, die nicht von der Hand des durch seine Signatur ausgewiesenen Malers stammen konnten. Nein, dieser Mann verstand etwas von seinem Gewerbe, das merkte man schon an der Art, wie sich seine Aufmerksamkeit mal auf den Gesamteindruck, mal auf bestimmte Partien richtete. Da stellte sich plötzlich ein ganz geheimnisvoller, intimer Kontakt zwischen Betrachter und Objekt her: So fixierten Raubtiere ihre Beute. Fachmännisch war auch die Manier, in der er die Blätter zwischen die Finger nahm – schonend und dennoch unnachsichtig prüfend.

Ein Gelehrter war dieser Fremde allerdings nicht. Lu dankte dem Himmel, daß er zu diesem ersten Treffen nicht noch den einen oder anderen wohlhabenden Kunden aus der Gesellschaft eingeladen hatte. Das war ein Ratschlag von Yang gewesen, der behauptete, wenn man die Werke des sogenannten neuen Geschmacks zu einer begehrten, also knappen Handelsware machen wolle, müsse man diese Ware zusammen mit einer einzigartigen Person präsentieren. Je wilder, je ausgefallener der Künstler, desto besser.

Nein, nein, dieser Italiener konnte vielleicht bei Hof durchgehen, als Sonderexemplar in einer ganzen Menagerie von Exoten, doch Lu glaubte besser zu wissen, wieviel Mangel an Schicklichkeit und Würde er seiner Klientel zumuten konnte. Dabei machte sein Gast keineswegs den Eindruck, als wolle er bewußt die eine oder andere Norm des Anstands verletzen. Das Umgekehrte traf zu: Er verstieß gegen die Gebote der Etikette, indem er sie über die Maßen befolgte.

«Wir haben hier eine sehr einfache Küche, vielleicht ist es für Sie schwer, sich daran zu gewöhnen, gewiß geht es bei Ihnen sehr viel vornehmer zu», hatte Yang das Tischgespräch eröffnet, als eine kleine Vorspeise gereicht wurde.

Darauf lachte der Italiener: «Glauben Sie mir, unsere Küche ist viel bescheidener.»

«Sie sagen das aus Höflichkeit.»

«Ich bitte um Verzeihung, ich beherrsche keine Höflichkeit», rief der Fremde in seinem Akzent, der ein wenig mongolisch klang, sprang auf und machte einen tiefen Diener.

Damit hätte er es bewenden lassen müssen, doch er übertrumpfte das Gute durch ein Zuviel.

«Gestattet mir, die Minderwertigkeit meiner Heimat vorzuführen», sagte er, «ruft mir den Koch!»

Lu ließ den Koch kommen. Selbstverständlich, antwortete dieser, Mehl, Eier, Milch und Wasser seien in der Küche vorhanden.

Wie genau sollte die Zubereitung erfolgen? Nein, ganz genau hatte der Küchenmeister nicht begriffen, worum es ging; aufgeregt sprang der Gast auf, machte erneut einen tiefen Diener und bat um die Erlaubnis, sich persönlich in die Küche begeben zu dürfen.

Ein Gast, ein Maler am Hofe, der sich unter die Angestellten mischte? Über Speisen konnte man reden, streiten, man beherrschte die Zitate, die seit Generationen zu einem bestimmten Gericht aufgesagt werden mußten, doch wer hatte je davon gehört, daß ein völlig Fremder, ein Fremder nicht nur der Familie, sondern des ganzen Landes und seiner Kultur, sich anmaßte, in Bereiche vorzudringen, in die nicht einmal der Hausherr seine Schritte lenkte?

Wie häufig in den letzten Wochen setzte Mi-lan sich durch.

«Vater, ich bitte dich!»

Der Koch blickte seinen Herrn ungläubig an, dann verschwand er mit dem Fremden hinter den Magnolienbüschen, die den Küchentrakt vom Garten trennten.

«Endlich einmal etwas anderes, ich finde ihn wild», war Milans Kommentar gewesen. «Solche Gäste sollten wir häufiger einladen.»

Yang, dem anzusehen war, wie peinlich er die Situation empfand, griff nach seinem Fächer.

Meine Tochter hat sich erstaunlich verändert, überlegte der Kunsthändler, sie ist so reif und sicher geworden. Vielleicht sollte er doch ernsthaft darüber nachdenken, sie endlich zu verheiraten. Für die meisten Kandidaten war es ohnehin schon zu spät. Selbstbewußtsein gehörte nicht zu den gefragten Gütern bei der Mitgift einer Braut, zumal wenn andere, glänzendere Güter in großer Fülle nicht vorzuweisen waren. Oder sammelte er einfach nur Einwände gegen eine Entscheidung, die ihm seine geliebte Tochter rauben würde?

«Wir nennen dieses unwürdige Backwerk ‹chiacchiere›»,

lachte der Italiener, der an der Seite eines Dieners wieder zum Tisch zurückgekehrt war. «Es entsteht in Windeseile, was schon auf seinen Mangel an Beständigkeit aufmerksam macht. Wie der Name übrigens auch: ‹chiacchiere› heißt in unserer Sprache ‹Geschwätz›. Man kann es wie einen Gürtel backen, wie eine Schlange oder wie eine lange Nudel, wichtig ist gar nicht so sehr der Geschmack, wichtiger ist die Form der Umsäumung.»

Mi-lan versuchte, das fremde Wort nachzusprechen, doch es wollte ihr nicht gelingen. «Meine Stimme klingt wie Aufgeregtes auf dem Hühnerhof», lachte sie.

«In welcher Jahreszeit ernährt Ihr Euch von dieser Speise?» fragte Yang, nachdem er mit den Elfenbeinstäbchen zugelangt hatte.

«Manche essen sie das ganze Jahr über, wenn sie etwas Süßes zu sich nehmen wollen, aber eigentlich ist es eine traditionelle Speise für ein bestimmtes Fest im Winter, das wir ‹Karneval› nennen.»

«Karneval?»

Der Italiener erklärte den Anlaß, erzählte von Scherzen und Streichen, von Tänzen und Verkleidungen, schilderte Formen und Farben.

«Warum soll sich ein Mensch in fremde Gewänder hüllen?» wollte der Kunsthändler wissen. «Wer die Kleider des anderen Geschlechtes oder eines anderen Standes trägt, der sinnt doch auf List oder auf Betrug.»

«Es handelt sich um ein Spiel», versuchte es sein Gast, «und schicklich sind die Verkleidungen auch nur in jenen Wochen, von denen ich geredet habe.»

«Da wir von Verkleidungen reden», meldete sich Yang zu Wort, «in unseren klassischen Romanen finden sich auch dafür viele Beispiele. Ich denke nur an berühmte Heldinnen, die im Schutz...»

«Zeigt uns doch eines der Spiele, die Ihr bei diesem Fest treibt», forderte Mi-lan.

«Wenn die Herrschaften gestatten, allerdings, vielleicht geziemt es sich nicht, alles in allem: zuviel der Ehre», stammelte der Fremde, doch sein Mienenspiel verriet Vorfreude.

«Nur zu!» rief der Kunsthändler.

«Der Drache steigt nur bei günstigem Wind!» bekräftigte sein Freund Yang.

Erneut verbeugte sich der Fremde. Wenn man es genau betrachtet, überlegte der Kunsthändler, dann neigt er sich nicht wie der dem Winde nachgebende Bambus, vielmehr knickt er wie eine jener mechanischen Figuren, die seit einiger Zeit am Hofe als Glockenspieler so beliebt sind.

«In meiner Heimat nennen wir dieses Spiel ‹Eins, zwei, drei Stern!›. Man lernt es als Kind, doch die Vollendung zeigt sich im Erwachsenen.»

«Eins, zwei, drei Stern!» wiederholte Mi-lan, die zarte Spitze ihrer Zunge drängte sich zwischen ihren Lippen hervor.

«Wenn ich mir eine einfache Vorführung erlauben darf», schon wieder war der Fremde aufgesprungen. «Kinder spielen es auf ihre Weise, für Erwachsene liegt ein anderer, wenn Ihr gestattet, ein künstlerischer Sinn in diesem Spiel. Ich stelle mich an die Wand, verdeckt zum Mitspieler, und zähle ‹eins, zwei, drei›, dann rufe ich ‹Stern!›. Vorher stehen wir alle im Kreise, jeder Mitspieler bewegt sich auf ein festgelegtes Ziel zu. Sobald ich ‹Stern› rufe, drehe ich mich um, sofort hat jede Bewegung zu erstarren. Es ergeben sich daraus die reizendsten Bilder, aus einem bestimmten Blickwinkel betrachtet sogar ein Gemälde.»

Der Kunsthändler suchte die Augen seines Freundes Yang. So also stellten sich die Barbaren Gemälde vor. Verrenkungen in einem Kinderspiel! Und ausgerechnet diese Torheiten sollten ihm neue Kunden zuführen. Yang hatte wieder nach seinem Fächer gegriffen.

«Eins, zwei, drei», der Fremde machte eine dramatische Pause, dann rief er mit einer sich überschlagenden Stimme in den Magnolienbusch: «Stern!» und drehte sich blitzschnell um wie ein gepeitschter Kreisel. Mi-lan verharrte in ihrer Bewegung, als habe sie ein plötzlicher Eisregen überfallen, das linke Bein leicht angewinkelt, den rechten Arm hinter dem Rücken wie ein dritter zwischen den zwei zurückgeschwungenen Zöpfen.

«Eure Tochter ist schöner als eine Statue», seufzte der Fremde und tupfte sich mit einem bunten Tuch den Schweiß von der Stirn. «Natürlich wird dieses nichtsnutzige Spiel erst spannend, wenn mehrere sich daran beteiligen, und dann kann man noch zusätzliche, erschwerende Regeln einführen. In meinem Heimatdorf zum Beispiel mußten die Teilnehmer so weit auseinanderlaufen, daß sie, wenn das Wort ‹Stern› gerufen wurde, nicht von dem Schatten eines Mitspielers berührt wurden. Wen der Schatten traf, der galt als ‹Opfer› und mußte sofort ausscheiden.»

«In Eurem Land nehmen also auch Erwachsene an diesen Veranstaltungen teil?» fragte Lu ungläubig. Er rückte seine Kappe zurecht. Dann fügte er spöttisch hinzu: «Ist es nicht eine Freude, wenn man Freunde hat, die aus allen Winkeln der Erde stammen?»

Zu seiner Überraschung verstand der Gast die Anspielung auf Konfuzius.

«Verfügt nicht derjenige über die vollkommene Tugend, den es nicht stört, wenn niemand ihn beachtet?» fragte der Italiener zurück. Er trug dieses Zitat ganz ruhig und sachlich vor, so als habe er die Herausforderung, die angedeutete Häme in den Worten des Kunsthändlers gar nicht bemerkt.

Schon wieder so ein Widerspruch. Erst machte sich dieser Künstler lächerlich, indem er in die Rolle eines Kochs schlüpfte, dann führte er ein Spiel vor, das mit Rennen, mit Schwitzen und mit Theaterpossen zu tun hatte, also eines Gelehrten vollends unwürdig war, dazu noch dieses abergläubische Geschwätz über

«Schatten» und «Opfer», und zuletzt dann eine kühle Replik auf ein Zitat aus den klassischen Schriften. Zugegeben, kein besonders ausgefallenes Zitat, schließlich stammte es aus den ersten Sätzen des «Lun Yü». Dieser Maler war ganz eindeutig eine lebende Kunstfälschung. Sein Auftreten war gefälscht, sein Wissen war gefälscht, vielleicht war nicht einmal seine Erscheinung echt. Wahrscheinlich lag darin der Grund, daß Mi-lan ihn so fasziniert mit ihren Blicken verfolgte.

Yang schob seinen Fächer in den Ärmel seines Obergewandes, als müsse er einen gefrorenen Fisch verstecken. «Vorhin haben wir über Schatten gesprochen», begann er zögerlich, «das einfache Volk hier hat Angst vor Schatten. Das einfache Volk hat natürlich keine Bildung. Aber wenn sich in meinem Dorf die Totenträger an einem Sarg zu schaffen machen, dann binden sie sich festgewebte Säcke um die Lenden, damit sie nicht ihren Schatten verlieren und dieser nicht ins Grab eingeschlossen wird. Im Süden unseres Landes gibt es die Vorstellung, daß der Schatten...», Yang senkte die Stimme, «daß der Schatten einer unreinen Frau von Kindern nicht mit den Füßen berührt werden darf, weil sie sonst sofort aufhören zu wachsen.»

«Und woher können die Kinder wissen, ob eine Frau unrein ist?»

«Alles leeres Geschwätz», wehrte Yang ab, ohne auf Mi-lans Frage einzugehen. «Der Sinn meiner Rede liegt nur darin, unserem Gast zu sagen, daß Geistergeschichten nur von Ungebildeten weitergetragen werden. Das sage ich zum einen. Zum anderen erwähne ich dieses Thema, weil man mir erzählt hat, daß in der Kunst der Ausländer der Schatten eine große Bedeutung hat. Es ist allerdings eine Kunst, die ich nur vom Hörensagen kenne und, wie wir hier behaupten: Einmal Sehen wiegt tausendmal Hören auf.»

«Ich kann Euch diese Kunst gerne vorführen», erwiderte der Fremde, und ohne auf eine weitere Ermutigung zu warten, zog er aus seiner Rocktasche einen gefalteten Bogen Papier und ein kleines Stück bräunliche Kreide. «Wenn Ihr gestattet», murmelte er noch, dann starrte er auf eine fast obszön direkte Weise Mi-lan ins Gesicht, senkte den Blick auf sein Papier und ließ die Kreide in Bögen und in Tropfen tanzen.

«Es ist wie ein klarer Blick in den Spiegel bei Kerzenlicht», befand Mi-lan, die als erste das Bild betrachten durfte. «Manchmal, wenn ich morgens versuche, mich im Brunnen zu erkennen, erscheint mir so mein Gesicht, mit all diesen Rätseln. Ich finde es wild. So sehe ich mich sonst nur, wenn mich niemand beobachtet.» Sie sprang auf, schlug die Hände vors Gesicht und lief in Richtung des Magnolienbusches.

«Ihr nennt Euch Yang, ich heiße Yang», ergriff der Freund des Kunsthändlers das Wort, «das stiftet eine Verbindung zwischen uns beiden. Erlaubt mir, Euch einen Rat zu geben: Es ist nicht der kühnste Fisch, der den Netzen entgeht, sondern der klügste. Ihr habt am Hof bereits einen großen Namen, so jedenfalls rufen es sich die Gerüchte zu, aber Klugheit gebietet Zurückhaltung – und das Vertrauen auf Freunde. Freunde habt Ihr hier in diesem Haus, das darf ich, selbst ein Gast, für unseren Gastgeber sagen. Freundschaft ist nicht die Sache eines Tages, einer Woche oder eines Mondwechsels, Freundschaft ist…»

«Ich finde das Bild einfach wild», unterbrach ihn Mi-lan und legte eine Magnolienblüte vor das Gedeck des Fremden.

XII

ERST NACH DREI TAGEN wich die Angst, mich zu blamieren, wie ein mühsam zum Schweigen gebrachter Schmerz. Schon als Kind habe ich mich oft vorschnell unter Druck setzen lassen, bin auf Wetten eingegangen, diese oder jene Aufgabe in einer Zeitspanne zu lösen, von der ich genausogut wie alle Zeugen und Gegner wußte, daß sie zu knapp bemessen war. Vielleicht brauchte ich ja den freien Fall in den Abgrund, die Angst vor dem Scheitern, um überhaupt zu irgendeiner Leistung imstande zu sein. Doch so beklommen wie bei diesem Mal war ich noch nie gewesen.

Natürlich hatte ich mein Verhängnis nur mir selbst zuzuschreiben. «Wie willst du denn erkennen, was bei deiner Blickweise auf eine Landschaft eher größer und was kleiner, was eher heller und was dunkler erscheint?» hatte mich der Kaiser auf seiner morgendlichen Inspektionsrunde durch den Malersaal gefragt.

«Dafür gibt es ein ganz einfaches Mittel», erwiderte ich. «Man stellt sich mit dem Rücken zu der Szene, die abgebildet werden soll, dann spreizt man die Beine und blickt etwa in Kniehöhe hindurch. Dieser Blick erschließt gleichzeitig die für das Bild geforderten Proportionen und die Werte für die Farben.» Ich trat einen Schritt vor, verbeugte mich tief, zog mein Gewand über die Knie und führte dem Kaiser die Technik vor. Meine Haare streiften dabei fast den Holzboden.

Den Kaiser schien das zu belustigen. «Er ist ein Akrobat», rief er den umstehenden Höflingen zu, «er kann sein Gewicht beliebig auf die fünf Punkte der Körperschwere verteilen. Einen solchen Maler hat es am Hofe noch nie gegeben. Er soll besonders belohnt werden, falls er seine Malerei zu unserer Befriedigung auch dann ausführen kann, wenn er auf dem Kopfe steht. Ich kenne Artisten, die in dieser Haltung die Laute schlagen können, er soll malen. Ich gebe ihm drei Tage Zeit, mich durch eine Vorführung zu überzeugen.» Darauf lachte der Kaiser, und die Höflinge stimmten, wie es der Respekt gebot, ein paar Takte später verhalten in das Gelächter ein.

Was konnte ich in dieser Situation anderes tun, als ein Versprechen abzugeben, dessen Einhaltung mir schon in dem Moment, als die Worte über meine Lippen traten, fast unmöglich erschien. Gott hat es gefallen, meine Figur rundlich und weich wie einen Busch anzulegen, nicht fest und stämmig wie einen Baum. Meine Talente liegen in der Beweglichkeit meiner Augen und meiner Finger; nichts davon würde mich befähigen, meine Ankündigung wahrzumachen.

Auch unser Superior, dem ich am Abend meine mißliche Lage offenbarte, konnte oder wollte mir keinen Rat geben. Ich hätte mich nicht so weit vorwagen sollen, hielt er mir vor, es sei eine Frage der christlichen Demut, in derartigen Situationen ein ganz eindeutig auf Herausforderung zielendes Ansinnen schlicht durch das Eingeständnis des eigenen Unvermögens abzuwehren. Er zitierte eine Reihe von Kirchenvätern, die alle durch das vorgelebte Beispiel ihrer Selbstverleugnung die Tugend der Bescheidenheit propagiert hätten. Und er gab mir zu bedenken, daß ich durch meine Großmäuligkeit nicht nur meinen eigenen Namen, sondern auch den Ruf unseres Ordens gefährdet habe. Während er diese Vorhaltungen aussprach, spielte er mit einer kleinen Taschenuhr, einem ganz passabel gestalteten Objekt, das dem Kaiser bei der nächsten Audienz überreicht werden sollte und an dessen Entwurf ich mitgearbeitet hatte. «Manche Dinge geraten eben perfekt, weil sie unauffällig sind», schloß er seinen Vortrag. «Und dir empfehle ich die Kraft des Gebets.»

Ganz so perfekt, wie der Superior behauptete, war das Objekt nun wirklich nicht gelungen. Wie schon einige Male zuvor hatten sie meinen Entwurf in der Werkstatt ins vordergründig Grelle entstellt. Ich hatte für den Innendeckel der Uhr eine kleine Landschaft gezeichnet, ganz in der Tradition des Geschmacks der vorvergangenen Dynastie, nur mit einer reizvollen Perspektive, die das Fremde gegenüber dem Bekannten hervorhob. Nicht aufdringlich, doch erkennbar. Diese Dezenz hatte der Bruder Uhrmacher offenbar nicht bemerkt, er hatte statt dessen die Perspektive noch viel zentraler gestaltet und das Geheimnisvolle, das sich erst im Inneren erschließen sollte, dann auf die Außenseite des Deckels übertragen. Damit entfiel natürlich jenes kostbare Moment der Überraschung, das Chinesen von Geschmack bei ihren Schatzstücklein so sehr lieben. Doch ich enthielt mich eines Kommentars, ich bedurfte ja der Hilfe.

Nach einigen Überlegungen suchte ich diese Hilfe zunächst bei unserem Koch, einem drahtigen, gedrungenen Kerl, der aus einer der südlichen Regionen des Landes zu uns gestoßen war. Er hatte wegen irgendeiner Erbstreitigkeit bei uns Zuflucht gesucht und auch, wie er angab, weil er sich als Christ verfolgt fühlte. Als man ihn auf gewisse Feinheiten des Katechismus überprüfte, stellten sich allerdings mehrere Schwachpunkte seines theologischen Begriffsapparates heraus. An seiner Kochkunst war dagegen nichts auszusetzen. So blieb er bei uns, obwohl seine Fortschritte im Katechismus in ganz deutlichen Gegensatz gerieten zu seinem Wissenserwerb auf dem Gebiet der italienischen Küche. Aber warum soll ein Koch auch ein Scholastiker sein? Manchen ist es gegeben, die Transsubstantiationslehre zu begreifen, anderen die Verwandlung von Speck,

Tomaten und Basilikum in eine Spaghettisoße. Meine Beziehung zum Koch war die allerbeste. Er respektierte mich als Künstler und als Bewunderer seiner eigenen Kunst, ich half ihm bei der allwöchentlichen Gewissenserforschung, muß allerdings hinzufügen, daß er im Beichtstuhl stets in einen südchinesischen Dialekt verfiel, den keiner von uns anderen beherrschte.

Der Koch häckselte auf seinem Eichenbrett Winterkohl, als ich ihn bat, mir einen Artisten für die Technik des Kopfstands zu empfehlen. Er häckselte in der selbstverlorenen Manier eines Menschen, der die tiefste Befriedigung aus einer Bewegung zieht, die den genauen Abstand zwischen Fingerspitzen, Blattenden und Schneide des Hackmessers einhält. Ohne von seinem Brett aufzuschauen, sagte er: «Durch leicht eingewölbte Brust und aufgerichteten Rücken gelangt man zur Vollkommenheit.» Dabei ließ er weiter sein Hackmesser springen.

Für den Uneingeweihten war das keine sehr befriedigende Auskunft, doch mir half sie weiter, denn ich hatte das Zitat erkannt. Es stammte aus einem berühmten Anleitungsbuch über den traditionellen Faustkampf, eigentlich eher eine Form des Tanzes, das ich vor einigen Jahren mehr zur Belustigung und zur Anreicherung meines Sprachschatzes gelesen hatte. Natürlich führt man solche Faustkämpfe im Stehen und nicht auf dem Kopf aus, doch die Schüler dieser besonderen Form der Leibesertüchtigung verfügen über ein hohes Maß an Körperbeherrschung, und unser Türsteher war einer von ihnen.

Zu diesem Türsteher, er wurde der «alte Kang» gerufen, hatte ich stets Abstand gehalten. Er war mir zu groß, zu fleischlich, zu körperlich, und aus verschiedenen Gründen erinnerte er mich an einen Henker. Nicht daß ich je einem Henker begegnet wäre, doch er hatte so eine geräuschlose Art, sich in den dunkelsten Ecken herumzutreiben, und seine Hände waren die perfekten Würgeinstrumente, zudem schaute er immer beiseite, wenn man ihn ansprach. Bemerkbar machte er sich nur durch einen beißenden Knoblauchgeruch, der ihn wie eine unheilverkündende Aura umgab.

Lange bevor ich zur Mission stieß, hatte sich der alte Kang gewisse Verdienste erworben, weil er nachts die Straßen der Hauptstadt auf der Suche nach ausgesetzten Säuglingen durchstreifte, die er den Brüdern zur Taufe brachte. Aus ordenspolitischen Gründen war es damals notwendig gewesen, bei den Berichten nach Rom so viele Getaufte wie möglich zu melden, folglich erwies sich die Sammlertätigkeit dieses Mannes als außergewöhnlich segensreich. Allerdings bereitete den Brüdern der Diensteifer des Türstehers nach einigen Monaten erhebliche Probleme, denn so leicht es war, die Seele eines Kindes durch die gebotenen Rituale in den Stand der Unsterblichkeit zu versetzen, so schwer war es andererseits, mit diesen kleinen Wesen eine Art von Gemeinschaft zu praktizieren. Von wenigen, zu niederen Diensten verpflichteten einheimischen Frauen abgesehen, waren wir stets eine reine Männergesellschaft, niemand verstand sich darauf, Windeln zu wechseln, und es herrschte eine begreifliche Scheu, kleine Mädchen an Körperstellen zu säubern oder zu trocknen, deren Anblick eine strikte Einhaltung unseres Keuschheitsgebotes untersagte. Erschwerend hinzu kam der Mangel an Ammen und die oft unerträgliche Lärmbelästigung, gerade zu Zeiten, die der Meditation vorbehalten waren. Auch darf nicht verschwiegen werden, daß unser Türsteher bisweilen etwas sorglos nach Säuglingen griff. Jedenfalls wurden wiederholt Klagen von Müttern laut, die behaupteten, ihr Kind keineswegs ausgesetzt, sondern nur der Wärme der Sommernacht wegen im Freien zum Schlafen gelegt zu haben. Gewiß, die meisten dieser Anschuldigungen dürften Verleumdungen gegenüber uns Ausländern gewesen sein, wir konnten sie auch immer wieder entkräften oder die uns Beschuldigenden durch einen kleineren Betrag günstig stimmen. Trotzdem muß es für die Mission eine gewaltige Erleichterung gewesen sein, als aus Rom die neue Direktive kam, sich seelsorgerisch nicht länger vorrangig um eine möglichst hohe Bekehrtenzahl zu kümmern, sondern sich statt dessen der Spitzen der Gesellschaft anzunehmen.

Der alte Kang beurteilte diese Politik allerdings unter ganz anderen Gesichtspunkten. Er wurde verdrießlich und launisch, man hätte ihn gerne von seinem Posten entfernt, doch die Oberen befürchteten einen Racheakt und weitere nachteilige Gerüchte; so blieb er bei uns. Sein Lohn wurde um die Summe heraufgesetzt, die er zuvor für das Abliefern der Ungetauften bezogen hatte.

Ich traf ihn in seiner kleinen Zelle am Eingang in einer merkwürdigen Pose. Er sah aus, als müsse er die frisch getünchte Wand abstützen. Aber das war nur eine seiner martialischen Übungen. Wenn ich mich recht an die Zeichnungen im Lehrbuch erinnere, hieß sie: «Die Fee am Webstuhl».

«Auf dem Kopf?» fragte er ungläubig, nachdem ich ihm mein Anliegen erklärt hatte.

«Auf dem Kopf», wiederholte ich, «und dabei so fest ruhend, daß ich die Arme zum Malen frei bewegen kann.»

Er blickte mich weiter an, als hätte ich den Verstand verloren. Dann spuckte er in den Holznapf neben der Tür und sagte: «Ihr seid kein ungeborenes Kind, und Ihr seid kein Akrobat. Wäret Ihr ein Kind im Mutterleib, so wäre der Kopf groß und schwer, die Beine dagegen leicht und biegsam wie Teigrollen. Ihr seid auch kein Akrobat mit Gelenken so dehnbar wie die Äste des Weidenbaums. Auf dem Kopf kann man schwere Schalen aus Porzellan kreisen lassen oder einen Mann tragen, der auf der einen Hand steht und sich spreizt wie ein Pfau. Das alles sind bekannte Techniken, die die Kunst des Gleichgewichts vorführen. Doch wer hat je von einem Menschen gehört, der auf dem Kopf steht und malt?» Er spuckte ein zweites Mal in den Napf. Ich bat ihn, trotzdem über das Problem nachzudenken.

In meiner Kammer suchte ich den Band mit anatomischen

Skizzen, den mir die Brüder in Lissabon zum Abschied geschenkt hatten. Er lag tief unten in der ledernen Reisetruhe und war noch in festes Ölpapier eingewickelt. Als erstes beugte ich mich über die Anleitungen zur Darstellung von Hals-, Sehnen- und Rückenmuskeln, darauf über Bewegungsstudien mit aufrechtem und gekrümmtem Rücken, schließlich über die verschiedenen Lagen der Körperachse und einige Details der Gewichtsverlagerung. Nachdem die zweite, vielleicht auch schon die dritte Kerze heruntergebrannt war, hatte ich mir die Gewißheit verschafft, zumindest zeichnerisch die Aufgabe lösen zu können. Das verschaffte mir eine gewisse Erleichterung, doch beruhigt war ich noch lange nicht. Ich hatte zwar in der Theorie die richtige Fährte gefunden, nur waren die Männer in dem Lehrbuch alle sehr viel athletischer gebaut als ich. Und zur praktischen Bewältigung hatte sich überhaupt noch kein Gedanke eingestellt. Bevor ich mich schlafen legte, trank ich einen Becher Wein und verfluchte die Launen des Kaisers.

Nach dem Morgengebet, das ich wie immer allein vor dem Kruzifix über meinem Bett sprach, verharrte ich noch eine Weile auf den Knien. Nach und nach rief ich mir die Zeichnungen ins Gedächtnis, die ich in der vergangenen Nacht angefertigt hatte, flehte Gott um seinen Beistand an, drückte den Kopf auf den Boden und versuchte, den Rücken zu strecken. Ich scheiterte kläglich, stürzte seitwärts und prallte mit dem rechten Oberschenkel auf die eiserne Kante meines Bettes. Der körperliche Schmerz und die Verzweiflung über die eigene Ohnmacht raubten mir fast die Besinnung.

Zur Demütigung gesellte sich der Spott. Als nach dem Frühstück die Arbeit des Tages verteilt wurde, erhielt ich vom Superior den Auftrag, eine Gruppe von Affen zu zeichnen, die in einem Bambushain wilde Spiele treiben sollten. Ein wichtiger Gönner unserer Mission, ein über die Grenzen der Stadt hinaus bekannter Sammler namens Liu hatte sich eine solche Szene gewünscht oder vielmehr erkennen lassen, daß er, sollte ihm das Bild als Geschenk angeboten werden, dieses zu akzeptieren gedachte. Wir standen kurz vor dem chinesischen Neujahrsfest, und die kommenden zwölf Monate waren vom Symboltier Affe bestimmt. Zudem war Liu unter der vom Affen bestimmten Sternkonstellation zur Welt gekommen. Er pflegte sich auf diesen Umstand zu berufen, wenn er erklärte, warum er westlichem Denken gegenüber so aufgeschlossen sei. Meine Bilder liebte er besonders. Er fügte ihnen stets noch eine im traditionellen Stil gemalte Pflanze oder einen Felsen hinzu und signierte sie mit dem eigenen Namen und Stempel.

Ich erledigte meinen Auftrag, ohne meine Arbeit für das Mittagessen und die sich anschließende Ruhepause zu unterbrechen. Den dicksten Affen ließ ich an seinen Füßen von einem Ast baumeln, vielleicht sprach schon die Verzweiflung aus mir.

Es blieben mir nicht einmal mehr zwei Tage, um meine Prahlerei durch eine überzeugende Tat auszulöschen.

So empfand ich es als eine Gnade des Himmels, daß der Türsteher sich etwas hatte einfallen lassen. Als ich an der Pforte vorbeischritt, winkte er mich zu sich herein, setzte ein theatralisches Gesicht auf und rief: «Himmel und Erde bestimmen die Positionen, die Wechsel finden zwischen ihnen statt.» Darauf blickte er mich triumphierend an und bedeutete mir, ihm zu folgen. Wir stiegen hinab in die Vorratskammer.

In diesem Gewölbe lagerten neben unseren Farbtöpfen auch Säcke mit Reis und Mehl. Um sie vor Ratten und Mäusen zu schützen, hingen sie an schweren Haken, die in einen Balken an der Decke gebohrt worden waren. Der Türsteher hatte zwei der Säcke aus ihren Halterungen gelöst und an den Haken Schlaufen angebracht. Sie baumelten vom Balken wie die Enden eines Galgenstricks.

«Was wir üben müssen», sagte der Türsteher, «ist die Technik des großen Nach-oben-Ziehens. Eure Figur gleicht einem Sack, sie hat dieselbe Form, nur ein größeres Gewicht. Also werden wir Eure Füße in die Schlaufen knoten, dann nimmt der Körper die Haltung eines Pendels ein. Mit Kopf und Händen bringen wir das Pendel in eine Ruhestellung.»

Der Vergleich war nicht schmeichelhaft, doch ich sah keine andere Möglichkeit, als den Anweisungen des Türhüters zu folgen. Er zog meine Füße hoch, bis ich mich auf den Ellenbogen abstützen konnte. Das Blut schoß mir in den Kopf, es fiel mir schwer zu atmen, auch weil der Boden so staubig war, doch gleichzeitig überkam mich ein einzigartiges Gefühl der Erleichterung: So war es gewesen, als ich damals im Dorfteich die ersten unbeholfenen Schwimmzüge machte, gehalten von den festen Armen meines Bruders. Der Körper stand im Begriff, eine neue Sprache zu lernen, wie die Schrittfolge für einen neuen Tanz, wie eine neue Variante beim Fechtangriff. Es war der Körper, nicht mein Kopf, der diesen neuen Ausdruck begriffen hatte, zumindest dabei war, ihn sich einzuprägen.

Natürlich schwankte ich noch unbeholfen zwischen Fußfesseln und lehmigem Grund. Es war auch gar nicht daran zu denken, den einen oder anderen Arm frei zu machen für eine Bewegung, die in nicht allzu langer Zeit in einen Pinselstrich führen sollte, aber was bis vor wenigen Stunden noch völlig unmöglich erschienen war, hatte bereits einen Teil seines Schreckens eingebüßt.

Als wolle er letzte Zweifel zerstreuen, rief der Türsteher: «Es ist bekannt, daß sich die Wurzelkraft des linken Fußes auf die rechte Hand überträgt!» Diese Aussage vermochte ich zwar nicht zu deuten, trotzdem erfüllte sie mich mit Trost.

«Am Hofe werden große Dinge von dir erwartet», sagte der Sammler Liu, der mit zwei Dienern vorbeigekommen war, um sich sein Geschenk abzuholen. «Man spricht von Feenschwüngen aus der Rückenlage, von Schaukelrollen und Drehkünsten, wie sie nur der Hase auf dem Mond beherrscht. Auch von der

Übung ‹Biegsamer Schilf am undurchsichtigen Teich› war die Rede. Ich schätzte mich glücklich, dem Schilfrohr persönlich begegnen zu dürfen.» Er lachte aus der Nase.

Ich bemühte mich, seine Aufmerksamkeit auf die Affen zu lenken, doch er blickte nur gleichgültig auf das Blatt. «Fürchte nichts so sehr wie das Gerücht», fuhr er fort. «Die einzelnen Bemerkungen haben meist weniger Gewicht als ein Sandkorn, doch wenn ein Sturm sie erfaßt, verfinstert sich die Sonne.»

Wie immer sprach er seine Sprichwortsätze, als könne er Druckbuchstaben reden. Wie immer legte sich seine Anwesenheit wie ein Tuch über den Raum, in dem die Zeit zum Stillstand zu kommen schien.

Aber mir rann diese Zeit davon. Mir blieb ein einziger Tag, um Herr über jene Gerüchte zu werden, die nur von meinen Neidern hatten ausgestreut werden können. Den Neidern in der eigenen Mission, den Neidern unter den Dominikanern und den Neidern aus dem chinesischen Malersaal.

Immerhin schien unser Koch zu mir zu halten. Er hatte mir ein Gewand angefertigt, ein äußerst roh zusammengeschnittenes und flink genähtes Kostüm, dessen Beinröhren mit einer aus Bambus geflochtenen Fischreuse verstärkt worden waren. So sollten meine Knie vor dem Abknicken bewahrt werden.

Der Türsteher hatte seinen Spucknapf gesäubert.

«Nichts bringt den Spucknapf aus dem Gleichgewicht», rief er, «nicht einmal Euer Kopf. Wenn Ihr den Kopf in den Spucknapf steckt, dann stockt zwar der Atem, aber der Körper findet sofort das Gleichgewicht einer Säule.»

Ich spürte die gute Absicht, doch im Herzen blieb ich skeptisch. Die Übungen gaben mir recht.

Entscheidend für das Gelingen eines Kopfstandes ist nämlich der Schwung aus den Beinen. Fischreusen in den Hosen lähmen diesen Schwung, lassen ihn erst gar nicht zur Entfaltung kommen. Jedenfalls gilt das für Dicke. Ein passender Spucknapf, soweit hatte der Türsteher ganz richtig gedacht, verleiht dem Schädel, der darin steckt, ein hohes Maß an Körperkontrolle. Doch für den Maler hat diese Technik den entscheidenden Nachteil, daß er nichts sieht. Gewiß, man steht sicher, nur wenn man die Augen öffnet, erblickt man nichts als das dunkle Porzellan des Napfes.

Trotzdem übte ich den Kopfstand mit Fischreusen in der Hose und den Kopfstand im Spucknapf. Ich übte die ganze Nacht. Als sich die Brüder zum Frühstück setzten, brauchte ich weder Napf noch Reusen. Ich mußte mir nur noch überlegen, wie die Malutensilien zu arrangieren waren. Das konnte ich nach dem Frühstück erledigen.

Zur Audienz, zur Inspektion, stellten wir uns, wie gewohnt, in zwei Reihen auf, vorne die Älteren, die Ranghöheren, dahinter die Jüngeren mit dem schwächeren Glanz auf dem Namen. In dieser Reihe war ich der zweite von außen links.

Der Zeremonienmeister, zuständig für diesen Tag und diesen Anlaß, kündigte das Eintreffen des Kaisers im Malersaal an. Sofort warfen wir uns alle zum Kotau auf die Knie und schlugen die Stirn so häufig gegen den Boden, wie der Respekt es verlangte. Der Zeremonienmeister wartete, bis das dumpfe Geklopfe verklungen war, dann wurde uns das Aufstehen erlaubt. Während die anderen behende oder schwerfällig ihre Körper wieder in eine aufrechte Position brachten, verharrte ich in der Stellung der Unterwerfung. Ich drehte mich nur einmal schnell um meine Achse, wobei ich dem Kaiser für einen gefahrvollen Lidschlag mein Hinterteil zuwenden mußte, legte mein Material auf den Boden, dann ließ ich die angewinkelten Beine über meinen Po schwingen. Sekunden später waren sie gestreckt, und so stand ich nun auf dem Schädel, wie es mir vor drei Tagen befohlen worden war.

Aus dieser Perspektive konnte ich zunächst nur wahrnehmen,

daß unser Herrscher nicht allein gekommen war. Denn so oft das mir aus vielen Porträtierungen bekannte kaiserliche Schuhwerk in die eine oder andere Richtung lief, folgten ihm zwei andere Filzpaare. Allerdings, sehr viel bewegte sich nicht.

Ich zog vorsichtig den Pinsel zwischen den Zähnen hervor, speichelte die Borsten ein und konzentrierte mich auf meine Skizze. Als Vorlage hatte ich eine Landschaft mit Bergen und einem Wasserfall gewählt, eine Schulstudie, doch gleichzeitig ein Motiv, das sich sowohl in China wie in meiner Heimat finden läßt. Natürlich konnte ich in meiner eingeschränkten Lage nur ganz kleine Striche setzen, doch nach und nach fügten sich diese zu einer ganz passablen Szenerie. Nichts von Bedeutung, doch solides Handwerk.

Weit schwieriger als das Malen fiel mir das Atmen. Die Putzleute hatten den Staub auf dem Boden in ihrer bekannten Schlampigkeit nur neu verteilt, anstatt ihn zu beseitigen. Hilflos mußte ich zusehen, wie bei jedem meiner Luftzüge feinstes graues Gewölle in Richtung meiner Nase oder meines Mundes trieb, und vor nichts hatte ich bei diesem Auftritt mehr Angst als vor einem Niesanfall. Beim Ausprobieren in der vergangenen Nacht war mir das zwei- oder dreimal passiert, danach war ich schon bei jedem Kitzel abgestürzt, als hätte mich ein böser Blick gefällt.

Den Kaiser schienen an diesem Tag nur die Arbeiten aus der ersten Reihe zu interessieren. Wenn ihn an diesem Tag überhaupt ein Werk der Künstler interessierte, die ihm dienten. Die wenigen seiner Äußerungen, die ich, auf dem Kopf stehend, klar verstehen konnte, betrafen das Bogenschießen, Jagden mit dem Netz und den eigentümlich stechenden Geruch von frischem Tigerkot. Dazu war noch von einer gewissen Li die Rede, deren Stimme betörender sei als die Stimme einer gewissen Lu.

Ich verharrte auf dem Kopf. Der Türsteher hatte mir erzählt, daß er Menschen kenne, die von Sonnenaufgang bis lange nach

Einbruch der Dämmerung auf dem Kopf stehen können. Als ich das hörte, war es mir ein gewisser Ansporn gewesen. Jetzt, da sich mein Blut im Kopfe staute, wurde mir klar, daß ich auf eine seiner maßlosen Übertreibungen hereingefallen war. Man darf die göttliche Ordnung der Dinge nicht ungestraft herausfordern. Ein Ei kann auf dem Kopf stehen, die Blüte einer Orchidee bewahrt ihre Schönheit auch dann, wenn sie nach unten weist, ich aber war weder Ei noch Orchideenblüte.

So gefühllos wie eine Amsel den Wurm aus der Furche pickt, zog ein Lakai mein Blatt unter den mir ersterbenden Fingern hervor. Von ferne vernahm ich die Stimme des Kaisers. «Ein Neuer», sagte diese Stimme, «Fremde haben ihn mir geschenkt. Seine Bilder sind mir zu grell und zu deutlich. Das Wesen der Kunst hat er noch nicht begriffen. Wahrscheinlich steht er zuviel auf dem Kopf. Jedenfalls malt er so.»

Ich hörte noch ein höfliches Lachen, dann wurde mir so schwarz vor den Augen wie im Spucknapf.

XIII

«PERSPEKTIVE VERLANGT DISTANZ», erklärte der Italiener, als sie noch über Malerei sprachen. Mi-lan ließ sich die Schriftzeichen für den ihr fremden Begriff aufmalen. «Hindurchsehen», sagte sie skeptisch, «‹hindurch›, wie in dem Bild vom Geschoß, das sein Ziel durchschlägt, und ‹sehen› wie in ‹Aufseher›, mir kommt der Ausdruck sehr gewalttätig vor.» Sie griff nach dem Pinsel und schrieb in spröder Kanzleischrift eine bekannte chinesische Redewendung auf den Block des Künstlers. «Sehen, ohne zu erblicken», las der Italiener laut. «Ganz genau darum geht es mir, vielmehr es geht mir genau um das Gegenteil. Man kann nur erblicken, was man zuvor gesehen hat, gerade deshalb haben meine Lehrer diese Technik entwickelt. Nur wenn Klarheit herrscht über das Nächste und das Fernste, über Licht und Schatten, über das Sichtbare und das Unsichtbare, wird deutlich, wie sich die Welt aufbaut.» Der Italiener sprach sehr eindringlich, fast schulmeisterhaft und ohne die Floskeln der ausgestellten Höflichkeit, die Mi-lan bei ihrem ersten Zusammentreffen so amüsiert hatten.

Der Hauslehrer hatte diese Begegnung herbeigeführt. Mi-lan solle sich in der bekannten Wohnung an der Straße der Glasurläden einfinden, alles müsse so diskret vonstatten gehen wie zuvor, war ihr eingeschärft worden. Dieser Italiener sei ein geheimnisvoller Kerl mit undurchschaubaren Beziehungen zum Hofe, man lasse ihn auch dort beobachten, doch bislang habe noch niemand seine wahren Absichten entdecken können. Vielleicht könne man ihn ja auch in den Dienst der eigenen Sache spannen, sobald man erst einmal herausgefunden habe, welche Ziele er verfolge. Wichtig sei auf jeden Fall, daß ein persönlicher Kontakt hergestellt, eine private Beziehung angeknüpft werde. Am besten etwas leicht Kompromittierendes, damit der Fremde in Abhängigkeit gerate. Er, der Hauslehrer, habe bereits die erforderlichen Schritte unternommen und werde selbstverständlich darüber wachen, daß zu keinem Zeitpunkt eine gefährliche Situation entstünde. Nach allen vorliegenden Berichten gelte der Italiener jedoch als friedfertig.

Jener schien in keinster Weise überrascht, Mi-lan hier zu treffen. Er hatte sich taktvoll nach dem Befinden ihres Vaters und seines chinesischen Namensvetters erkundigt, dann war die Rede auf die Malerei gekommen, bevor er auf ihr Bitten von seinem Heimatland und den Reisen erzählte, die er unternommen hatte. Er konnte wunderbar beschreiben, weniger mit Worten als vielmehr mit der Sprache seiner Hände, die Berge enstehen ließen und Schluchten schnitten, Flüsse zum Anschwellen brachten und wieder besänftigten, hohe Gebäude entwarfen und muschelförmige Marktplätze. Gleichzeitig ahmte er Geräusche nach, die Mi-lan noch nie gehört hatte, das Knarzen von Segeln vor einem gefährlichen Sturm, das Wispern von Gerüchten in einem portugiesischen Wirtshaus, die Töne eines Chorknaben im Stimmbruch. Und zu alldem brachte er es auch noch fertig, Düfte heraufzubeschwören, als stiegen sie einem direkt in die Nase, einen trägen, gesättigten Zimt aus Afrika, den Knoblauch in einer Wurst aus seiner Provinz, den säuerlichen Schweißgeruch eines Matrosen, der ausgepeitscht werden sollte.

Manchmal verließen den Italiener gleich mehrere chinesische Ausdrücke hintereinander, doch er wollte sich nicht helfen lassen, verwandelte den kleinen Lacktisch, der zwischen ihnen stand, mit einem Schal und den beiden silbernen Spangen aus

Mi-lans hochgestecktem Haar in die Bucht eines unbekannten Landes, in der zwei einander mißtrauisch belauernde Schiffe einliefen, erbat sich einen ihrer kleinen, regendurchweichten Stoffschuhe, um die Position einer feindlichen Fregatte zu markieren, streifte ihr das helle Jadearmband ab, weil es das Gelände umreißen sollte, in dem am Strand wütende Kanonenkugeln eingeschlagen waren.

Die Erzählungen – und mehr noch die Art, wie sie mit all ihren Sinnen einbezogen wurde, als sei sie jede Sekunde dabeigewesen – betörten Mi-lan. Erst als der Italiener kurz das Zimmer verließ, wurde ihr klar, daß sich die Rollen vertauscht hatten. Statt selber zu verlocken, wurde sie verlockt. Und sie fand kein Rezept, sich zur Wehr zu setzen. Dabei war es höchste Zeit, sich ihres Auftrags zu besinnen, das Gespräch auf China zu bringen, auf die Verschwörungen am Hofe, den Streit zwischen jener Fraktion, die man die «Blauzungen» nannte, und deren Rivalen, den «Rotkäppchen», die nach verläßlichen Gerüchten bei der Neubesetzung gleich zweier Positionen im Amt für Salzsteuer – oder war es Binnenzoll? – die Oberhand behalten hatten. Nein, Mi-lan wußte, das war nicht nebensächlich, selbst in diesem Moment der Verzauberung durfte sie sich nicht so weit gehenlassen, die beiden Ämter miteinander zu verwechseln. Aber die vom Hauslehrer als bedeutsam hervorgehobenen Auseinandersetzungen am Hofe hatten so wenig mit ihrer gegenwärtigen Situation zu tun, nichts mit dem Jadearmband auf dem Tisch, ihrem Halstuch oder dem Schuh, schon erst recht nicht mit dieser hochzüngelnden, rohen Sehnsucht nach dem Fremden, nach einem Leben, das sich den Konventionen des Lehrbuchs noch viel mehr entzog als alles, was sie bisher unternommen hatte. Dennoch mußte sie ihren Auftrag ernst nehmen, schließlich gab es den Hauslehrer, der in einem unbestimmbaren Hintergrund die Fäden zog. Mußte sie wirklich? War nicht eigentlich das Leben, das sie sich immer erträumt hatte, «wild» und «unheimlich», gerade weil sie es von allen Zweckbeziehungen so streng und unerbittlich trennte wie die Lust vom Bedürfnis?

Was hatte der Hauslehrer eigentlich gemeint, als er behauptete, er werde persönlich Sorge tragen, daß zu keinem Zeitpunkt dieses Treffens eine gefährliche Situation entstünde? Ließ er sie überwachen, oder wachte er gar selber, wurde so zum Zeugen ihrer Verführbarkeit? Mi-lan spürte Schweißtropfen auf der Stirn. Sie lauschte angestrengt, ob sich von der Treppe her Schritte vernehmen ließen. Dann sprang sie auf, lief hinter den großen Schrank und öffnete dessen Rückwand. Nein, dieses Versteck war leer, selbst die Kissen bildeten noch dieselben Hügel und Mulden, die sie bei ihrem letzten Besuch hinterlassen hatte.

Kaum hatte sie die Rückwand wieder verschlossen, öffnete sich die Zimmertür um einen Spalt, gerade weit genug, damit ein flacher Strohkorb mit Gemüse hindurch paßte. Der Korb schien sich aus eigener Kraft in den Raum zu schieben. Doch nach der ersten Verwirrung entdeckte Mi-lan den dunklen Bambusstab, der den Spuk vorantrieb.

«Hier kommen die Zutaten für ein Gesicht», rief lachend der Italiener, «ein früher Meister aus meinem Land hat uns dieses Kunstwerk gelehrt. Da es nur chinesisches Gemüse zu kaufen gibt, kann natürlich auch nur ein chinesisches Porträt entstehen. Also an die Arbeit!»

Er zog ein kleines Messer aus der Tasche, ließ die Klinge herausspringen und trennte zwei Möhren von ihrem lichtgrünen Kraut. Mit seinen behenden Fingern verflocht er die beiden Stränge und sagte triumphierend: «Den Zopf haben wir schon.» Dem Zopf folgten eine Stirn aus Kohlrabi, Augenbrauen aus Ingwer, Ohren aus Weißkohlspitzen, zwei Knoblauchzehen als Grübchen. Wenig später blickte Mi-lan auf das Antlitz des Freundes ihres Vaters.

«Soll er lachen oder traurig sein?» fragte der Italiener. Ohne ihre Antwort abzuwarten, fuhr er fort: «In meiner Kunst ist der

Ausdruck des Gemüts eines der schwierigsten Probleme. Lachen und Weinen werden von denselben Kräften in der Haut bestimmt. Darf ich Euch die Stellen zeigen?»

Als das Gesicht des Italieners ganz eng an das ihre gerückt war, nahmen seine Ohrmuscheln und Augenbrauen, Nasenflügel und Lippen plötzlich neue Formen an. Mi-lan entdeckte Wölbungen, Rundungen, Linien und Flächen, die nur noch ganz blaß an die Erscheinung erinnerten, die sie aus dem Garten ihres Vaters zu kennen glaubte. Das Gesicht des Fremden schien sich aufgelöst und in einem neuen Ausdruck wieder zusammengefunden zu haben. Dabei war es weicher und kindlicher geworden, das Eilfertige, manchmal Schroffe und Spöttische der Züge hatte einer sanften, zärtlichen Ergebenheit Platz gemacht, sich in ein Bild verwandelt, von dem sie in jenem Moment gar nicht sagen konnte, ob es ihr noch gefiel, vielleicht war es schon zu vertraut, zu nahe, die Linie war überschritten, vor der das Auge noch Richter sein konnte.

Erst als die Distanz wiederhergestellt war – ein kratzendes Geräusch an der Tür hatte den Zauber durchbrochen –, fand Mi-lan das Gesicht wieder, an das sie sich erinnerte. Es war angenehm unvertraut, in der Kinnpartie sperrig, um die Wangen teigig, es saß auf einem viel zu kurzen Hals, die Mundwinkel hingen herab wie schlaffe Raupen.

XIV

AM SPÄTEN NACHMITTAG, als sich die schwüle Feuchtigkeit wie eine träge Glasur über unser Atelier legte, begannen sie mit dem Pinselspiel. Von wem die Anregung kam, weiß ich nicht. Vielleicht hatte es auch keines besonderen Anstoßes bedurft, vielleicht hatten die Männer ganz unabhängig voneinander einfach einen immer stärker werdenden Trieb verspürt, einen Trieb wie Hunger, erst nur als Kitzel, dann immer dumpfer und mächtiger werdend.

Der Kaiser hatte in der Woche zuvor Peking verlassen. Die Verlautbarungen redeten von einer Strafexpedition gegen Aufständische im Nordwesten. Im Sommer war es dem Kaiser oft langweilig in der Hauptstadt.

Seit mehreren Tagen lagen für uns Maler keine besonderen Aufträge vor, nur ein paar Ausbesserungsarbeiten an stumpf gewordenen Siegeln, die Reinzeichnung von Entwürfen für zwei belanglose Pavillons im Westgarten und natürlich die Vorbereitung einiger prachtvoller Geschenke für die Rückkehr des Kaisers. Nichts davon war dringend.

Es fiel kein Wort, als sie sich von ihren Porzellanschemeln erhoben, die Kleider zurechtzupften und auf dem Spieltisch die Bogen Reispapier ausrollten. Plötzlich waren alle um den Tisch versammelt, als habe ein starker Sog sie dorthin getrieben. Nur einmal, kurz nach meiner Bestallung, hatten die anderen mich zum Mitspielen aufgefordert. Doch sie merkten sehr rasch, daß ich mir aus Geld nichts machte, daß ich querlag zu dem anschwellenden Strom ihrer Gier, und schlossen mich von weiteren Runden aus. Damals begannen sie, mich ob meiner mangelnden Erregbarkeit zu verachten. So als fehle mir ein ganz besonders wichtiges Organ für einen Sinnenreiz, so als sei ich unempfindlich für die exquisit prickelnde Form der Versuchung.

Selbstverständlich sprach das niemand direkt aus. Statt dessen redeten sie in gestelzter Höflichkeit von «energiegeladenen» und «energieempfindlichen» Pinselschwüngen, von Strichen wie Rattenschwanz oder Grillenbauch, die ein ganz besonderes Geheimnis ihrer Malkultur seien, eine Art Wesenszug des Chinesischen. So als gäbe es ein Geburtsrecht auf die Kunst, den Pinsel gleiten zu lassen, das einem Fremden, etwa einem Mailänder wie mir, das Leben lang verwehrt bleiben müsse.

Dabei hatte dieses Spiel nur ganz am Rande mit Kunst zu tun: Der erste setzt den Pinsel an, der nächste findet eine Fortsetzung, ein dritter führt das Ganze in eine neue Richtung, und so immer weiter und immer abwechselnd im Kreis, bis es schließlich einem der Teilnehmer gelingt, den «goldenen Abschluß» für sich zu beanspruchen. Jeder Strich wurde als Geldeinlage notiert, deshalb stieg die Spannung mit der Zahl der Einsätze. Das Werk mußte einer klassischen Vorlage entsprechen; so konnte nur gewinnen, wer sich am besten an die zwei, drei Dutzend vom Kaiser gebilligten Varianten der historischen Malschulen erinnern konnte. Es ging also einzig um das Geschick, ein einmal erfaßtes Bild im Gedächtnis wieder in seine Bestandteile zu zerlegen, um es dann von neuem wiederaufbauen zu können. Ich weiß, wovon ich rede, schließlich habe ich selbst auf diese Weise die chinesische Maltechnik erlernt. Nur durften die anderen es damals nicht merken, sie waren sehr stolz auf ihre Einzigartigkeit und entsprechend leicht zu kränken.

Ich versagte damals nur, weil ich in keinen Gleichklang zu ihrer Stimmung kam. Nervöse Gier hatte mir noch nie gestanden; wurden andere von diesem Gefühl befallen, wirkte ich leicht überheblich. Diese Schwäche war mir bewußt, doch sie auszumerzen fiel mir fast schwerer als das Aufgeben meiner Versuche über die Möglichkeiten der Perspektive.

Der Spieltisch stand diesmal nicht dort, wo das Licht am günstigsten einfiel, sie hatten vielmehr einen Platz gesucht, an dem sie recht schnell mit ihren Schatten zu verschmelzen begannen. Diese Schatten zeigten kaum noch Konturen, sie wirkten eher wie Höhlen, in die sich alle jederzeit zurückziehen konnten.

Was mich aber wirklich erstaunte war, daß sie an diesem Nachmittag den «Onkel» zum Mitspielen aufforderten, einen noch relativ jungen Kerl aus dem Süden mit trüben braunen Augen und einem Gebiß wie ein Maulesel. Als er sich zwei Jahre zuvor bei uns vorgestellt hatte, hatte er als Familiennamen Pang oder Wang genannt, genau weiß ich es nicht mehr. Ein Onkel hatte ihn an den Hof empfohlen, und auf diesen Verwandten kam er mit störrischer Beharrlichkeit und aus waghalsig zusammengeklaubten Anlässen immer wieder zu sprechen. Redeten wir über das Anrühren von Tusche oder beratschlagten wir über die am besten für einen Pinsel geeigneten Tierhaare, dann sagte er unfehlbar etwas wie: «Die Augenbrauen meines Onkels glänzen wie ein frisch in pechfarbene Tusche getauchter Pinsel.» Fragte man ihn nach der Zahl seiner Nebenfrauen, gab er zurück: «Mein Onkel kennt ein seltenes Rezept von zu Pulver zerriebener Jade, das ein beschwerdefreies Altern erlaubt.»

Diese Glitzer- und Brokatsätze wirkten doppelt verzapft, weil sie aus einem so unförmigen Maul kamen und vorgebracht wurden, als habe der Kandidat nicht sich selbst zu empfehlen, sondern jenen Onkel, der irgendeinen wichtigen Posten im Amt für Salzsteuer bekleidete und weitläufig mit der zweiten Frau eines hohen Zensors hier in der Hauptstadt verwandt war.

Die Kollegen aus dem Malersaal gaben ihm darauf den Spitznamen «Onkel», offiziell wurde er, den Regeln unserer Einrichtung entsprechend, einfach «Nummer 14» gerufen. Für einen Anhänger der Zahlenmystik war das weder eine besonders gute, noch eine besonders verhängnisvolle Zahl. Sie entsprach der Bedeutung des «Onkels» in unserer Gruppe. Mir hatte man bei meinem Eintritt «13» zugeordnet, wozu mich meine Glaubensbrüder aufrichtig beglückwünschten.

Als man mich in jenen Monaten sehr verschwommen nach meiner Meinung über den «Onkel» fragte, habe ich mich, übrigens nicht weniger umständlich, *für* dessen Anstellung ausgesprochen. Er zeigte keine besondere Neigung für eine auffällige Eitelkeit, und was noch wichtiger war: er konnte aus freier Hand recht brauchbare Zirkel ziehen, eine geometrische Begabung, die dem chinesischen Talent meist fremd ist.

Damals brauchten wir gerade sehr dringend einen Zirkelkünstler. Der Kaiser hatte eine eigenartige Vorliebe dafür entwikkelt, seine Lieblingstiere von hinten porträtieren zu lassen. Erst waren es nur zwei, drei Pferde, später dann der ganze Stall, schließlich alle Bewohner des kleinen Zoos im Palast. Da kam uns «Nummer 14» gerade recht. Er muß wohl mehr als zweihundertmal die runde Form eines Pferde-, Pfauen- oder Antilopenhinterns skizziert haben, lernte dabei sogar, diesen Kreis, je nach Bedarf, um eine imaginäre Achse zu drehen, obwohl ihm Abweichungen vom einmal Beherrschten im Grunde zuwider waren.

Auch an diesem Nachmittag, man stritt sich noch über die Spielregeln, war er immer wieder mit Sätzen aus dem Lehrbuch zu hören wie: «Wenn ein Punkt gemalt wird, dann nur in der Form von Pfefferkorn oder Krabbenauge, so wie es die großen Alten lehrten.»

Von einer künstlerischen Entwicklung unserer «Nummer 14» konnte also kaum die Rede sein. Nur an seinem Erscheinungsbild nahm er geringfügige Verbesserungen vor. Die Kleidung wurde unauffällig eleganter, angepaßter, nichtssagender. Seine Aussprache verlor ein wenig von jenem südländischen Schnalz-

und Knackaroma, das bei den ersten Auftritten in unserem Kreis für eine gewisse Heiterkeit gesorgt hatte. Außerdem kaute er vor einem schwierigen Auftrag nicht mehr an Zeige- und Mittelfinger der rechten Hand, statt dessen griff er nach einem gläsernen Riechfläschchen und strich ein paar Tröpfchen Rosenöl über die lange Kinnlade.

Temperament zeigte er stets nur dann, wenn er sich als Kreisgestalter bedroht oder gar angegriffen fühlte. Das kam allerdings ganz selten vor, denn auf diesem streng begrenzten Gebiet hatte er es tatsächlich zu einer beachtlichen handwerklichen Meisterschaft gebracht. Dennoch geschah es zwei- oder dreimal, daß eine eilig bestellte Hilfskraft, die in unsere Verhältnisse nicht eingeweiht war, sich an die Skizzierung von Kreisförmigem machte.

Auf eine solche Herausforderung antwortete «Nummer 14» unweigerlich mit einem Wutausbruch, der jedoch stets nach demselben Ritual ablief. Erst zog er seine breiten Lippen zwischen die Schneidezähne und blickte den vermeintlichen Widersacher eine Zeitlang starr und giftig an, dann sprang er auf, baute sich mit vor der Brust verschränkten Armen hinter dem Konkurrenten auf, verharrte so ein paar regungslose Momente und spuckte ihm darauf mit einer Bewegung, die man von seinem Bauch her verfolgen konnte, in die angerührte Tusche. Sobald sich sein Gegner überrascht oder bereits empört umdrehte, riß ihm «Nummer 14» mit einer herrischen Geste das Skizzenblatt vom Tisch, zerknüllte es, legte den Papierbatzen mit angewidert gespreizten Fingern auf seinen Schemel und ließ sich darauf nieder. Besondere Genugtuung schien es ihm zu bereiten, wenn das dabei entstehende Geräusch einem krachenden Furz ähnelte. Sobald er wieder saß, verschränkte er erneut die Arme und blickte so starr und giftig wie zuvor.

Damit ist aber schon die gesamte Palette seiner sichtbaren Gemütsbewegungen beschrieben. «Nummer 14» gab sich nie als

Vordrängler zu erkennen, er achtete nur sehr sorgfältig auf seine Position. Einmal träumte ich von ihm, da stand er als Latte in einem Gartenzaun. Durch welche Anzeichen «Nummer 14» den anderen seine Spielernatur zu erkennen gegeben hatte, blieb mir ein Rätsel. Abenteuerliches hatte ich an ihm noch nie wahrgenommen. Doch vielleicht gab es in dieser Kultur Selbstverständlichkeiten, die nur mir nicht auffielen. Wahrscheinlicher war aber, daß «Nummer 14» nur den Preis dafür entrichten sollte, in unsere Gemeinschaft aufgenommen zu werden. Schließlich würde jeder Anfänger einmal ausgenommen wie ein Wachtelbrüstchen.

Es war ganz klar, daß er die erforderte Strichfolge nicht so gut wie ich beherrschte, ganz gleich, welche künstlerische Vorgabe die Spieler gewählt haben mochten. Genauso sicher hatte er auch nie mit meiner Methode berechnen können, wie vieler oder wie weniger Einsätze es bedurfte, um ein solches Spiel zu gewinnen. Bevor mich die anderen damals zum Wettbewerb aufforderten, hatte ich mich sehr gründlich darauf vorbereitet. Spielen ist schließlich ein Kampf. Vielleicht verlor ich, weil ich meine Überlegenheit zu dürftig verbarg.

Während die anderen ihre Porzellanschemel an den Tisch rollten, auf dem das weiße Blatt schon ausgebreitet war, machte ich mich an dic Vollendung eines der letzten Bilder in meinem «Album der Vögel und Blumen», das dem Kaiser bei seiner Rückkehr überreicht werden sollte. Die Blumen waren schon fertig: blaßviolette Lupinen, dazu zwei angepickte Maiskolben, etwas Gras über einem abbrechenden Felsen, die gezackten Blätter eines Löwenzahns. Die Farbtöne bewegten sich eher verhalten zwischen hellerem und dunklerem Grün und verschiedenen Gelb-Braun-Schattierungen. Die Blüten der Lupinen hatte ich ursprünglich strahlender angelegt, aber die Wirkung war eindeutig zu grell, verwaschen gefielen sie mir besser.

Die unvermeidlichen Meisen mußten «nach der Natur» dargestellt werden. «Nach der Natur» lautete die hofübliche Formel für ein verklärtes Wiedererkennen, gemeint war eine bildhafte Inszenierung, in der die edelsten Vertreter ihrer Art möglichst elegante Posen einnehmen, die die Grazie ihrer Bewegungen erahnen lassen. Kranke, schmutzige oder erregte Tiere waren in diesem Schöpfungsplan nicht vorgesehen, die Sicht war verklärt, deshalb bedeutete schon die Wiedergabe eines Unkrauts wie meines tief nach links unten gesetzten Löwenzahns eine gewisse Frechheit.

Am meisten schätzte der Kaiser Vögel, die possierlich die Kehle hoben, auf biegsamen Zweigen schwangen oder sich in zärtlichen Stellungen befanden. Alles mit Maß, alles mit Anmut. Ungezügeltes, Eindeutiges war ihm verhaßt. Deshalb hatte ich auch ein Meisenpärchen gewählt. Ganz gleich in welcher Stellung, bei Meisen ist nie auszumachen, wer Männchen und wer Weibchen ist. Hier fehlen die Musterungen, Fleckungen, Tönungen, die sonst die Geschlechter unterscheiden. So können die Tiere in einer unbefleckten Vorstellung lautlos seufzen. Wahrscheinlich mußte sich der Kaiser nach all seinen wilden Schlachten und verwegenen Jagden im privaten Bereich mit lauter Unschuld umgeben. Immer wieder wurde uns eingeschärft: «Der Kaiser mag kein Staubkorn, wenn er die Wimpern niederschlägt.»

Die Aufgabe, «nach der Natur zu malen», war somit alles andere als wörtlich zu nehmen. Dazu galt die Natur als viel zu roh und bedrohlich. Es sollte nur kein Bild in der klassischen Tradition werden, keine Wiederholung der irgendwann einmal auf Papier oder Seide festgehaltenen Formen. Etwas Neues, doch nicht erschütternd neu, denn das Auge sollte nicht angestrengt, sondern schmeichlerisch verwöhnt werden. Daher gab ich das Liebesspiel des Pärchens nicht in irgendeiner Haltung wieder, in der ich Meisen je bei diesem Akt beobachtet habe, ich erinnerte mich vielmehr an Andrea Pozzo. Pozzo hatte uns in Mailand nicht weniger als zwanzig Stellungen einer Taube gelehrt, er war der Meister der symbolischen Darstellung des Heiligen Geistes.

Den einen Vogel ließ ich auf seinem Rücken liegen, die Flügel wie empfangende Arme weit ausgebreitet, den Schwanz ein wenig angehoben, den Kopf leicht aufgerichtet, mit erwartungsvoll geöffnetem Schnabel. Seine Brust und die obere Partie des Bauches lagen frei, hier dominierte die Farbe Weiß, kein strahlendes, eher ein weich abgestuftes Weiß, das die Nachgiebigkeit von Samt in Erinnerung rief.

Der andere Vogel beugte sich fast im rechten Winkel über diesen ausgestreckten Leib, seine Krallen ruhten sanft in dem Gefieder über der mittleren Bauchpartie. Der Kopf neigte sich herab, der ebenfalls leicht geöffnete Schnabel spielte an der linken Brust. Die aufgestellten Flügel, innen so weiß wie das begehrte Brüstchen, außen dramatisch geflammt, zeigten gleichzeitig Triumph und zärtliche Beschützung an. Das war eine Geste, mehr noch eine Haltung, die dem Kaiser behagte.

«Nummer 14» hatte aus der Messingschale das Los gezogen, das ihn zum ersten Strich berechtigte. Der Duft aus seinem Riechfläschchen drang bis in meine Ecke des Studios.

Der Brust der auf dem Rücken erwartungsvoll ausgestreckten Meise gab ich etwas von der perlig glänzenden Unbefangenheit des Busens von Mi-Lan. Eine weiche, nächtliche Schneelandschaft, fast nur Andeutung, mit zwei kleinen, dunklen Spitzen. Ein Weiß, von dem ich mir einbildete, daß man es auch mit den Fingerkuppen wahrnehmen könne.

Als ich Mi-lan am Morgen verließ, hatte ich mir ihr seidenes Brusttuch als Andenken eingesteckt. Niemand durfte von unseren nächtlichen Begegnungen wissen, deshalb würde auch niemand das Tüchlein bei mir finden. Ich machte es durch meine Kunst unsichtbar. Die Vögel, deren neckisches Spiel den Kaiser erfreuen sollte, bedeckten nun die Außenseite jenes Gewebes, das gestern noch über den Brüsten meiner Geliebten gelegen hatte. Das machte das Malen zu einer sinnlichen Verführung, und es bedurfte einer erheblichen Anstrengung, diesen Reiz im Bild immer wieder abzuschwächen.

Machte ich deswegen einen so gespannten Eindruck? Vom Spieltisch her riefen mir die anderen bisweilen ironische, herablassende Bemerkungen zu, ich solle doch einmal eine Pause einlegen. Doch das sagten sie eigentlich dauernd, wie Mönche, die eine Gebetsformel wiederholen: «Ruh dich ein wenig aus!» oder: «Nur wer sich entspannt, kommt rechtzeitig an sein Ziel!» Ein großer Teil der Energie wurde hier darauf verwendet, sie den Kollegen zu entziehen. Ich hatte mich dem angepaßt, damit sie mich nicht für ehrgeizig hielten. Der Ehrgeizige wird gefürchtet, denn er gilt als Intrigant, und auf vermeintliche Intriganten warten meisterhafte Gegenintrigen.

Was hat es mich damals für Mühe gekostet, die Kollegen zu besänftigen, als mir der Kaiser das Privileg verlieh, meine Bilder mit dem eigenen Namen zu signieren. Natürlich setzte ich vor den Namen die Worte: «In tiefster Hochachtung, der Untertan...», ich ließ es also an keiner der erheischten Demutsbekenntnisse fehlen. Helfen konnte das alles nichts. Warum ich, ein Ausländer, mich denn als «Untertan» bezeichnen dürfe, fragten sie mich hämisch. Monatelang wehrte ich nur ab, duckte mich, übernahm im Malersaal nur die niedrigsten Aufträge, doch es dauerte fast ein Jahr, bis man mir meine vorgebliche Anmaßung nachgesehen hatte.

Die erste Runde ging an «Nummer 14». Er rief etwas wie: «Jedes Loch will mit Blüten geschlossen werden», einen jener Merksätze für Maler, die sich im Gedächtnis bewahren, weil in ihnen immer ein unanständiger Nebensinn mitschwingt. Dann strich er sich mit delikat gespreizten Fingern über die Schläfen, als würde er einen edlen Pfau liebkosen. Seine Fingernägel waren ungewöhnlich lang; er schneide sie nur deswegen so selten, erzählte er einmal, weil er im Süden die Kunst gelernt habe,

Tuschbilder allein mit den Nägeln zu malen. Was an dieser Methode von Vorteil sein sollte, habe ich nie verstanden. Man erzielte mit ihr keine besonderen Hell-Dunkel-Effekte, die Breite der Striche war vorgegeben, Rundungen gerieten meist ungelenk aufdringlich. Was blieb, waren schmutzige Finger.

Doch dieser Verzicht auf herkömmliche Mittel der Technik kam einer weitverbreiteten Neugier auf alle Bereiche entgegen, in denen Natur und Magie sich miteinander verbinden. Der Maler wurde zum Magier, der allein mit den Kräften seines Körpers die Formen dieser Natur bannt. Da mischten sich Aberglaube und Akrobatik auf eine höchst wundersame Weise.

Vielen Menschen imponierte das. Mi-lan erzählte von nichts so aufgeregt wie von einem Gaukler, der sie als Kind damit beeindruckte, daß er ein Schälchen mit Sand verspeiste und danach die herrlichsten Perlen zwischen seinen Lippen herauswachsen ließ. Als ich ihr erklären wollte, wie einfach dieser Trick zu bewerkstelligen sei, sogar anbot, ihn für sie nachzumachen, kämpfte sie mit Zornestränen. Sie wollte sich ihren wilden Zaubergarten nicht von mir zerstören lassen. «Gerade du», zischte sie, «der du so ganz anders bist als die unerträglichen Leute um mich herum, du mußt doch verstehen, wonach ich Sehnsucht habe.»

In solchen Szenen wurde mir die Tochter des Kunsthändlers manchmal unheimlich. Es war, als schlüpfe sie plötzlich in einen ganz anderen Körper. Aus den vorher leicht verspielten, kindlich tänzerischen Bewegungen wurden unversehens herrische, abgezirkelte Gesten. Gleichzeitig erstarrten ihre Gesichtszüge zu einer Folge von Masken, in die kein Blick des Gegenübers mehr eindringen konnte.

Während unserer Sprachausbildung in Macao berichtete mir Pater Emilio von einem Befehl, den ein chinesischer Offizier erteilt, wenn es in die Schlacht geht. Der Befehlshaber tritt vor seine Leute und schreit: «Setzt furchterregende Gesichter auf!»

Daran mußte ich immer denken, sobald Mi-lan von einem ihrer Temperamentsausbrüche heimgesucht wurde. Daran und an das unversöhnliche Weiß auf ihrer Stirn und den Wangen. Die Farbe Rot jedenfalls, die gemeinhin für die Darstellung von Wut empfohlen wird, ist mir bei ihr in einem solchen Gemütszustand nie aufgefallen.

Ob Mi-lan mich liebte, hätte ich nicht beschwören können. Jedenfalls schien sie mich zu genießen. Ich war ihr ein Mittel, ein Trunk, eine Droge, ein Zauberspruch. Sie roch in mir das Fremde, das Abenteuerliche, das über alles Erdenkliche hinaus Verbotene. Nichts machte sie ärgerlicher, als wenn sie an mir einen Zug entdeckte, der mich in ihren Augen meiner eigenen Kultur entfremdete und der ihren näherbrachte. Als ich sie zum erstenmal in meinem konfuzianischen Kostüm besuchte, der Superior hatte mich gezwungen, es zu tragen, legte sie zwei Finger in eine Schüssel mit roter Soße und strich mir angewidert damit über Brust und Rücken. Wenn ich beim Liebesakt gedankenverloren chinesische Worte der Zärtlichkeit ausstieß, schloß sie die Schenkel wie eine Schere, rückte ab und sagte zur Wand: «Italienisch bitte!»

Anfangs fragte ich mich bisweilen, ob sie noch andere Liebhaber hatte. Wir haben nie darüber gesprochen, vielleicht weil ich Angst hatte, sie mit dieser Frage zu verletzen, vielleicht weil ich Angst vor der Antwort hatte.

Geplaudert hat sie nie, und sie wirkte auch immer wie auf eine einzige Perspektive konzentriert. Mit der Zeit konnte ich kaum noch unterscheiden, ob es die Lust aufeinander war, die uns aneinander gebunden hat, oder die gemeinsame Furcht, entdeckt zu werden. Möglicherweise waren diese beiden Gefühle unentwirrbar miteinander verknotet.

Nachdem ein neues Blatt auf den Spieltisch gelegt worden war, klangen die Stimmen erregter als bei den Vorbereitungen zum ersten Kräftemessen. Wahrscheinlich hatten sie die Einsätze verdoppelt oder gar verdreifacht und sich dazu noch auf eine außergewöhnliche Vorlage geeinigt. Auch ihre Bewegungen bekamen etwas Überdeutliches, so als stünden sie mit einem gänzlich neuen Stück auf einer ihnen fremden Bühne.

Solange sie mich nicht zum Mitspielen aufforderten, konnte mir das so gleichgültig bleiben wie die dummen Sprüche von «Nummer 14», der lauthals verkündete: «Nur wer die Frauen kennt, kann einen starken Stengel malen.»

Daß mich die Älteren nicht an den Tisch baten, Wang oder Pu beispielsweise, war mir dabei noch am ehesten verständlich. Sie dürften aus einigen unbedachten Strichfolgen von mir bemerkt haben, daß ich ihnen mittlerweile an Erinnerungsvermögen und technischer Bravour nicht mehr unterlegen war. Nur von «Nummer 14» hätte die Etikette eine kleine Geste der angedeuteten Höflichkeit gefordert. Doch der befand sich schon im Rausch seines ersten Erfolgs.

So beugte ich mich wieder über die Kehllätze meiner Meisen. Man kann sie bis zum Bauchansatz herunterziehen, man kann sie aber auch sprenkeln. Da ich ein Taubenpärchen zur Vorlage gewählt hatte, mußte ich zunächst einmal die Perspektive erweitern. Sorgfältig achtete ich darauf, daß dies nicht auf Kosten jenes daunenweichen Unterleibs geschah, der in mir so viele Erinnerungen auslöste.

Gesprächen über Liebe oder Begierde habe ich mich im Malersaal immer schnell entzogen. Am Anfang hatte mir Wang einmal etwas von einer Kupplerin angedeutet, der ich mich getrost anvertrauen könne. Sie sei äußerst verschwiegen und ganz besonders auf Lebenslagen wie die meine eingestellt. Dann hatte Wang gelächelt und dabei seine rosige Zungenspitze aus dem rechten Mundwinkel hervortreten lassen, bis sie ganz langsam die Lippen hin zum anderen Mundwinkel befeuchtete. Es war eine so obszöne Geste, daß ich mich abwandte, ohne auch nur mit einem Wort auf sein Angebot einzugehen. Einige Wochen später erfuhr ich, daß Wang über mich das Gerücht verbreitete, ich habe in den Lenden die Zeugungskraft eines Eunuchen. Diese Kränkung nahm ich hin, ohne mir etwas anmerken zu lassen oder gar durch gewisse Andeutungen einen gegenteiligen Eindruck zu verbreiten. Mein Schutz liegt in meiner Unauffälligkeit, den Grautönen.

Zugegeben, manchmal träumte ich davon, in einer ganz kurzen Szene, die doch so erhellend wäre wie ein Blitzschlag, die wahren Größenverhältnisse in unserer Gruppe aufleuchten zu lassen. Wer hatte denn schließlich die Technik des Schattierens hier so eindringlich und so überzeugend vorgeführt, daß sie am Ende auch noch die Begriffsstutzigsten, die Virtuosen der sturen Kopie, die Handlahmen nachvollziehen konnten? Duldete es irgendeinen Zweifel, daß ich es gewesen war, der erstmalig auf die wahre Bedeutung von Proportionen bei der sogenannten Darstellung nach der Natur hingewiesen hatte? Und wem, wenn nicht mir, war es zu verdanken, daß diese unsägliche Sitte eingeschränkt wurde, ein Gemälde, das Objekt der Schaulust, immer wieder mit langweiligen Gedichten und Sprüchen vollzuschmieren, die den Betrachter vom Wesentlichen ablenken?

Wie es mir meine Vorgesetzten eindringlich nahegelegt hatten, habe ich diese Neuerungen natürlich nie als die meinen angepriesen, habe vielmehr stets so getan, als seien sie das Ergebnis einer Anregung, die sich beim Studium eines kaiserlichen Ratschlags ergeben hatte, oder gingen direkt auf Anweisungen von Wang oder Pu zurück. Und ich habe diese Erklärungen vor vielen Zeugen mehrfach wiederholt.

Als Wang an meinen Tisch trat, blickte ich erst hoch, nachdem er mich zum zweitenmal angeredet hatte. Es war mir gleichgültig, ob er wirklich, wie er behauptete, einen Pinsel ausborgen wollte, oder ob er einfach Gefallen daran fand, meine Isolierung von den anderen durch das Abschreiten unserer räumlichen Entfernung besonders hervorzuheben.

«Vögel», sagte er betonungslos nach einem flüchtigen Blick auf meine Arbeit. «Ich würde den Hintergrund etwas weniger stumpf gestalten.» Er tupfte prüfend mit dem verschmierten Zeigefinger auf die Spitze des Stiftes, den er aus meinem Becher gezogen hatte. «Weniger stumpf macht stärker geheimnisvoll.»

Bevor er mir wieder den Rücken zukehrte, fügte er noch hinzu: «‹Nummer 14› hat uns heute auf ein wirklich sehr interessantes Spiel gebracht. Nichts für deinesgleichen, ein wenig wild, ein wenig freizügig, doch eine hervorragende Übung für Finger und Einfallskraft. Wenn du deine nächste Pause machst, solltest du es dir einmal anschauen.»

«Nummer 14» schien wirklich kräftigen Wind unter seine ärmlichen Schwingen bekommen zu haben. Ich bemühte mich, nicht hinzuhören, doch immer wieder drangen seine dummdreisten Sprüche an mein Ohr, wie «Die Kraft der Schote ist ihre Weichheit» und «Meine Hand führt den Pinsel und nicht der Pinsel die Hand». Worauf die anderen meckernd lachten. Wahrscheinlich hatte er sich auf seine Fingernagelkünste besonnen und gab den wilden Magier.

An einem frischen Luftzug merkte ich früher als die anderen, daß ein Diener eingetreten war, der in den beiden ausgestreckten Händen eine Botschaft für Wang brachte. Es handelte sich offenbar um etwas sehr Wichtiges, denn die Männer erhoben sich wie eine schnell ansteigende Welle und griffen nach ihren Fächern. Dann formierten sie sich zu einer Schar Wildgänse und drängten aus dem Raum. «Du hältst hier Wache, wir kommen gleich zurück», rief mir Wang zu, «achte darauf, daß sich an unserem Tisch nichts verändert, ganz besonders die Einsätze nicht!»

Nachdem ihr Geschlurfe nicht mehr zu hören und der kleine dunkle Punkt auf dem Schwanz meiner Meise getrocknet war, erhob ich mich, um mir ihre Übung für Finger und Einfallskraft aus der Nähe zu betrachten. Zuerst sah ich nur ein Gewirr von in

Umrißtechnik hingeworfenen Bögen und Höhlen, von ganz und von halb geöffneten Blütenkelchen, dazwischen Fischköpfe und Nelkenstengel. Doch sehr schnell wurde deutlich, daß das «Spiel» diesmal in der Komposition einer riesigen Sauerei bestand. Als Vorlage hatte nicht etwa ein klassisches Bild, sondern die erotische Passage aus einem Ritterroman gedient, eine jener buddhistischen Mönchsferkeleien, die immer in gelbe Umschläge gepackt werden. Dem Stil dieser Szenen entsprechend war das Blatt vollgeschmiert mit Männern und Frauen, die auf das roheste kopulierten oder aneinander schleckten, mit Schenkeln, Zapfen und Spalten. Kleine Mädchen stemmten unförmig geschwollene Glieder in grottenhafte Öffnungen, kauerten unter Hodensäcken, die nach der Art von Gewitterwolken getupft waren, bockten mit weit auseinandergerissenen Beinen auf walfischhaften Bäuchen. Kleine Jungen lagen mit entblößten Hintern ausgestreckt über Betschemeln, pinkelten in Opfergefäße, rissen Mönchen die stämmigen Gesäßbacken auf. Alle Gliedmaßen, alle angedeuteten Bewegungen und Gebärden entsprachen auf eine grauenvoll verzerrte Weise den Regeln für die Darstellung von Orchidee, Bambus und Winterpflaumenblüte aus dem Lehrbuch des Senfkorngartens. Doch in ihrer Erregung hatte natürlich keiner der Männer darauf geachtet, daß ein Maler gespreizte Gliedmaße erweitern muß, daß sich Gewichte verlagern, wenn eine Figur hockt, kniet oder sich ausstreckt, kurz, es handelte sich nicht nur um einen Verstoß gegen jegliche Form des Anstands, es war zugleich eine Verhöhnung von Kunst.

Ich hatte mich längst wieder über meine eigene Arbeit gebeugt, als mir, erst langsam, dann immer heftiger ein Verdacht hochstieg wie ein Brechreiz. Ausgelöst wurde das Gefühl durch die zunächst flüchtige, dann immer nachdrücklichere Erinnerung an einen der weiblichen Körper auf dem Schweineblatt. Dabei war es nicht so sehr der Körper wie die Haltung, die mich alarmierte und eiskalt werden ließ. Ich kämpfte nur kurz mit dem Zweifel, ob ich mir tatsächlich Gewißheit verschaffen oder den Verdacht vorbeiziehen lassen wollte. Schon beugte ich mich wieder über den Spieltisch.

Es war tatsächlich Mi-lan. Und genauso unumstößlich stand fest, daß dieser besondere Ausschnitt von «Nummer 14» stammte. Er hatte sein ganzes mittelmäßiges Können in die Darstellung ihres Rückenaktes gelegt, dazu noch die Schamlippen ausgeführt, die sich wie zwei Würmer aneinanderschmiegten. Der Darstellung nach der Natur fehlte nur noch das Muttermal von Mi-Lan, am Muskel des linken Oberschenkels.

Ich griff nach dem Pinsel von «Nummer 14», rieb ein wenig neue Tusche in die dunkle Flüssigkeit und vervollständigte das Bild.

XV

DER FREUND DES KUNSTHÄNDLERS hatte alle erforderlichen Schritte persönlich unternommen; er hatte bei den zuständigen Behörden Dokumente mit seinem Siegel gezeichnet, die Kalendersachverständigen wegen passender Sternkonstellationen konsultiert, mit Kunsttischlern bis weit in die Nacht über Holzpreise gerechtet, Musikkapellen bestellt, am Ende sogar die Leichenwäscher im voraus bezahlt.

Fünf Tage lang lag der Körper von Lu, nach den strengen Vorschriften der Etikette gekleidet, in dem mit reichen Ornamenten verzierten Sarg, den die Diener auf den großen Tisch in der Gästehalle gestellt hatten. Er war umgeben von weißen Chrysanthemen, umwölkt von Räucherschleiern, umstellt von kleinen Papiermodellen, die Gegenstände repräsentierten, die den Toten ins Jenseits begleiten sollten. Im Garten vor der Halle wurden Gongs geschlagen, Hörner geblasen, Saiten gestrichen. Musik umgab das Haus wie ein Belagerungsring.

Freunde, frühere Kunden und die wenigen Verwandten aus der Hauptstadt hatten sich dem Katafalk genähert, sich tief verbeugt und wieder entfernt. In einem kleinen Zelt wurden ihnen Speisen aufgetragen. Beileidsadressen waren abgegeben worden, Geschenke und Kränze stapelten sich im Gang zu den Privatgemächern.

Mi-lan schien unberührt von den Aufmerksamkeiten, die ihr in Vertretung des Vaters erwiesen wurden. Kniend wachte sie in der traditionellen Trauerkleidung an der Leiche, trug über dem weißen Gewand noch eine lange Weste aus ungebleichtem Sackleinen, ihr Haar blieb verdeckt unter einem Kopftuch aus Baumwolle. Speisen zu sich zu nehmen lehnte sie ab, auf dringliches Zureden von Yang trank sie frühmorgens und am späten Abend einen Schluck Wasser, das waren ihre einzigen Bewegungen, man hätte sie für eine Statue halten können.

Am Abend des fünften Tages sackte sie vor Erschöpfung zusammen und wurde auf ihr Zimmer getragen. Der schnell herbeigerufene Arzt ließ ihr einen Wurzeltee und eine Brühe einflößen, fühlte an verschiedenen Stellen den Puls und befahl, den Raum abzudunkeln. Niemand außer der Zofe durfte das Zimmer betreten.

Am nächsten Morgen, der Tag war noch nicht angebrochen, war die Leiche des Kunsthändlers verschwunden.

Ein Aushilfsgärtner, der den Chrysanthemen um den Katafalk frisches Wasser geben sollte, bemerkte das Unfaßbare als erster. Er wurde aschfahl, ließ die Kanne fallen, schrie noch etwas Unverständliches und fiel in eine tiefe Ohnmacht. Sein wirrer Schrei alarmierte einen Küchengehilfen, bald darauf stand das ganze Personal in so heller Aufregung, als habe ein Blitz eingeschlagen.

Die am nächsten liegende Vermutung war natürlich, daß es sich um eine Gespenstergeschichte handele. Lu habe sich in einen Geist verwandelt, dem Körper neue Energie eingehaucht und das Haus verlassen, um Rache an seinen Gegnern zu üben, meinten die einen. Er habe sich in die Berge zu den Unsterblichen zurückgezogen, behaupteten die anderen. Irgend etwas sei an der Zeremonie falsch gewesen, befand eine dritte Gruppe, gewiß habe einer der daoistischen Priester eine zu gewaltige Kraft entfesselt, habe aus Versehen oder aus Absicht die falsche Formel gesprochen, dafür gab es ja auch viele Beispiele.

Oder war Lu gar nicht richtig gestorben? Hatten sich die Lebensgeister nur ein klein wenig entfernt und waren dann zurückgekommen? Allerdings, nach fünf Tagen, davon hatte man noch nie gehört. Außerdem: Wo war dann Lu?

Yang, der nicht an Geister glaubte, setzte ein Schreiben an den Distriktrichter auf.

Doch bevor der Bote noch seinen Auftrag erhalten hatte, meldete der aufgeregte Türsteher die Ankunft eines Untersuchungsbeamten und seiner Büttel.

Yang griff eiligst nach seiner Kappe, strich seine Jacke glatt und lief durch den Garten zur Pforte, um den Vertreter der Staatsgewalt zu begrüßen. Zu seiner Erleichterung stellte er fest, daß es sich um einen alten Bekannten handelte; sie stammten beide aus derselben Provinz, hatten im selben Jahr und in derselben Institution die ersten Prüfungen für die Beamtenlaufbahn abgelegt. Damit war eine Beziehung gegeben, die Yang zunächst einmal beruhigte. Sogar der Name des ehemaligen Kommilitonen fiel ihm ein.

«Mein alter Gu, so lange haben wir uns nicht mehr gesehen!»

«So lange nicht mehr gesehen!» wiederholte automatisch der Beamte.

Gemeinsam schritten sie zur Halle. Links und rechts von ihnen schliefen noch die Musiker, ihre Instrumente umklammert wie eine Geliebte oder wie einen Schatz.

«Noch habe ich keine Erklärung», begann Yang stockend, «doch da Ihr Euch bemüht habt, wißt Ihr sicherlich schon alles.»

Verwirrt entnahm er der Antwort seines Studienkollegen, daß dieser offenbar noch überhaupt keine Ahnung von dem grauenhaften Verschwinden der Leiche seines Freundes hatte. Als Abgesandter des Distriktrichters war Gu vielmehr erschienen, um dem Toten seinen Respekt zu erweisen und sich gleichzeitig nach den näheren Umständen des Ablebens zu erkundigen. Der Tod sei doch sehr plötzlich, gleichsam ohne Vorwarnung erfolgt, fragte er, oder habe er, Yang, zuvor auffällige Veränderungen im Verhalten seines Freundes bemerkt?

Nein, erwiderte Yang, deutliche Veränderungen seien ihm keinesfalls erinnerlich. Gewiß, bisweilen wäre es in den letzten Wochen vorgekommen, daß der Kunsthändler ein wenig starr ins Leere geblickt habe und behauptete, Geräusche zu hören, die offenbar nur er selber wahrnahm. Einmal habe er auch von einem Blitz geredet, das war am hellichten, wolkenlosen Nachmittag gewesen, vielleicht sei es aber auch nur bildlich gemeint gewesen, möglicherweise eine literarische Anspielung, die allerdings sehr verschlüsselt gewesen sein mußte. Ganz genau könne er das nicht beantworten, denn als er den Freund darauf befragt hatte, habe dieser den angefangenen Satz gleich wieder abgebrochen.

Und in der Nacht des Todes?

«Beim Abendessen waren wir allein, dann tranken wir noch einen Becher Wein, Lu bestellte dazu Sonnenblumenkerne, plötzlich bekam er einen Krampf, fiel zu Boden, ich rief nach dem Koch, und wir trugen Lu in sein Zimmer. Auf dem Bett warf er sich immer wieder hoch und klappte dann zur Seite wie eine Puppe aus Holz. Der Kopf war weiß, die Lippen färbten sich bläulich. Als die Ärzte kamen, hatte er Schaum vor dem Mund, weißlich und ein wenig mit Blut durchmischt. Die Ärzte schüttelten den Kopf und redeten etwas von ‹Schafswahnsinn›. Dann verdrehte er die Augen und wurde ganz ruhig.»

«Ich möchte jetzt einen Blick auf den Leichnam werfen», sagte der Beamte abrupt.

Yang versuchte zu erklären, was nicht zu erklären war.

«Verschwunden?» fragte Gu ungläubig. «Aus einem Haus mit Dienern, aus einer Halle, in der eine Trauergemeinde zusammengekommen ist? Über hohe Mauern oder durch ein Tor, das bewacht wird?»

Yang führte ihn zu dem offenen Sarg, der wie ein leeres Vergnügungsboot auf dem Tisch der Halle stand.

«Die Gäste haben sich spät in der Nacht zurückgezogen, die Tochter, die niemand anderen Wache halten lassen wollte, ist zusammengebrochen und schläft noch immer. Ich habe die Dienerschaft befragt, niemand hat etwas gesehen, alle glauben nur an Gespenster und wollen das Haus so schnell wie möglich verlassen.»

«Wann sollte die Leiche überführt werden?»

«Der Kunsthändler war ein merkwürdiger Mensch. Er hat mich beschworen, seinen Körper nach dem Tode verbrennen zu lassen. Wir haben häufig darüber geredet. Ich habe versucht, ihm klarzumachen, daß Verbrennen ein buddhistischer Aberglaube sei. Doch wenn ich ihn recht verstanden habe, dann ging es ihm viel weniger um Wiedergeburt als vielmehr um Verschwinden. Um die Möglichkeit, sich aufzulösen. ‹Ich bin kein Künstler›, pflegte er zu sagen, ‹ich habe keinen Anspruch auf Ewigkeit, deshalb muß ich verschwinden wie die Objekte, die durch meine Hand gegangen sind.› Natürlich habe ich ihm widersprochen.»

Der Beamte dachte einen Moment nach. Er führte einen prüfenden Finger über die seidenen Kissen, auf denen Lus Körper gebettet gewesen war. Nicht einmal dort, wo der Kopf gelegen hatte, war ein Abdruck zu erkennen.

«Laßt jetzt den Sarg schließen. Die Hausangestellten erhalten die strikte Weisung, über die Angelegenheit völliges Stillschweigen zu bewahren. Danach werden sie entlassen. Das Ritual wird vorschriftsmäßig zu Ende geführt. Meine Behörde wird für die Beschaffung einer Urne Sorge tragen. Die Tochter wird so lange schlafen, bis diese Urne ins Haus zurückkehrt.» Gu räusperte sich. «Wir betrachten hier ein Rätsel, doch es ist kein neues Rätsel. Es hat ein Maul und einen Schwanz. Im Vertrauen darf ich Euch sagen, das Maul kennen wir bereits, der Schwanz birgt keine größeren Geheimnisse. Wir werden darüber in ein paar Tagen reden.»

Yang verbeugte sich. «Ich werde die Tochter in mein Haus nehmen, sie ist nicht verlobt, vielleicht muß ich sie adoptieren. Nach der gebotenen Frist werde ich sie in das Dorf der Familie ihres Vaters schicken. Vielleicht findet man dort eine Lösung. Hier jedenfalls kenne ich niemanden, der ihr nahesteht.»

«Auch das ist eine Frage der Ermittlungen», antwortete Gu. «Die Berichte, die uns vorliegen, ergeben kein eindeutiges Bild. Auch darüber werden wir sprechen. Doch zunächst das Begräbnis. Ich wiederhole: Jegliches Aufsehen ist zu vermeiden, die Zeremonie verläuft wie geplant. Ihr haltet ein Auge auf die Tochter und stellt sicher, daß sie ausreichend Schlafpulver erhält. Die vorgeschriebene Trauerzeit wird eingehalten.»

Auf Yang wirkten die festen Anweisungen des Beamten wie ein lebensstärkendes Elixier. Pünktlich zur angesetzten Stunde traten die Träger an den Sarg, kreischten die Trauerjungfern, knallten Tschinellen, schrillten Querflöten, schrien die zweisaitigen Geigen. Der Leichenzug setzte sich in Bewegung.

Mi-lan schlief. Sie schlief bis in den späten Nachmittag. Als sie die Augen öffnete, nahm sie verschwommen den Kopf des Arztes wahr. Angestrengt versuchte sie, die Nebel zu durchdringen, die zwischen ihren Träumen und der Erinnerung lagen. Dann fühlte sie den kalten Rand eines Bechers, der zwischen ihre Lippen gepreßt wurde, gehorsam öffnete sie den Mund, schluckte; die Flüssigkeit, die über ihre Zunge rann, schmeckte süßlich, schmeckte wie… Ein Tuch fuhr über ihre Stirn, dann war wieder unruhige Dunkelheit.

Wann sie das nächste Mal wach geworden war, konnte sie nicht sagen. Später glaubte sie sich zu erinnern, daß die Stille sie geweckt hatte. Eine Stille, die sie wie ein Schlag gegen die Schläfe traf. Um ihr Bett wachten weder Arzt noch Zofen, es tschilpten keine Spatzen, selbst aus dem Küchentrakt drang kein Lärm. Irgend jemand mußte den Käfig mit dem Meisenpärchen von der roten Kommode entfernt haben. Mit unsicheren Schritten suchte Mi-lan den Weg in die Gästehalle. Dort warf ein trübes Abendlicht lange Schatten. Vor dem Marmortisch, den Rükken zur Eingangstür gewandt, saß der Freund ihres Vaters. Milan trat zur Seite und sah die Urne, halb verdeckt in einem Schrein aus Elfenbein. Sie brach zusammen wie ein vom Pfeil getroffenes Tier.

XVI

NACH UNSERER ZEITEINTEILUNG war es Samstagabend, und wer keinen Kalender zur Hand hatte, konnte sich daran orientieren, daß es schon einige Schritte vor dem Refektorium nach Kalbsnierenfett roch und nach wildem Fenchel, in dem die Brüder aus der Küche die Salsicce brieten. Selbst die Kutte des Superiors, der mich in den Saal geleitete, roch nach Samstagabend.

Nichts war in diesem Raum verändert worden, seitdem ich – es war vor drei Jahren, am Abend vor meinem Umzug in die Gemächer der Hofmaler – hier meinen Abschied gefeiert hatte. Von der Anrichte blickte der pfeildurchbohrte heilige Sebastian, die mageren Hände keusch auf seine Schamkapsel gelegt, zu den Dienern herab, die die dampfenden Schüsseln in Empfang nahmen. Blaßblaue Hortensien hielten der Schmerzhaften Madonna ihre dicken Köpfe entgegen. Vor dem schwarzen Kruzifix aus Portugal krümmten sich die Kerzen. Und wie bei meinem Abschiedsmahl saßen die Wortführer am Kopfende der Tafel, die Demütigen auf den hinteren Plätzen, die Neuankömmlinge in einem Zwischenbereich, von dem aus sie sich – je nach Aufforderung – zu der Fraktion der Abgeklärten, der Bescheidwisser oder der Neugierigen gesellen konnten.

«Erzähle noch einmal von Manila», forderten zwei Neugierige einen der Neuankömmlinge auf, einen gestriegelten Blonden, dessen milchiges Gesicht hellrote Adernetze wie einen seltenen

Marmor durchzogen. «Wir erfahren hier ja nichts außer dem Klatsch der Hauptstadt, langweilige Märchen über Hofintrigen, Räuberpistolen über Geheimgesellschaften, Schauergeschichten von herumgeisternden Verstorbenen; wir sind völlig abgeschnitten von der wirklichen Welt. Was denkt Rom, wie entwikkelt sich die Mission auf den Philippinen, was spricht man von unserem Plan, die Heilige Jungfrau zur Patronin unserer gesamten Asienmission zu machen?»

«Wir haben Rom vor mehr als zwei Jahren verlassen», erwiderte der Blonde. Zuerst dachte ich, er rede Portugiesisch, seine Stimme tirilierte fast über eine Oktave, doch nach den nächsten beiden Sätzen wurde mir klar, daß der Mann aus Ligurien stammen mußte, einer Gegend, die weder für ihre Blonden noch für ihre Gläubigen berühmt war. «Dogmen sind die Leimrouten der Rechtsgelehrten, ich halte mich da heraus. Mir muß man nur sagen, auf welcher Seite ich stehe. Salsicce mit Fenchel habe ich noch nie gegessen», fügte er etwas überraschend hinzu, so als müsse er eine Aussage in einem theologischen Disput machen. Zwei oder drei Bissen später erzählte er von noch weiter zu überprüfenden Erscheinungen der Jungfrau in der Mailänder Diözese; das machte mich neugierig, denn er sprach von Orten, die ich aus meiner Kindheit kannte. Gleichzeitig machte es mich traurig, denn diese Kindheit war mittlerweile so weit von mir entfernt wie die Ortsnamen, die er mir ins Gedächtnis rief. Ja, das war einmal meine Heimat gewesen, dort lagerten Sehnsüchte, Verwünschungen und die Schatten kurzer Träume, Träume, in denen ich nach meiner Heimkehr auf einer Piazza sitze, um Rat gefragt werde, dem Vikar ein kleines Wandgemälde *al fresco* verspreche, Kindern auf meinem Schoß mit einem feuchten Tuch die heiße Stirn kühle.

«Wir freuen uns, daß du heute abend die Zeit gefunden hast», sagte der Superior, «du weißt, wir sind deine Familie, deshalb haben wir dich vermißt.» Er setzte seine Worte zögerlich, so als sei er sich ihrer Wirkung nicht sicher und müsse befürchten, daß sie ihm zu einem späteren Zeitpunkt auch zu seinem Nachteil ausgelegt werden könnten. Dann schob er mich mit seiner kralligen Hand zu meinem Platz, ließ sich neben mir nieder und starrte auf einen Punkt auf der gegenüberliegenden Wand. In der folgenden halben Stunde redete er nur noch zu sich selbst.

«Natürlich haben sich die Dominikaner gewehrt, sehr heftig sogar», tönte es vom Nachbartisch, «sie verbarrikadierten sich in ihrem Hauptquartier, und als sie merkten, daß die uns verbündeten Truppen mit Feuerwaffen ausgerüstet waren, die jeden Widerstand zwecklos machten, besannen sie sich auf eine ganz besonders tückische List. Ihr kennt ja die Dominikaner.» Der Erzähler füllte seinen Teller mit Kraut und stach sich eine rosige Wurst aus der Schüssel.

«Weiter, wir wollen wissen, wie es weiterging!» feuerten seine Tischgenossen ihn an.

Der Superior nahm von der Aufregung keine Notiz. «Andererseits darf man seine Verdienste nicht schmälern», murmelte er, «gut ein halbes Dutzend seiner Brüder verdanken ihm wenn nicht das Leben, so doch ihre Freiheit. Er hat sich mutig beim Kaiser für sie eingesetzt; manchmal beim Himmelssohn selbst, manchmal bei den Magistratsbeamten, das vollbringt nur ein Mann, der dem Orden seine Treue hält. Doch es gibt eine Treue gegenüber Mitbrüdern, und es gibt eine Treue gegenüber der Lehre.» Der Superior seufzte und griff nach seiner Gabel. Dann schüttelte er den Kopf, legte das Besteck beiseite und faltete die Hände zu einem kurzen Gebet.

Hatte er von mir geredet? Natürlich war es mir bei dem einen oder anderen Anlaß, dank meiner Stellung am Hofe, gelungen, über eine Verhaftung noch einmal befinden zu lassen, wenn sie eine Person betraf, die ich kannte oder deren Lebensumstände es mir unbegreiflich erscheinen ließen, daß tatsächlich ein Verbrechen vorlag. Allein: mutig war das nicht gewesen, nach drei

Jahren kennt man die Abläufe der Entscheidungen, kann man Stimmungen bewerten, verfügt man über ein kleines Kapital an Beziehungen, das Zinsen trägt.

«Seit drei Jahren ist er hier nicht einmal mehr zur Osterbeichte erschienen», sprach der Superior in sein Wasserglas, den Blick immer noch starr auf die Wand gerichtet.

«Da half den Dominikanern kein Paktieren mehr, kein Anflehen ihrer Schutzpatrone, sie saßen so fest in ihrem Bau wie eine Ratte in der Falle. Wir gaben ihnen zwei Stunden Zeit, sich zu ergeben. Es war heiß, unerträglich heiß, doch uns konnte das gleichgültig sein, wir hatten ausreichend Nachschub an Wasser und Proviant, bis zum Sankt Nimmerleinstag hätten wir sie schmoren lassen können. Aber wir suchten eine schnelle Entscheidung. Ich persönlich hätte sie lieber winseln gehört.»

«Und wieder werden wir uns die Frage stellen müssen: ‹Ist es recht, wenn Christen gegen Christen kämpfen?›» rief eine Stimme, die mir bekannt vorkam. «Darauf gibt es nur eine Antwort: Gerade weil wir Christen sind, gerade weil es um die Verbreitung der Lehre geht, müssen wir für unseren Auftrag auch das Blutopfer bringen. Denkt an Johannes: ‹Selig, wer die Worte der Weissagung vernimmt und wer bewahrt, was darin geschrieben steht, denn die Zeit ist nahe›.»

«Laß ihn doch erst einmal zu Ende erzählen», wurde der Zwischenrufer unterbrochen.

Es war tatsächlich Alberto, der Novize, der mit mir auf demselben Schiff nach China gekommen war und uns bei der Ankunft durch seine prophetischen Anwandlungen so verwirrt hatte. Sein Gesicht trug noch dieselben knabenhaften Züge, vielleicht hatte er sich deswegen einen Kinnbart stehenlassen.

«Gott hat ihm die Gnade eines großen Talentes verliehen», setzte der Superior sein Selbstgespräch fort. Er hatte sein Glas abgestellt und rührte selbstvergessen in den weißen Bohnen. «Der Bruder kann nach der Natur malen, nach unserer Natur und nach der der Ungläubigen; wenn man ihn dazu aufforderte, lieferte er die erbaulichsten Vorlagen für fromme Szenen, die ihm nur sein Glaube eingegeben haben konnte; er beherrscht alle Techniken, als sei er bei ihrer Erfindung dabeigewesen. Nur Castiglione verfügte über größere Anlagen. Castiglione war dem Kaiser genauso ergeben geblieben, hat aber nie eine einzige Osterbeichte versäumt. Selbst in jenem schrecklichen Jahr, als die Jesuiten Peking verlassen mußten, ist es ihm gelungen, das Sakrament zu empfangen. Er hatte dazu einen fast schon tauben Franziskanermönch ausfindig gemacht, der sich außerhalb der Stadtmauern von Peking in einer kleinen Brennerei für Hirseschnaps versteckt hielt. Eigentlich waren diesem Franziskaner die Weihegewalten schon vor Jahren entzogen worden. Aber Castiglione hatte das nicht wissen können. Die Lossprechung war unerlaubt, aber gültig. Sakrament bleibt eben Sakrament.»

Plötzlich überfiel mich ein heftiger Anfall von Würgen. Das Gefühl glich einem gewaltigen, lähmenden Stoß gegen die Brust, der den Kopf vom Rumpf trennte. Ich begann zu schlukken wie ein Kormoran, dessen Kehle von einem Ring umschlossen war. Zunächst dachte ich, mir schnüre die Trauer den Körper zu, und tatsächlich fühlte ich auch Tränen, die mir die Wangen herabliefen. Doch sehr bald wurde mir klar, daß mein Magen ganz einfach nicht mehr diesem Bratenfett und der Soße gewachsen war, mit der die Köche die weißen Bohnen überzogen hatten. Da der Superior auch mein Glas leer getrunken hatte, griff ich nach der Karaffe. Als ich noch regelmäßig das Refektorium besuchte, hätte eine solche Handlung unweigerlich hochgezogene Augenbrauen und hämische Kommentare nach sich gezogen. Anständige Manieren waren eine Frage der Haltung, gerade in einer fremden Zivilisation, gegen die es sich zu behaupten galt. An diesem Abend ging es dagegen zu wie unter Seminaristen bei ihrem letzten gemeinsamen Essen vor den Ferien. Die Brüder zielten mit kleinen, in Wein getränkten Brotkügelchen aufeinander, verrückten Stühle und zerrten johlend am Tischtuch.

«Wir dachten schon, sie wollten sich endlich ergeben», schrie der Neuankömmling, «über dem Portal wurde ein Fenster geöffnet, dann ein zweites, bald ein drittes, und jeder wartete auf die weißen Fahnen der Kapitulation. Aber auch das war nur eine List.»

Der spindeldürre Piemonteser, der in der Mission ein Auskommen als Wäschebeschließer gefunden hatte, sprang auf und schüttelte seine Faust. «Man kann ihnen nicht trauen! Wie häufig haben wir das erlebt, erinnert euch an Santo Domingo!»

«Laß ihn doch endlich zu Ende erzählen, weiter, weiter!»

«Statt Tüchern, Fahnen oder Bettlaken ließen sie Statuen unserer Heiligen Jungfrau aus den Fenstern herab, umschnürt wie luftgetrockneter Schinken aus Parma. So wollten sie sich vor uns schützen, denn natürlich wußten sie, wie sehr wir die Madonna verehren. Ein Schurkenstück.»

«Also mußte man den Angriff abbrechen?»

«Anfangs waren wir ratlos. Völlig ratlos. Schließlich waren *wir* es doch, die unter dem Schutz der Jungfrau standen. *Sie* hatte für uns die Stürme gebändigt, die Wogen geglättet, als wir Afrika umsegelten. *Sie* hatte den Feinden die Segel zerfetzen, die Masten abknicken lassen. *Sie* war unser Auge in der Finsternis, unser Ratgeber in der Verzweiflung, führte unsere Hand im Kampf. Und jetzt hing ihr Ebenbild aus den Fenstern unserer Gegner.»

«Also mußte man doch wieder abziehen?»

«Stunde um Stunde warteten wir auf die Entscheidung des Vertreters unseres Provinzials. Die Schatten wurden länger, Stechfliegen saugten uns aus. Dann endlich kam die erlösende Botschaft: Fallt auf die Knie! lautete der Befehl, und feuert weiter. Noch vor der Vesper hatten wir das Gebäude genommen.»

Zwei Brüder warfen vor Begeisterung ihre Weingläser ins offene Feuer.

Alberto sprang auf und hielt seinen schwarzen Rosenkranz am ausgestreckten Arm wie ein Weihrauchgefäß vor das Standbild der Madonna: «Eine starke Frau, wer wird sie finden?» zitierte er aus dem Buch der Weisheit. «Selbst des Nachts erlischt nicht ihre Leuchte. An Großes legt sie ihre Hand, und ihre Finger ergreifen die Spindel.» Die Spitzen seiner Wangenknochen glänzten wie zwei weiße Farbtupfer unter altgewordenem Firnis. «Laßt sie die Früchte ihrer Hände genießen; man künde an den Toren das Lob ihrer Werke.»

«Halleluja», rief der erschrockene Tisch der Neuankömmlinge im Chor.

«Und du befreitest mich nach deiner großen Barmherzigkeit von den brüllenden Tieren, die mich verschlingen wollten, aus den Händen derer, die mir nach dem Leben strebten, und aus den Toren der Trübsale, die sich um mich auftaten, von der sengenden Flamme, die mich umloderte – und inmitten des Feuers wurde ich nicht versehrt; aus dem tiefen Schlund der Unterwelt, von der unreinen Zunge und dem Lügenwort...» Alberto kniete nieder und breitete die Arme aus.

«...von dem ruchlosen König, von der ungerechten Zunge», ergänzte der Superior, ohne seine Stimme zu erheben. Noch immer schien er Zwiesprache mit der Wand zu halten. Jetzt deutete er sogar auf einen Fleck in der Tünche des Gemäuers, drehte die Hand um und krümmte mehrmals den Zeigefinger, als wolle er einen Diener herbeirufen. «Castiglione hatte die Kraft, sich selbst zu bewahren», sinnierte er in seine halbgeschlossene Faust, «weil er diesem Land nie traute. Vertrauen schafft Abhängigkeiten. Erst läßt man sich auf die Farben ein, dann auf die Küche, später auf die Sprache, schließlich auf den Rhythmus, der Rhythmus ist das Gefährlichste. Er ist die Einstimmung in den Schlag der Herzen. Er bestimmt die Härte des Denkens, die Kraft des Zweifels, die Gelassenheit der Leidenschaften.» Abrupt wandte der Superior seinen Kopf zu seinem Nachbarn, einem Katecheten, der das Selbstgespräch seines Vorgesetzten dazu genutzt hatte, sich in selbstvergessenem Glück den Bauch vollzuschlagen. «Man bringe Alberto zum Schweigen», zischte der Superior, «dieser Schwätzer ferkelt über die Jungfrau und beruft sich auch noch auf die Schriften des Alten Testaments. Er hat Strohhalme im Kopf, die an ihren Enden schon glühen. Wir werden uns morgen mit ihm befassen.»

Dann wandte er sein Gesicht mit einer ruckhaften Direktheit wieder mir zu, mit anderen Worten: Er sprach erneut gegen die Wand. «Dieses Land ist wie eine betörende Frau, die weiß, wann sie strenge Mutter ist und wann Verführerin. Der Zauber kann nur durch eine andere Frau gebrochen werden. Die Mutter und Magd unseres Herrn. Was nutzt es dem Maler, was nutzt es unserer Sache, wenn er Anerkennung findet von denen, die ihn schätzen, weil er einer der Ihren geworden ist?» Der Superior hustete kurz und trocken, vielleicht war es auch nur ein Schluckauf. «Verblendung», sagte er, nachdem er wieder Gewalt über seinen Körper gewonnen hatte, «man schützt sich mit Verblendung und man hüte sich vor Verblendung. Verblendung, Verblendung, Verblendung!» Er richtete seinen Blick auf mich. «Du sollst keine fremden Götter neben mir haben», sprach er feierlich, «ich bin nicht dein Beichtvater, trotzdem empfehle ich dir die erste der acht Seligpreisungen der Bergpredigt: ‹Selig die Armen im Geiste›, und vergiß nie, wir sind deine Mutter!»

Erst in der Sänfte, deren Träger mich in tiefdunkler Nacht in die verbotene Stadt zurückbrachten, fiel mir eine passende Antwort ein.

XVII

TRÄGE DUNSTSCHLEIER LAGEN über den bauschigen Wipfeln des Baumbuswäldchens, durch das der Weg ins Nachbardorf und von dort zur Kreisstadt führte. Es war ein früher, fröstelnder Herbstmorgen, vor einigen Höfen krähten Hähne, schlugen Hunde an, doch die Tiere schienen noch nicht recht erwacht, meldeten sich halbherzig und unschlüssig angesichts des kalten Friedens, den die Nacht hinterlassen hatte.

Mi-lan war zeitig aufgebrochen, um dem Freund des Vaters entgegenzulaufen. Zu dieser Stunde nahm niemand von ihr Notiz. Der dicke Sohn des Bäckers blies kurzatmig in die Glut des rundbauchigen Kohleofens, dessen Rost den Teig für die Fladen erwärmen sollte; so sehr beschäftigte ihn seine Aufgabe, daß er weder Mi-lans Schritte noch den Gruß, den sie ihm zurief, wahrnahm. Vor dem verschlossenen Laden des Krämers pickten die zwei angepflockten Gänse nach den Resten der Grütze, die der Morgentau verwässert hatte. Die gelbe Fahne vor dem Dorftempel hing schlaff herab, die Schriftzeichen, die auf das bevorstehende Opferfest hinwiesen, waren zu Tuschflecken verschwommen.

Er würde, hatte ihr der Freund des Vaters auf seine umständliche Weise geschrieben, am Tag nach dem Mondfest eintreffen. Man solle auf keinen Fall irgendein Aufhebens wegen dieses Besuches machen, es gebe das eine und andere zu bereden, gewisse Entwicklungen zeichneten sich ab, die auch für Mi-lan nicht ohne Folgen bleiben könnten, doch ganz wichtig sei ihm auch, auf dem Lande ein paar Tage, vielleicht sogar ein paar Wochen Ruhe zu finden, denn das Leben in der Hauptstadt habe ihm in letzter Zeit den Kopf so heiß gemacht, daß nicht einmal die strikte Diät, die der Arzt empfahl, ihm geholfen habe. In einem Brief lasse sich das nicht so einfach darstellen, deswegen habe er sich zu der Reise entschlossen, beschwerlich, gewiß, aber auch eine Entspannung für die Sinne, und schließlich könne man die kleinen Vorhänge vor den Fenstern der Sänfte nach Belieben auf- oder zuziehen.

Die vielen Zeilen waren erregend und verwirrend gewesen, entsprachen so deutlich dem Bild, das Mi-lan sich von Yang bewahrt hatte wie jener Schlußsatz, der lautete: «Vergiß nie, eine Herbstwolke wirft keinen Schatten!» Es war der Anfang eines Gedichts von jener Bildrolle, die ihr der Vater auszubreiten pflegte, wenn er bei allerbester Laune war. Es stellte eine Landschaft dar, friedfertige, mit Pinien betupfte Hügel, vergnügte Gelehrte um einen Wasserfall, eine Gruppe von Jägern mit einem erlegten Tiger. Eine Landschft, nicht unähnlich der Gegend, durch die sie gerade lief. «Meine schönste Fälschung», hatte der Vater stets gesagt, bevor er das Bild zusammenrollte.

Das Nachbardorf hieß Drei-Brunnen-Glück, der klingende Name hatte einmal eine Verheißung sein sollen, doch selbst die ältesten Bauern konnten nicht angeben, wann hier jemals mehr als nur ein einziger Brunnen Wasser gegeben hatte. An dieser, mit groben grauen Ziegeln eingefaßten Quelle gegenüber dem kleinen daoistischen Schrein fand Mi-lan den Freund des Vaters. Er ließ gerade sein Pferd tränken und schimpfte auf seine Träger ein, ausgemergelte Kerle mit nackten Oberkörpern, die außer ihren verschlissenen Hosen nur ein Schweißtuch um den Hals trugen. Im Halbkreis umstand ein Dutzend Neugieriger die Gruppe, sie gafften stumm, ein wenig mißtrauisch, ein wenig furchtsam. Die Ängstlicheren waren vor ihren Lehmhütten hocken geblieben, zwischen den bräunlichen Filzdecken, die sie auf gebrechlichen Stühlchen in der Morgensonne ausgebreitet hatten.

«Schamlose Schlingel», brüllte Yang. «Gezücht aus Schildkröteneiern! Undankbares Gesindel! Der Preis war ausgemacht bis ins nächste Dorf! Ihr sollt an euren eigenen Fürzen erstikken!»

Dann fiel sein Blick auf Mi-lan. Er wandte sich jäh ab und lief auf sie zu. «Meine Sprache», sagte er beschämt, noch bevor er die Hände zum Gruß vor seiner Brust gefaltet hatte. «Kaum entfernt man sich aus der Hauptstadt, schon sinken die Manieren tiefer als zum Grund des Meeres.» Er strich sich verlegen über die langen Ärmel seines Gewandes, straffte die Schultern und vollführte eine abrupte Kehrtwendung. «Über den Preis reden wir später», rief er den Kulis zu, «lauft jetzt weiter, mein Mündel und ich werden euch folgen.»

«Mündel!» wiederholten die Umstehenden wie im Chor, als sei ihnen schlagartig die Lösung eines Rätsels aufgegangen.

«Mündel!» tönte es bald darauf auch zwischen den bräunlichen Filzdecken und in den geduckten Lehmhütten.

Die Träger schulterten die Bambusstangen, an deren Enden sie das Gepäck festgebunden hatten. Ihr Anführer stieß einen Schrei aus, der ein Kommando, eine Anfeuerung oder auch ein Fluch sein konnte, wenig später hatte sich die Gruppe mit wiegend tänzelnden Schritten entfernt. Yang griff nach den Zügeln seines Pferdes. «Laß uns erst im Gehen reden», sagte er, «wenn wir ermüden, wird das Tier uns beide tragen.» Nachdem sie am letzten Gehöft des Dorfes vorbeigeschritten waren, warf Yang vorsichtige Blicke über beide Schultern. «Niemand folgt uns», murmelte er wie im Selbstgespräch, «und die Natur kann uns nicht belauschen.»

Mi-lan deutete lächelnd auf die beiden Schatten, die neben ihnen liefen. «Bewahre dein Geheimnis auch vor deinem Schatten», sagte sie. «Habt Ihr mir deshalb von den Herbstwolken geschrieben? Und bitte, lauft nicht so schnell, Ihr vergeßt, daß wir hier auf dem Lande vor dem schnellen Gang der Städter erschrecken.»

«Wenigstens kann man mit dir laufen», erwiderte Yang. «Als du noch ein Kind warst, wollte dir dein Vater die Füße binden lassen, wie es bei allen deinen Freundinnen geschah. Doch du warst so wild, daß deine Mutter meinte, man solle mit dem Einschnüren der Lilienfüßchen warten. Ich weiß noch, wie sich deine Eltern darüber stritten, nie habe ich je bei einer anderen Gelegenheit ein lautes Wort zwischen den beiden gehört. ‹Nein, es schmerzt zu sehr›, behauptete deine Mutter. ‹Besser jetzt ein wenig Schmerz als später der große Kummer›, war die Antwort deines Vaters, ‹wir müssen an die Zukunft denken. Wer wird schon ein wildes Fohlen heiraten?› Dann starb deine Mutter, und, entweder aus Respekt vor ihrem Wunsch oder weil er das Verschnüren niemand anderem überlassen wollte, ließ er deine Füßchen wachsen wie die eines Jungen. Tief in seinem Herzen aber hat sich dein Vater als Tochter immer eine zierliche Porzellanfigur gewünscht. Er dachte eben an deine Zukunft. Du darfst nicht vergessen, er war auch ein Mann des Handels.»

Mi-lan wollte heftig widersprechen, wollte ihr eigenes Erinnerungsbild neben jenes legen, das der Freund des Kunsthändlers gerade entworfen hatte; es wäre ein Porträt geworden, aus dem der Vater mit freundlichen, gelassenen Zügen, ein wenig weich und nachgiebig, die Welt eher spöttisch als kritisch betrachtete.

Doch während sie noch nach den passenden Worten suchte, wurden sie unterbrochen. An einer Wegbiegung trat ihnen ein Bettelmönch entgegen, der mit tiefer Stimme eine Sutra aufsagte. Nach der Art der Buddhisten trug er den Kopf kahlgeschoren, dort, wo es noch sauber war, schimmerte sein Gewand safrangelb, die rechte Hand umklammerte einen dünnen, vertrockneten Ast, an dessen vorderem Ende ein Glöckchen bimmelte. Yang griff in seinen Reisebeutel und reichte dem Mönch ein Geldstück. Der Pilger nahm es entgegen, ohne sein Gebet zu unterbrechen, und verschwand so schnell, wie er aufgetaucht war.

Wie konnte sie Yang klarmachen, daß ihr der Vater stets das Gefühl gegeben hatte, er liebe eben ganz besonders jenes «wilde Fohlen», das sie damals gewesen war? Oder hatte sie sich das nur eingeredet, um ihr Gewissen zu beruhigen? Über ihre heimlichen Streifzüge in die Wohnung in der Straße der Glasurläden hatte sie natürlich nie mit ihm gesprochen, nicht einmal damals, als ihr klargeworden war, daß sie den Vater vor einer großen Gefahr warnen mußte. Aber vor welcher Gefahr? Und wie hätte sie sprechen können, ohne sich selbst preiszugeben?

«Man weiß nie, wem man trauen kann», sagte Yang mürrisch, nachdem sie ihren Weg fortgesetzt hatten, aber er meinte den Bettelmönch und bedauerte offenbar das rasche Almosen.

«Der Vater...», begann Mi-lan und brach dann wieder ab. Vielleicht gab es ja eine Person, die für sie der Vater, und eine andere Person, die der Freund Yangs gewesen war, der sie jetzt prüfend von der Seite anschaute. «Mein Vater», nahm sie das Gespräch wieder auf, «hat mir immer erklärt, es komme allein auf das Gefühl an, das die Hand regt, die hilft. Wer, ganz gleich, ob aus Not oder aus List, jene Empfindung auslösen kann, die uns rührt, dem müssen wir dafür danken, daß wir noch nicht erstarrt sind.» Sie legte ihre rechte Hand auf die Brust und schämte sich sofort für diese Geste; so führten sich Schauspieler in Vorstadtbühnen auf. «Laßt uns nicht mehr von Erinnerungen reden, erzählt mir von Euch. Oder wenn Euch das Herz noch zu schwer ist, berichtet vom neuen Klatsch. Seit drei Jahren habe ich nichts mehr gehört. Oder besser noch, da uns gerade der Mönch begegnete, erzählt mir von den ausländischen Mönchen in Peking.» Hatte sie vor ein paar Momenten noch ihre Handbewegung bereut, so schämte sie sich jetzt für ihren Blick, nicht weil sie sich erneut bei einer Affektiertheit ertappt hatte, sondern weil sie zum erstenmal wahrnahm, daß das Gesicht ihres Begleiters nur noch in ganz groben Umrissen jener vertrauten Erscheinung aus dem väterlichen Garten entsprach. Bei genauerem Hinsehen offenbarte dieses Antlitz etwas Echsenhaftes, es war übersät von kleineren und größeren schwarzen Flecken, Adern traten hervor, als müßten sie die Stirn zusammenkrallen und vor dem Zerspringen bewahren.

«Du fragst nach diesem Italiener, der vor einigen Jahren mein Namensvetter geworden ist», antwortete Yang so selbstverständlich, als habe sie nach ihrer Amme gefragt. «Das ist ein wahrhaft erstaunlicher Mensch, ich habe einiges von ihm zu erzählen. Wir wollen uns setzen und ausruhen.» An einer kleinen Mulde ließen sie sich auf einem flachen, fast tafelförmigen Stein nieder. Yangs Pferd schnaubte ein paar Schritte von ihnen entfernt und senkte den Kopf herab zu einem Grasbüschel, als wolle es gleichzeitig Nähe und Diskretion ausdrücken.

«Dieser Italiener», begann Yang, «ist, wenn man die Sache richtig betrachtet, nicht mehr der Mensch, den du in deiner Zeit in Peking kennengelernt hast. Bevor ich dir meinen Besuch ankündigte, traf ich ihn östlich vom Kaiserpalast in der Straße der Beamtenhüte, anders gesagt, er traf mich, denn er saß in einer Sänfte mit vier Trägern, voraus lief ihm ein Bursche, der eine Fahne mit seinem Namen trug und beständig rief ‹Platz da, Platz da›. Den Namen auf der Fahne hatte ich zwar gelesen, doch da ich gerade über meine eigenen Geschäfte nachdachte, wurde ich erst aufmerksam, als mich eine Stimme aus der Sänfte ansprach. Ich erkannte ihn, und doch erkannte ich ihn eigentlich nicht, denn sein Wesen hat sich vollständig geändert. Hoheitsvoll ist es geworden und herablassend. Ich muß etwas gesagt haben wie ‹Zehntausendfachen Glückwunsch zur längst überfälligen Beförderung›, worauf er nur kurz nickte, als habe ich eine Selbstverständlichkeit ausgedrückt. Dann fragte er nach meinem Befinden, nach dem Stand meiner Angelegenheit, hörte meiner Antwort aber gar nicht zu, sondern forderte mich auf, ihn am nächsten Tag in seinem Studio zu besuchen. Es klang nicht nach einer Einladung, es klang wie ein Befehl.»

«Ein Beamter», sagte Mi-lan abschätzig, «er ist ein Beamter geworden.»

«Ein Würdenträger», bestätigte Yang, «als Hofmaler ist er viele Rangstufen nach vorne gerückt; hätte er Ahnen, erfreuten sie sich der größten Verehrung. Die Zahl seiner Schüler übertrifft die Zahl der Schwalben auf den Dächern des Palastes, ganz zu schweigen von der Zahl derer, die sich seine Schüler nennen, ohne je eines seiner Bilder gesehen zu haben.»

«Dann muß er auch viele Neider haben», wandte Mi-lan ein, «ein Ausländer am Hof und so erfolgreich…» Sie versuchte, sich genauer an das Gesicht des kleinen Mannes zu erinnern, der mit ihr «Eins, zwei, drei Stern!» gespielt hatte. Und es verblüffte sie insgeheim, daß jene unschuldige Begebenheit deutlicher ihr Gedächtnis beherrschte als seine bettelnde Körperlichkeit, der sie mehrmals willfährig gefolgt war.

«Seine Stellung ist so unangreifbar, als wäre sie von einem Graben mit kochendem Wasser umgeben. Der Kaiser schätzt seine Werke, so gehen die Gerüchte, weil sie ihm und der Welt beweisen, wie der chinesische Geist über das Handwerk der Fremden triumphiert.»

«Soweit ich mich erinnere, fand der Kaiser seine Maltechnik äußerst vulgär.»

«Du redest von früher, du redest von jenem anderen Wesen. Ich selbst habe mich am nächsten Tag in seinem Studio umgesehen, und er hat mir einige seiner Werke gezeigt: Landschaften, Tiere, Blumen. Über allen Bildern lag der Hauch zartester Zurückhaltung und dennoch kraftvoller Vollendung, so empfindsam und verständig, wie ich es nur bei den großen Meistern der vergangenen Dynastien gesehen habe. Dein Vater hätte jetzt die passenden Namen und die passenden Begriffe bereit. Ganz besonders ist mir im Gedächtnis das Bild einer Päonie, ihr zartseidenes Rosa, das Andeuten und Abschwächen von Blattspitzen, eine Stimmung zwischen Aufknospen und Hingabe an den Betrachter; in diesem Moment merkte ich, dieser Mensch versteht, daß nur ein Dichter malen kann. Es geht nicht um die Worte, es geht um den Geist, um die Haltung. Genau das ist der Stil, den der Kaiser schätzt – und deswegen ist dieser Maler unangreifbar...»

«...und weder in den klassischen Büchern noch in den Oden erwähnt worden», lachte Mi-lan.

Man konnte Yang nicht anmerken, ob er die kleine Ironie verstanden hatte. «Eine Päonie wie das Gewand von Hochzeit und Trauer», fuhr er fort. «Ich sprach ihn dann auf seine früheren Werke an, auf seine Besessenheit, die Größe der Gegenstände und ihren Abstand voneinander als die Aufgabe der Kunst auszugeben. Da hat er nur gelacht. Aus jener Zeit, behauptete er, habe er nur ein einziges Bild aufgehoben. Ein Porträt aus eben jener Zeit, als ihm vorgeworfen wurde, aufdringlich genau und mit Schatten zu arbeiten. Diese Technik habe er aber schon lange aufgegeben, er hatte dafür einen besonderen Namen, den ich vergessen habe, vielleicht sagte er aber auch nicht aufgegeben, sondern verloren.» Yang machte eine kleine Pause. «Es war ein Porträt von dir.»

Mi-lan griff erschrocken nach ihrem Zopf. «Vielleicht hat er es nach seinem Besuch bei uns aus dem Gedächtnis gemalt», erwiderte sie hastig, als sie glaubte, ihre Stimme wieder beherrschen zu können. «Die Malerei aus dem Gedächtnis war eines seiner Talente. Er konnte Gesichter oder Szenen nachzeichnen, als hätten sie sich über Tage oder Wochen nicht aus einem Spiegel gerührt. Ein merkwürdiger Mensch, damals war er viel lebhafter und fremder als die meisten unserer Gäste. Erzählt mir von ihm: Verkehrt er noch mit den anderen Ausländern in der Stadt? Ich habe sie nie kennengelernt, doch er konnte sie so gut nachmachen, als säßen sie leibhaftig mit am Tisch.»

Yang erhob sich von der Steinplatte und rückte seine Kappe zurecht. «Wir wollen weiter, bevor die Sonne noch höher steigt.»

XVIII

ALS MIR DER DIENER den Besuch des Superiors meldete, ließ ich mich verleugnen. Er möge eine einfache, aber höfliche Ausflucht finden, wies ich ihn an; er solle sagen, der Meister habe das Haus gerade erst verlassen, man sei nicht unterrichtet, wann genau er zurückkäme. Selbstverständlich stehe es dem hohen Gast frei, in der Empfangshalle zu warten und sich ein wenig auszuruhen, allerdings sei überhaupt nicht abzusehen, wie lange die Dienstgeschäfte den Herrn heute in Anspruch nähmen, manchmal dauere es bis spät in die Nacht.

Danach begab ich mich auf meine Galerie, hinter den seidenen Wandschirm mit dem Phönixmotiv. Mein Haus ist nicht sehr hoch – kein Haus in unserem Viertel darf mit dem Giebel einen bestimmten Abstand zur Höhe der Mauern um die Verbotene Stadt überschreiten –, deshalb habe ich es mit dieser Galerie ausgestattet, die die Illusion von Höhe erzeugt. Um die Wahrheit zu sagen: Als ich den Effekt zum erstenmal wahrnahm, war ich erschrocken, denn die ganze Anlage erinnerte mich deutlich an einen der Entwürfe von Palladio für das Theater in Vicenza. Es kostete mich viel Zeit und Geld, den Eindruck der Fremdartigkeit wieder verschwinden zu lassen. Ein glücklicher Zufall fügte, daß mir eine Bilderrolle geschenkt wurde, die mir gestattete, die Inneneinrichtung eines nicht unvermögenden Salzhändlers aus Suzhou zu rekonstruieren. Dieser Mann hatte in der vorvergangenen Dynastie gelebt, so daß meine Nachbauten den Besuchern fast schon ein Schuldgefühl wegen lückenhafter Erinnerung einflößten: «Hier ist es noch wie früher», schienen sie ehrfurchtsvoll zu denken, und so ersetzte ich die mir fehlende Ahnentafel durch Möbel.

Der Wandschirm war zweifach gefaltet, die beiden Schlitze erlaubten einen genauen Blick auf alles, was sich in der Gästehalle zutrug. Natürlich konnte man auch jedes Wort hören, das dort unten gesprochen wurde, letzteres war allerdings von geringerem Nutzen. Fast alle meine Besucher redeten, auch wenn sie sich unbeobachtet glauben mußten, als säße ich direkt neben ihnen.

Zu meiner Überraschung ließ sich der Superior in die Halle führen und nahm in einem der harten Sessel aus altem, kunstvoll gebogenem Bambus und Rohrgeflecht Platz. Er legte seinen zerschlissenen Fächer auf den Marmortisch zu seiner Linken und zog aus der Tasche seines Rocks einen elfenbeinernen Rosenkranz.

«Nur ein Glas Wasser», antwortete er, als ihn der Diener nach seinen Wünschen fragte, «du brauchst dich nicht um mich zu kümmern, ich ruhe mich ein wenig aus und warte eine kleine Weile. Bitte deshalb kein Aufheben! Nur ein Glas Wasser.»

Der Superior entließ den Diener mit einem Nicken, griff nach dem goldenen kleinen Kreuz an der Schnur seiner Gebetsperlen und küßte es.

Aus meiner Position hinter dem Wandschirm blickte ich auf meinen früheren Vorgesetzten herab wie einer der Engel auf die Kreuzigung des heiligen Petrus in dem berühmten Bild von Giotto. Anders als auf jenem Gemälde stand der Superior natürlich nicht auf dem Kopf.

Was flößte mir eben diese Erinnerung ein? Märtyrer? Apostel? Kopfstehen? Ich hatte in der letzten Nacht nur sehr schwer Schlaf gefunden. Erst litt ich unter gräßlichem Leibschneiden, danach bedrängten mich Träume, in denen mir die merkwürdigsten Tiere, apokalyptische Erscheinungen, wilde Wesen mit gewaltigen Flügeln entgegengetreten waren. Um Mitternacht war ich aufgestanden und hatte mir zur Beruhigung eine kleine Opiumpfeife angezündet. Vor geraumer Zeit schon habe ich die Erfahrung gemacht, daß diese Droge bei weitem verträglicher ist als der schwere Rotwein, den ich mir zuvor auf Umwegen aus der Mission beschafft hatte. Opium, im rechten Maß genossen, läßt Bilder in meinem Kopf entstehen, die von anfänglicher Bedrohung in schwermütige Versöhnung übergehen. Die Monster der vergangenen Nacht zum Beispiel, furchterregende Echsen, deren Pesthauch ich zu riechen vermeinte, verwandelten sich im nachfolgenden Traum in ein träges, spielerisches Drachenpärchen, dem der Wohlgeruch von Myrrhe aus den Nüstern drang.

Allerdings muß ich mich vorsehen, denn manchmal löst der Tag die Träume der Opiumnächte nicht vollständig auf. Es bleiben bestimmte Partien haften und treten hervor wie alte Schichten in einem übermalten Bild. So sah ich jetzt aus der ockerfarbenen Glatze des Superiors das Antlitz des Provinzials aufschimmern, wie er mir den Auftrag gab, dem Kaiser von China den Blick zu richten; das Bild stieg zu mir hoch wie ein rätselhaftes Rauchwölkchen, verwandelte dann seine Form in einen Ton, der sich auseinanderzog und zu näseln begann.

Ich zog mir einen Schemel herbei und betrachtete weiter den Superior, der nur durch das Spiel seiner Finger, denen von Zeit zu Zeit eine Perle entglitt, verriet, daß er nicht in Stein gehauen war. Der blaßviolette Strauß von Chrysanthemen neben dem Fenster wirkte lebendiger als mein ungebetener Gast.

Hatte ich wirklich die Mission verraten, wie man mir vorwarf? Schon die Frage schien mir in eine Welt zu gehören, zu der ich mich seit langem nicht mehr zählte. Sie klang so plump, so direkt, so ganz und gar nicht den Formen entsprechend, die ich mir angeeignet hatte. «Verrat», das war ein Wort, das Krieger benutzten. Gewiß, mein Leben hier am Hofe stand ebenfalls unter beständiger Gefährdung, auch hier gab es Fraktionen und Bündnisse, manche der Maler hielten zusammen, weil sie aus demselben Distrikt stammten, andere, weil sie bei demselben Meister gelernt hatten; gewiß, es gab Spannungen, die uns allen den Magen beschwerten, denn der Geschmack des Kaisers blieb so unberechenbar wie die Intrigen der Höflinge und die Machtspiele der Eunuchen. Doch es ging dabei, jedenfalls in unserem Kreise, nie um ein Schwarz oder Weiß, es ging um Schattierungen, kleinere Finten, Vorsprünge, Arrondierungen. Das Schwert zogen andere.

Vor zwei Jahren, inmitten meiner ersten schlafflüchtigen Nächte, habe ich begonnen, über den Widerspruch zwischen gutem Willen und Einsicht in die Wirklichkeit nachzudenken. Es war mir zu Ohren gekommen, daß einige meiner frühen Bilder aus dem Missionshaus gestohlen worden waren, damit sie zu irgendeinem Zeitpunkt als Beweis für meine künstlerischen Verfehlungen ins Feld geführt werden könnten. Ich wollte damals gar nicht so genau wissen, wer diesen Diebstahl tatsächlich begangen hatte, falls es sich denn um einen Diebstahl handelte. Unbegreiflich war mir nur, was das sogenannte «Früher» mit dem «Jetzt» zu tun haben sollte, daß daraus Schuld hätte erwachsen können. Man begeht eine Sünde, man bereut, man wird freigesprochen. Nicht korrekt zu malen war für mich in meiner Ausbildung gleichbedeutend mit Schuld. Es war aber eine Schuld, die beglichen werden konnte durch die folgenden Versuche zu ihrer Tilgung. Schuld bedeutete schlicht, ein Ziel verfehlt zu haben. In Coimbra wurde man für ein mißglücktes Theaterbild ausgepfiffen, früher noch, in Mailand, gab es Schläge, wenn ein vom Meister entworfenes Ornament zu wenig luftig geraten war oder zuviel Material gekostet hatte, was in aller Regel dasselbe bedeutete. Wer je eine Monstranz entworfen hat, weiß, wovon ich rede.

Der Superior hatte die letzte seiner Perlen zwischen den Fingern herausgedrückt wie eine Erbse aus der Schote. Seine Lippen bewegten sich, doch er sprach das Gebet nicht laut, eher selbstvergessen wie eine Formel, deren Zauberkraft sich schon so oft bewährt hatte, daß man sich ihrer Wirkung auch ohne größere Anstrengung sicher sein konnte. Beim Murmeln tasteten seine Augen die Gegenstände ab, die ihn in der Halle umgaben. Lautlos brachte mir mein Diener eine Schale Tee.

Hatte ich Schuld auf mich geladen, weil ich mich der Wirklichkeit fügte? Es gab die Wirklichkeit meines Dorfes, die von Mailand, die von Coimbra, die der Schiffspassage und die der Missionsstation. Die Wirklichkeit des Kaiserpalastes ist wiederum eine ganz andere. Wenn es wahr ist, daß Gott den Menschen nach Seinem Ebenbild erschuf, dann ist das Ebenbild auch Gott. Dann muß Gott aussehen wie Signor Pontecorvi, wie Raul, wie der Kaiser von China und wie die Tochter des Kunsthändlers, die mir ihr Vormund letzte Woche als Ehefrau angeboten hatte.

Ein knarzendes Geräusch unterbrach mein Sinnieren. Der Superior hatte sich aus dem Sessel erhoben und einen Furz gelassen.

Wenn Gott aber so viele Erscheinungsformen hat, überlegte ich weiter, dann wird Er sich nicht mit dem Äußerlichen begnügt haben. Dann muß Er alles nach Seinem Ebenbild geformt haben, nicht nur die Körper, sondern auch die Sinne, die Leidenschaften, das Gefühl für das Schöne der Kunst, womöglich auch die Niedertracht, den Geiz, die Habgier, das Streben nach Macht. Dann bleibe ich Gottes Kind, ganz gleich, welche Perspektive ich anlege. Dieser Gedanke verwirrte und beglückte mich zugleich; ich beschloß, ihn am Abend nach dem Pfeifchen weiterzuspinnen.

Der Superior griff nach einer braunen Ledertasche, die mir bei seinem Eintreten in die Halle gar nicht aufgefallen war, und entnahm ihr fünf kleine Statuen der Jungfrau. Er blickte um sich, als wolle er sich vergewissern, unbeobachtet zu sein, dann schritt er auf die beiden emaillierten Ming-Vasen zu, die vor meinem Hausaltar stehen, und ließ zwei der Statuen in ihnen verschwinden. Die restlichen drei versteckte er hinter den Blumenbildern, die bis zum Boden heruntergerollt waren.

Ich befahl dem Diener, unserem Gast auszurichten, der Herr habe mitteilen lassen, er komme heute nicht mehr nach Hause.

IXX

«ES IST VERWUNDERLICH, wie rasch sich alles verändert», sagte Yang, als er mit Mi-lan aus dem Bambushain heraustrat. «Ich denke dabei nicht nur an diesen italienischen Maler. Ich denke auch an dich.»

Während sie ihren Weg fortsetzten, dachte Mi-lan über die rätselhaften Andeutungen ihres Vormundes nach. Was meinte er, wenn er von Veränderung sprach? Bezog er sich auf ihre Erscheinung, auf ihr Schicksal, oder hatte er sich ganz einfach nur von seinem Thema abbringen lassen, weil ihm die Erinnerung an ein Zitat aus dem «Buch der Wandlungen» den Fluß der Rede in eine andere Richtung gewendet hatte?

Natürlich war sie zu einer anderen Person geworden, zu einer Frau, die das Leben auf dem Lande nicht aus der verklärenden Sicht der Dichter und Maler erfuhr, sondern aus einer sich jeden Tag wiederholenden Auseinandersetzung mit dem Rohen, dem Brutalen, dem Groben.

Vor zwei Tagen hatte sie gemerkt, wie sehr sie selbst bereits Teil dieses Lebens geworden war. Sie hatte dem Koch gesagt, das Kaninchen, das zu Ehren des Besuches von Herrn Yang aufgetischt werden sollte, werde sie ganz persönlich zubereiten, und zwar nach der Art, wie man dieses Gericht in Peking vorsetzte. Überdies hatte sie das Tier eigenhändig geschlachtet. Nicht irgendein Kaninchen, sondern jenes arglos dümmliche Wesen, dem sie vier Monate lang durch die Stäbe seines Verschlages Salatblätter und Möhren gereicht, das sie mit seinen braun-verschwommenen Augen träumerisch angeblickt und mit der Hinterpfote geklopft hatte, sobald sie den Stall betrat.

Am Morgen jenes Tages hatte sie das Kaninchen bei den Löffeln gepackt, seinen Kopf leicht nach vorne gebogen und ihm mit einer kurzen Holzkeule das Genick zertrümmert. Ihr Messer war zwar ein wenig stumpf, trotzdem ließ sich die Haut zwischen den Hinterläufen und dem Kopf erstaunlich leicht abziehen. Sie löste die Augen aus, denn ohne diese, hatte sie gelernt, machte der Kopf eine hervorragende Brühe. Beim nächsten Schnitt drangen die Eingeweide hervor, als seien sie des toten Körpers überdrüssig. Bevor sie das Tier an den dafür bestimmten Haken in der Küche hängte, fiel ihr mit leichtem Befremden noch auf, daß sie das Fell an den Hinterläufen nicht entfernt hatte, dort, wo sie es während der Schlachtung festgehalten hatte. Die Fellreste erinnerten sie an ein Paar Handschuhe, die sie im Winter beim Spaziergang über den zugefrorenen Kanal im Westen ihrer Vaterstadt getragen hatte.

«Nur auf dem Lande gedeihen die Empfindungen für den Duft wilder Rosen», rief Yang, als sie die ersten Hecken des Dorfes erreicht hatten, das für Mi-lan zur Heimat geworden war. «Wilde gelbe Rosen, nicht gefüllt, sondern mit schlichten Blütenblättern, der Stempel nicht protzig, doch auch nicht verborgen, und mit einem süßen Geruch, den die Sonne zur Entfaltung bringt.» Plötzlich mußte er niesen. «Der fliegende Vogel bringt die Botschaft: Es ist nicht gut, die Höhe zu suchen, gut ist es, unten zu bleiben.»

Das war ein Zitat, das sie nur zu gut kannte. Aber wieder blieb der Bezug rätselhaft. Was bezweckte Yang mit seinen Sprüchen aus dem «Buch der Wandlungen»? «Die Braut als Sklavin. Sie heiratet als Nebenfrau», gab Mi-lan zurück. So sehr hatte sich ihr Leben nicht verändert, daß sie zu einem Dorftrampel geworden wäre, der die klassischen Schriften nicht beherrschte.

Yang antwortete nicht. Er blickte sie nur überrascht an, als habe sie ihn bei einem heimlichen Gedanken ertappt.

Er blieb auch schweigsam während des ersten Mahls im Haus ihrer Verwandten, beharrte auf der Rolle des durch die Reise ermüdeten Gelehrten. Die Stille der Natur sei das wahrhaft Erfrischende, erklärte er, nachdem das Kaninchen aufgetragen worden war. Bald darauf zog er sich in seine Kammer zurück und erschien erst wieder zum Abendessen.

«Wir müssen jetzt noch über etwas anderes reden», sagte er, nachdem sich Verwandte und Dienerschaft entfernt hatten. «Es fällt mir nicht leicht, aber ich versuche, meine Sätze in gerade Zeilen zu formieren. Du kannst mir dabei helfen, indem du keine Zwischenfragen stellst. Einige Auskünfte werden dich erschrecken, höre trotzdem bis zum Ende zu.»

«Ich werde lauschen, wie es sich für eine Schülerin fügt», antwortete Mi-lan. Sie versuchte, Leichtigkeit in ihre Stimme zu legen, doch das steinerne Gesicht des Vormunds gestattete keine Heiterkeit.

«Was ich dir zu erzählen habe, betrifft deinen Vater und auch dich, manches habe ich selber in Erfahrung gebracht, manches hat mir mein Freund, der Polizeipräfekt Gu anvertraut. Wir haben lange überlegt, ob du eingeweiht werden oder im Frieden der Unwissenheit belassen bleiben solltest, und wir sind zu dem Schluß gekommen, daß für deine Zukunft das Wissen fruchtbarer sein könnte als das Geheimnis. Denn es gibt gewisse Gerüchte, vor denen man dich schützen muß.»

Mi-lan verschränkte die Arme und drückte ihren Oberkörper fest gegen die Rücklehne des Stuhls.

«Als dein Vater starb», fuhr Yang fort, «waren wir alle in tiefer Trauer und bestürzt, weil der Tod ihn ereilte, als habe an einem heiteren Nachmittag ein Blitz eingeschlagen. Doch was wir damals für Schicksal hielten, war in Wahrheit ein schlimmes Verbrechen. Mein Freund Gu hat mir Einzelheiten erzählt, die du nicht erfahren mußt, nur soviel: Es gibt das Gift einer Spinne, das den Körper so schädigt, als sei er von einer bekannten Krankheit befallen.»

«Aber wer, wer hätte meinem Vater so etwas antun wollen?» fragte Mi-lan mehr ungläubig als entsetzt.

«Es waren Männer einer Geheimgesellschaft, die den Namen ‹Brüder des doppelten Schwertes› trug, vielleicht nennen sie sich auch heute noch so, Gu wollte mir nichts Genaueres sagen. Vor mehr als zwanzig Jahren hat dein Vater selbst zu ihnen gehört – und sich dann sofort wieder zu trennen versucht. Aber du weißt, der Schwur beim Eintritt in eine Gesellschaft bindet das Mitglied ein Leben lang, nicht nur das Mitglied, sondern auch dessen Familie und alle Nachkommen. Diese ‹Brüder des doppelten Schwertes› hatten sich gegen den Kaiser verbündet, gegen die gesamte Dynastie und auch gegen die Ausländer, die der Kaiser ins Land geholt hatte, damit sie die Regierung mit ihren Wunderwaffen, mit ihren Fernrohren und mit allen möglichen Kunstfertigkeiten unterstützten. Anfangs waren diese Verschwörungen nur leere Worte, behauptet jedenfalls Gu, niemand in der Präfektur nahm die Sache ernst, denn es gab zahllose solcher Geheimbünde. Doch dann gelang einem kleinen Verband jener Gesellschaft während eines Sandsturms der Überfall auf eine Karawane. Zu der gehörten einige Prinzen und Prinzessinnen – und auch ein ausländischer Maler, der mit einem ähnlichen Auftrag, aber schon eine ganze Zeit früher hierhergekommen war als jener Italiener, von dem wir heute morgen sprachen. Die zuständigen Behörden haben die Angelegenheit vertuscht, man breitet über derartige Vorfälle immer einen Schleier, um nicht andere Verbrecher zu ermutigen.»

«Und mein Vater? Was hatte mein Vater damit zu tun?»

«Eines der Bilder, das die Bande raubte, wurde deinem Vater zugespielt. Ich wähle das Wort sehr bewußt, denn es handelte sich tatsächlich um ein Spiel, eine Sache, bei der man gewinnen und verlieren kann. Gu meint, man habe ihn auf diese Weise an seinen Schwur erinnern wollen, vielleicht ging es um Rache, vielleicht darum, später Geld von ihm zu erpressen, ich selbst bin davon überzeugt, daß es um alles ging, um Rache, Geld und Gefolgschaft.»

«Nicht von meinem Vater», widersprach Mi-lan. «Ihr kanntet ihn so gut wie ich, nein, Ihr kanntet ihn auf eine andere Weise, doch beide kannten wir ihn so gut, daß wir wissen, er hätte sich nie zum Instrument machen lassen.»

«Er hat sich auch nicht zum Instrument machen lassen. Aber genau das führte zu seinem Verhängnis. Er ließ Nachforschungen anstellen, nicht nur, um die Herkunft jenes Bildes zu klären, sondern auch, um einige seiner alten Schwurbrüder wieder ausfindig zu machen. Was er aber nicht wußte, war, daß er selbst die ganze Zeit beobachtet wurde. In seinem eigenen Haus. Von einem Mann, der sich bei ihm als dein Hauslehrer verdingt hatte.»

Mi-lan griff sich an den Hals. «Der Hauslehrer», wiederholte sie, «der Hauslehrer!»

«Dieser Hauslehrer war einer der Anführer der Geheimgesellschaft. Nachdem er das Haus deines Vaters verlassen mußte, suchte er sich ein Versteck, irgendwo in der Straße der Glasurläden. Dort hat ihn Gu gefunden. Ein wilder Mann. Bevor Gu ihn festnehmen konnte, griff er nach einem Messer und schnitt sich die Zunge ab. Man mußte ihn hinrichten, ohne seine Geheimnisse erfahren zu haben.»

Yang erhob sich und preßte die eiskalten Hände seines Mündels an seine Brust. «Eine gräßliche Geschichte, ich weiß, doch ich kann sie dir nicht ersparen. Für heute wollen wir es damit bewenden lassen. Ich habe sie nur in einem Stück erzählt, weil die Unsicherheit heftiger peinigt als die Gewißheit, und weil uns beiden klar ist: ‹Wenn man der Gefahr eingedenk ist, macht man keine großen Fehler.›»

«Ihr spracht von meiner Zukunft», sagte Mi-lan und zog ihre Hände zurück. «Was soll ich noch für eine Zukunft haben?»

«Das können wir in den nächsten Tagen bereden, jetzt brauchst du Schlaf. Der Schmerz der Erinnerung wird weichen wie der Tau des Herbstmorgens in der Sonne.»

«Bitte jetzt nicht die Sprache der Dichter. Bitte jetzt ein Bild des Zukünftigen.»

«Es kann nicht mehr als eine Andeutung sein. Aber wenn es dir hilft, soll sich die Neugier nicht noch der Trauer zugesellen.»

Yang leckte kurz die Lippen. «Es geht um jenen Maler», begann er, «jenen Ausländer, dessen Namen du kennst. Er hat, auf welche Weise auch immer, erfahren, daß ich dein Vormund bin. Gleichfalls ist nicht ohne Bedeutung, daß er jetzt ein berühmter chinesischer Künstler geworden ist, ein Mann von allerbestem Ruf am Hofe. Drittens, das habe ich erwähnt, bewahrt er dein Porträt. Es scheinen, ganz einfach gesagt, Gefühle im Spiel zu sein, kürzer ausgedrückt, er trägt sich mit dem Gedanken, sein Haus um eine Frau zu bereichern, und zeigte eine ungewöhnliche Bereitschaft, dafür auch gewisse Kosten zu übernehmen. An der Ehrlichkeit seiner Absichten ist kein Zweifel gestattet, so hat er erst kürzlich in einer für mich sehr unangenehmen Bedrängnis für einen Schuldschein gebürgt, eine gewiß nebensächliche Angelegenheit, dennoch…»

«Und Ihr seid Euch einig geworden?»

«Er wünscht sich eine Chinesin zur Frau, etwas anderes erlaubt seine Stellung auch gar nicht, und ich habe ihm eine Andeutung gemacht, daß sich dein Vater immer eine kleine Porzellanfigur als Tochter erträumt hat, mit Lilienfüßchen und jener anmutigen Demut… doch darüber sollten wir wirklich erst morgen reden, überhaupt, das Reden heute abend hat mich fast so sehr ermüdet wie die Reise. Wir sollten jetzt schlafen.»

Unter dem Bambusbild neben dem Fenster ihres Zimmers stand die schwarze Lacktruhe mit den ornamentierten Messingbeschlägen, die Mi-lan aus der Hauptstadt mitgebracht hatte. Bedeckt von den beiden fest in grober Jute eingewickelten Porzellanfiguren lag, zu einem runden Bündel verpackt, ein jaspisrotes Kleid, das Geschenk ihres Vaters «für jenen unaussprechlichen Anlaß», wie er dazu bemerkt hatte, «der dich glücklich und mich unglücklich machen wird». Sein sich sofort anschließendes Hüsteln zeigte ihr, daß ihn eine ungewöhnliche Erregung ergriffen hatte. «Also werde ich es nie tragen, jedenfalls nicht bei einer solchen Gelegenheit», war damals ihre Antwort gewesen. Am nächsten Abend hatte sie es nur für ihn angelegt und stumm vor Glück mit den Kuppen ihrer Finger über die kühle, die Haut verbergende und erregende Seide, die Schlangenlinien des Perlenbesatzes und den zu einer zierlichen Halskrause gefälteten Brokatkragen gestrichen.

Mi-lan breitete das Gewand auf ihrem Bett aus und zog einige kleine Falten glatt. Dann hob sie es wieder hoch und hielt es vor ihren Körper. Sie trat vor den Spiegel und fand ein Gesicht, das ihr so, wie es aus der brokatenen Halskrause herauszuwachsen schien, unvertraut war. Dann lief sie in die Kammer der Zofe ihrer Kusine. In deren weidengeflochtenem Nähkorb lag die lange, scharfe Schere, die sie brauchte. Während sie ihr Hochzeitskleid in Streifen zerschnitt, mußte sie an einen Vogel denken, der in Peking oft am frühen Morgen mit seinen Geräuschen in ihren Halbschlaf eingebrochen war. Hatte er den Laut mit dem Klappern seines Schnabels hervorgebracht, oder war es seine Stimme gewesen? Nicht einmal der Hauslehrer hatte sich auf eine Antwort festlegen lassen wollen. «Ein zerreißendes Tschilpen», auf diese Beschreibung hatte man sich damals geeinigt.

Mi-lan schnürte die Streifen des Hochzeitskleides so fest um ihre Füße, daß sie ihr ins Fleisch schnitten. Dann richtete sie sich auf, verlagerte das Gewicht auf die Fersen und zog sich am Stuhl hoch. Staksend erreichte sie die Tür, die in den Garten führte, von dort wehte ihr ein weicher Wind entgegen. Als ihre Hände von der Tür ließen, neigte sich der Körper nach vorn, und nach nur wenigen Schritten lief sie, als habe sie den Boden, den ihre Füße berührten, nur für einen kurzen Moment geborgt.